DAVID SCHICKLER

Die Kunst des Küssens in Manhattan

Buch

Donna lebt im Preemption Building, einem luxuriösen Wohnblock auf Manhattans trendiger Upper West Side. Zu ihren Nachbarn zählen Jacob und Rachel. Die beiden sind auf den ersten Blick ein normales, konservatives Ehepaar. Doch sie pflegen ein seltsames Ritual: Seit ihrer Hochzeitsnacht, in der Jacob einem Stinktier zum Opfer fiel, badet ihn seine Frau an jedem Hochzeitstag, selbst wenn sie an diesem Tag ein Kind zur Welt gebracht oder er sie betrogen hat. Die Reisejournalistin Rally wiederum würde gern daran glauben, dass es irgendwo auf dieser Welt eine verwandte Seele für sie gibt – doch alle, die sie in Manhattans Bars und Nachtklubs trifft, sind nur die üblichen Kerle. Bis sie Patrick kennen lernt. Patrick kleidet schöne Frauen teuer ein, zwingt sie, sich stundenlang vor einem Spiegel selbst zu bewundern – und schickt sie dann einfach heim. Aber Rally kommt wieder. Außerdem ist da noch Otis, der altmodische Fahrstuhl dieses Gebäudes. Er sieht viel und bekommt einiges zu hören. Und für James, den zurückhaltenden Wohnungsgenossen des exzentrischen Patrick, ist dieser würdevolle mechanische Lift sein liebster Gesprächspartner.

Dies sind nur einige der Figuren, mit denen der Autor David Schickler einen romantischen Reigen inszeniert. Mit trockenem Humor und einem so unbestechlichen wie liebevoll-ironischen Blick für menschliche Schwächen erzählt Schickler von Heiratsanträgen, von erotischen Avancen im Fahrstuhl und zarteren Gesten tiefer Zuneigung.

Autor

David Schickler, Anfang dreißig, lebt mit seiner Frau in New York. Er studierte Politologie und Literatur und veröffentliche Erzählungen in THE NEW YORKER. Sein Romandebüt »Die Kunst des Küssens in Manhattan« wurde in zehn Länder verkauft.

Von David Schickler außerdem lieferbar:

Fette Klunker. Roman (Blessing, 89667)

David Schickler

Die Kunst des Küssens in Manhattan

Roman

Aus dem Amerikanischen
von Barbara Heller

GOLDMANN

Titel der Originalausgabe: Kissing in Manhattan
Originalverlag: The Dial Press

FSC
Mix
Produktgruppe aus vorbildlich
bewirtschafteten Wäldern und
anderen kontrollierten Herkünften

Zert.-Nr. SGS-COC-1940
www.fsc.org
© 1996 Forest Stewardship Council

Verlagsgruppe Random House FSC-DEU-0100
Das FSC-zertifizierte Papier *München Super* für Taschenbücher
aus dem Goldmann Verlag liefert Mochenwangen Papier.

1. Auflage
Taschenbuchausgabe Oktober 2005
Wilhelm Goldmann Verlag, München.
in der Verlagsgruppe Random House GmbH

Umschlaggestaltung: Design Team München
Umschlagfoto: Getty Images/Stone
BH · Herstellung: Str.
Druck und Bindung: GGP Media GmbH, Pößneck
Printed in Germany
ISBN-10: 3-442-45970-2
ISBN-13: 978-3-442-45970-4

www.goldmann-verlag.de

Meinen Eltern
Jack und Peggy Schickler
und meinen drei Schwestern
Anne Marie, Pamela und Jeanne
in Dankbarkeit und Liebe

Wenn zwei Küsse sich küssen, ist es,
als würden zwei Tiger mit den Zähnen
über Unendlichkeit reden.

Tess Galagher

Checkers und Donna

Donna wollte Checkers nicht kennen lernen. Sie fand es nicht richtig.

»Checkers?«, sagte Donna. »Komischer Name für einen Mann.«

»Er ist komisch«, sagte Lee.

Lee und Donna verkauften in Manhattan Immobilien. Beide waren Anfang dreißig. Sie hatten zusammen ein Büro in der Bleecker Street.

»Checkers.« Donna probierte den Klang des Wortes aus. »Checkers, Checkers.«

»Er ist attraktiv«, sagte Lee.

»Checkers ist ein Name für einen Hund. Oder einen Handlanger.« Donna sah auf ihren Bildschirm. Dort waren Preise für SoHo aufgelistet.

«Er ist komisch, aber attraktiv«, sagte Lee.

»Ein Handlanger in einem Film.« Donna trug ein Kostüm und eindrucksvolle Schuhe. »Kein Rächer. Nichts so Edles. Ein Handlanger eben.«

»Das ist kein Film«, sagte Lee. »Das ist das wirkliche Leben.«

»Woher kennst du diesen Checkers?«, fragte Donna.

Es war zehn vor fünf an einem Donnerstag. Donnas und Lees Büro lag im einundzwanzigsten Stock. Es hatte ein Erkerfenster nach Süden, und jeden Nachmittag um kurz vor fünf standen Donna und Lee an diesem Fenster und betrachteten das Sonnenlicht auf den Flüssen. Lee, die lesbisch war, mochte den East River lieber. Donna liebte den Hudson.

»Ich weiß nicht mehr.« Lee zuckte die Schultern. »Wie man solche Männer eben kennen lernt.«

Sie blickten auf New York, das sie täglich in Stücke zerteilten, hin- und herschoben und verkauften.

»Checkers und wie noch?«, fragte Donna.

»Bitte?«

»Checkers und wie noch. Was kommt nach Checkers? Checkers ist doch bestimmt sein Vorname.«

Lee war frustriert. Sie hatte lange, elegante Hände, aber Knopfaugen. »Ich kenn ihn nicht näher. Ich weiß nur, dass sein Name nichts mit dem Damespiel zu tun hat. Das hat er ganz klar gesagt.«

»Hm.«

»Er ist attraktiv«, beharrte Lee. »Er hat eine Frau nötig.«

Donna lachte. »Das kann ich mir vorstellen.«

Lee runzelte die Stirn. Sie war Single, wie Donna. »So hat er's gesagt. Genau mit diesen Worten. ›Lee‹, hat er gesagt, ›ich habe eine Frau nötig.‹ Checkers redet so.«

Donnas Haar war kurz geschnitten. Es strebte einem Punkt im Nacken zu, und zwischen den Schulterblättern hatte sie eine zarte Mulde, die sich dort befand, seit sie sechzehn war.

»Wann hat er das gesagt? Dass er eine Frau braucht, mein ich.«

Lee seufzte. »Gestern Abend. In einem Lokal. Da hat er es gesagt, und ich hab ihm von dir erzählt.«

Donna und Lee waren zusammen dreieinhalb Millionen Dollar schwer.

»In welchem Lokal?«, fragte Donna.

»Im *Flat Michael's*.«

Das *Flat Michael's* war ein Restaurant im East Village, in dem Lyrik nicht erlaubt war.

»Wieso von mir? Wieso hast du diesem Checkers von mir erzählt?«

Lee seufzte von neuem. Donna gehörte zu den Frauen, von denen man einem Mann erzählte. Ihre Haarfarbe – Donnas Haarfarbe – war die eines Bauernmädchens aus dem Mittelalter. Sie hatte zwar nicht die Angewohnheit, sich die Lippen zu lecken, aber sie hatte einen vollen Busen und eine schlanke Taille.

»Dieser Checkers«, sagte Donna. »Wieso ist er so attraktiv?«

»Er ist es eben.«

Donna schloss die Augen. Sie stellte sich einen Mann vor, der ein Spion war oder ein Schwachsinniger. Sie überlegte, ob die Hände eines Mannes namens Checkers behaart sein konnten.

»Okay«, sagte sie. »Ich treff mich mit ihm.«

»Super«, sagte Lee. »Er ist morgen Abend um acht im *Flat Michael's.* Er erwartet dich an einem Tisch.«

»Das ist alles schon arrangiert? Er ruft mich nicht an oder so?«

Lee schüttelte grinsend den Kopf. »Checkers hat gesagt, er weiß, dass du Ja sagst.«

Donna schnaubte. »Ganz schön eingebildet.«

»So ist Checkers.« Lee zuckte die Schultern.

»Ich weiß nicht, ob mir ein so eingebildeter Mann gefällt.«

»Probier's«, sagte Lee.

Donna war in Manhattan aufgewachsen. Als Kind hatte sie bei Miss Vivian auf der Upper East Side Ballettunterricht gehabt. Miss Vivian hatte Donnas Körper genau beobachtet, um zu sehen, ob sie fürs Ballett geschaffen war. Miss Vivian war Expertin in Sachen Spann, Waden, Brüste und Verhalten junger Frauen. Man erzählte sich, in ihren Adern fließe Zigeunerblut, und sie könne aus den Gliedmaßen und der Körperhaltung eines Mädchens dessen Schicksal ablesen. Jezebel Hutch beispielsweise, die zusammen mit Donna aufgewachsen war, hatte sieben Jahre bei ihr Ballettunterricht gehabt, bis Miss Vivian ihr eines Tages auf die Schulter tippte und sagte: »Du bist eine Astronautin.«

Jezebel kicherte. Sie war zwölf. »Was?«

Miss Vivians Miene war versteinert. »Du bist eine Astronautin. Du wirst in den Maschinen, die die Menschen bauen, zum Mond fliegen. Du wirst berühmt werden, aber du wirst nicht tanzen.«

Jezebel blieb der Mund offen stehen. »Aber –«

Miss Vivian zeigte auf die Tür. »Leb wohl«, sagte sie.

Jezebel ging, weinend, in den Armen ihrer Mutter Jennifer Hutch. Jennifer nannte Miss Vivian ein verrücktes Huhn. Am nächsten Tag aber begann sie Jezebel an Einstein und die Differenzialrechnung heranzuführen.

Donna selbst blieb bei Miss Vivian, bis sie sechzehn war. Ihr sechzehnter Geburtstag lag gerade erst zwei Tage zurück, als Miss Vivian sie in ihr Büro rief.

»Du gehörst zu einem Mann«, sagte Miss Vivian.

Donna hielt die Luft an. Drei Monate zuvor hatte sie einen hässlichen Jungen namens Harold geküsst. Harold war aus Queens.

»Dein Körper ist dazu bestimmt, einem Mann zu gehören. Das ist deine Berufung.«

Donnas Augen füllten sich mit Tränen. »Harold ist nur ein Freund, Miss Vivian.«

Miss Vivian sah zur Wand. »Du wirst nicht tanzen.«

»Er – er hat mir nicht mal unter die Bluse gefasst«, heulte Donna.

»Leb wohl«, sagte Miss Vivian.

Donna glaubte ihre Lehrerin Lügen gestraft zu haben. Als Studentin an der New York University hatte sie mit zwei Männern geschlafen – der eine war schüchtern gewesen, der andere Libyer –, doch keiner von beiden hatte auch nur annähernd ihre Seele besessen. Mit fünfundzwanzig und sechsundzwanzig, als sie mit Lee das Geschäft gründete, hatte sie mit einem Mann namens Charles zusammengelebt, der Pfeife rauchte und bei *Strand* arbeitete. Charles war lieb, aber er litt an chronischem Schuppenbefall und fesselte Donna während des Geschlechtsverkehrs gern mit

Handschellen an größere Küchengeräte. Dieser Umstände überdrüssig geworden, hatte sie ihn verlassen. Seitdem war sie allein, von Gelegenheitsbekanntschaften abgesehen, die nie länger dauerten.

Mit dreißig hatte Donna vor allem Mitleid mit den Männern gehabt. Ihre Augen wirkten immer ausgehungert oder leblos. Sie verdienten Geld und hatten dennoch das Bedürfnis, Bungeejumping zu machen oder Berge in Tibet zu besteigen. Ihre Oberarme und ihr Lachen waren überwältigend, aber soweit Donna sah, setzten Männer das volle Ausmaß dieser Kräfte nie gegen Frauen ein. Das war feige, fand Donna. Sie wollte einen Mann, der sich in sie warf – psychisch, sexuell, maßlos, täglich – und sich niemals entschuldigte.

Mit dreißig war Donna überzeugt, dass kein Mann sie beeindrucken könne. Sie versuchte es mit einer Frau namens Maxine. Es war eine katastrophale Erfahrung, unter anderem deshalb, weil Maxine dreizehn Katzen besaß und Donna als die Vierzehnte behandelte. Donna sollte sich an sie kuscheln oder aber auf sie losgehen und dann ungerührt in der Nacht verschwinden. Nach zwei Wochen machte Donna mit ihr Schluss.

Niemand, so schien es, weder Mann noch Frau, hatte genug Power, um Anspruch auf Donna zu erheben. Das frustrierte sie, und so zog sie sich spätnachts manchmal nackt aus, stieg auf ihr Bett und tanzte. Doch ihr Tanzen war kein Ballett mehr. Es hatte nichts mit Anmut und Struktur zu tun. Es ging so: Donna ließ ihr Haar, ihre Arme und Brüste schwingen und ausschlagen. Sie stieß mit den Füßen, sie stampfte und stöhnte, und ihre Schenkel schwitzten. Manchmal packte sie die schicken Sachen, die sie am Tag getragen hatte, und riss die Seide oder Baumwolle in Fetzen. Auf dem Höhepunkt dieser Ausbrüche, wenn sie schrie und um sich schlug, erwartete sie, dass Miss Vivians Worte sich bewahrheiten würden. Sie erwartete einen Mann – einen bocksfüßigen Mann, vielleicht auch mit Ziegenkopf –, der brüllend die Schlafzimmertür aufstieß und sie bestieg. Mit ihren Krallen, ihrer Intelligenz, ihrem Körper würde sie sich gegen diesen Mann wehren. Sie würde um Freiheit flehen, Unabhängigkeit fordern, doch der Mann würde sich gnadenlos in sie drängen, und sie würde keuchen und keuchen und am Ende lächeln.

Am Freitagabend nahm Donna den F-Train zum *Flat Michael's.* Lee pflegte Taxi zu fahren, doch Donna hatte Angst vor Autos. In der Stadt aufgewachsen, hatte sie nie den Führerschein gemacht. Das komplizierte die Dinge zwar, aber ihr Misstrauen gegen Autos, die sie für Vehikel des Verhängnisses hielt, saß zu tief. Im Film hatten Autos Leichen im Kofferraum oder wurden in die Luft gejagt. Überall auf der Insel setzten Portiers mit verschwörerischem Grinsen Frauen in Taxis. Wohin fuhren diese Frauen?

Die U-Bahn war sicherer. Sie war wie eine gute Tanzfläche, voll, aber anonym. War man unterwegs, um einen Mann namens Checkers zu treffen, gab sie einem Zeit, Parfüm und Stimmung zu überdenken. Donna trug ein einfaches schwarzes Kleid und schwarze Pumps.

»Sie sehen sexy aus«, sagte ein alter Mann zu Donna. Der alte Mann saß neben einer alten Frau, wahrscheinlich seiner Ehefrau. Die Frau las Zeitung und beachtete den alten Mann nicht.

»O Gott«, sagte Donna.

»Ich finde, Sie sehen einem Mädchen aus einer Bluejeans-Reklame ähnlich.« Der alte Mann lächelte demütig.

Donna zeigte auf die Zeitung der alten Frau. »O Gott, die Frau kenne ich.«

Die alte Frau sah erst auf Donna, dann auf die Zeitung. Auf der Titelseite war ein Foto aus Cape Canaveral. Das Foto zeigte vier Männer und eine Frau, alle in aufgeplusterten Raumanzügen.

Der alte Mann räusperte sich. »Keine Zigarettenreklame, verstehen Sie. Bluejeans.«

»Das ist Jezebel Hutch«, sagte Donna. »Aus Germantown. Wir sind zusammen aufgewachsen.«

Die Frau betrachtete das Bild.

»Jezebel ist Astronautin geworden«, flüsterte Donna. »Also doch.«

Der alte Mann räusperte sich erneut, lauter diesmal. »Verflucht noch mal«, sagte er. »Was ist an Zigaretten sexy?«

Als Donna ins *Flat Michael's* kam, saß dort nur ein Mann allein an einem Tisch am Fenster. Das Fenster ging auf die East Fourth Street. Auf dem Tisch stand eine Kerze.

»Sind Sie Checkers?« Donna streckte ihm die Hand hin. »Ich bin Donna.«

Checkers stand auf. Er lächelte, gab Donna die Hand, nahm ihr den Mantel ab, rückte ihr den Stuhl zurecht.

»Ich dachte, Sie sind schwarz«, sagte er und setzte sich wieder.

Checkers war dreiunddreißig. Er hatte blaue Augen und dünnes braunes Haar, das ihm lässig auf die Schultern fiel. Er war einen Meter achtzig groß. Er trug einen irischen Seemannspullover, weiße Latzhosen und Sandalen. In der Hand hielt er ein Glas dunkles Bier vom Fass.

»Wie bitte?«, sagte Donna.

»Ich dachte, Sie sind schwarz«, sagte Checkers. »Donna. Donna. Das klingt afroamerikanisch.« Checkers zuckte die Schultern. »Ich dachte, Sie sind eine Negerin.«

Donna starrte den Mann an.

»Aber machen Sie sich nichts draus«, sagte Checkers. »Sie sehen toll aus.«

Donna holte Luft. »Hat Lee Ihnen denn nichts von mir erzählt?«

»Sie hat gesagt, dass Sie Donna heißen und dass Sie toll aussehen. Sie hat Recht gehabt.«

Donna musterte Checkers. Er hielt sein Bier und beobachtete sie wie einer, der damit zufrieden ist, ein Bier zu halten und eine

Frau zu beobachten. Nicht verkommen, dachte sie, einfach nur zufrieden.

»Sie haben einen Drink nötig«, sagte Checkers.

»Ja«, sagte Donna. »Ja, okay.«

»Der Kellner ist aus Ecuador.« Checkers winkte zur Bar hin. »Er heißt Juan.«

Ein kleiner, stämmiger Mann kam hinter der Bar hervorgetrottet. Er hatte hellbraune Haut, hellbraune Augen und ein strahlendes Lächeln.

»Ja, Ma'am«, sagte Juan. Er berührte Donnas Schulter. »Für Sie, einen Drink, exakt.« Er hatte einen starken Akzent. »Einen Drink, gerne. Richtig?«

Donna bestellte Wodka mit Eis und Zitrone. Juan brachte das Gewünschte und stellte es vor Donna hin.

»Gerne«, sagte Juan. »Richtig?« Er verschwand.

Donna sah sich um. »Voll ist es hier«, sagte sie.

Donna hatte noch nie im *Flat Michael's* gegessen. Sie hatte nur einmal etwas getrunken, in der Lounge, in der es eine Bar, Stühle aus Holz und keine Fernseher gab. Alles am *Flat Michael's* war einfach. Die Besitzer brauten ihr eigenes Bier, und an den Zapfhähnen stand nur: »Lager«, »Pils«, »Stout«. Ihren Wein holten die Besitzer von einem geheim gehaltenen Weingut, ihre Schnäpse von unbekannten Brennereien. Die Regale hinter der Bar enthielten schmucklose Flaschen, auf denen »Wodka«, »Gin« oder »Rye«, »Chardonnay«, »Chianti« oder »Port« stand. Die Gäste krittelten grundsätzlich nicht an den Getränken herum. Wer Sherry einer bestimmten Marke oder Champagner eines bestimmten Jahrgangs verlangte, wurde gebeten, das Lokal zu verlassen.

Im Speiseraum sah es nicht anders aus. Die Tische waren aus Holz, und auf jedem brannte eine einzelne weiße Kerze. Die Stühle waren ebenfalls aus Holz, und die Speisekarte umfasste allabendlich nur zehn Gerichte. Die Gerichte standen an einer großen Tafel angeschrieben, ohne Preise und Beilagen. An diesem Abend lautete die Speisekarte: Forelle, Zunge, Aal, Kalbfleisch, Moussaka, Bambussprossen, Lamm, Hirn, Nudeln und Schlange.

»Ja, es ist voll«, bestätigte Checkers.

Checkers und Donna hatten Recht. Es war voll im *Flat Michael's.* Die Gäste im Speiseraum bildeten im Gegensatz zum Restaurant selbst eine Ansammlung von Besonderheiten. Zwei Tische weiter saßen ein Mann und eine Frau, der Mann mit einem Filzhut auf dem Kopf, die Frau in Seide. Dieser Mann und diese Frau – er aß Lamm, sie Schlange – erörterten vernehmlich ihre Ehe, diskutierten Feinheiten der Gleichgestimmtheit und Sexualität. Vier kahl rasierte Skinheads saßen über einen anderen Tisch gebeugt und taten sich an Hirn und Schnaps gütlich.

Ein Stammgast, ein junger Buchhalter namens James Branch, aß an einem Tisch weit von der Bar entfernt allein zu Abend. Er hatte verträumte blaue Augen und gerade Zähne, und er redete, wie es seine Gewohnheit war, leise mit sich selbst, flüsterte den Namen seiner Vorspeise, während er auf sie wartete.

»Moussaka«, flüsterte James. »Moussaka.« Während er vor sich hin flüsterte, bewunderte er ein Paar Opalohrringe, die auf seiner Handfläche lagen.

An einem Ecktisch schließlich saß eine Frau in einem hauchzarten lila Kleid. Sie aß nur Nudeln und trank nur Wasser, aber sie war von bestürzender Schönheit. Ihr Gesicht war blass und traurig, und ihr Hals sah aus, als schmerzte er. Ihre Fesseln, nackt und zerbrechlich, schienen im Begriff, zu Staub zu zerfallen.

Unter all diesen Menschen saßen Checkers und Donna, die sich zum ersten Mal begegneten.

»Forelle«, sagte Checkers, als Juan kam, um die Bestellung aufzunehmen.

»Kalbfleisch«, sagte Donna.

»Gerne«, sagte Juan, und weg war er.

Checkers nahm einen Schluck Bier. »Kalbfleisch habe ich hier noch nie gegessen«, sagte er. »Hoffentlich schmeckt es Ihnen.«

Donna lächelte, zum ersten Mal an diesem Abend. Probier's, dachte sie bei sich.

»Das hoffe ich auch«, sagte sie.

»Ich möchte nicht, dass Sie sich beraubt fühlen.«

»Wie bitte?«

Checkers wies mit dem Kinn auf die Fremden, die anderen Gäste.

»Manhattan ist voll von Leuten«, sagte Checkers. »Leuten, die ein einziges Gericht essen, das ihnen nicht schmeckt, und sich sofort beraubt fühlen.«

»Beraubt«, sagte Donna.

»Manhattan! Leute auf der ganzen Welt.« Checkers leckte sich die Lippen. »Die Welt ist voll von Leuten, die ein einziges Gericht essen, das ihnen nicht schmeckt, und sich sofort beraubt fühlen.«

Donna dachte darüber nach. Sie war intelligent.

»Enttäuscht vielleicht«, sagte sie.

»Nein, nein«, erwiderte Checkers schnell. »Sie fühlen sich beraubt. Eindeutig.«

»Hm«, machte Donna.

Checkers sah Donna forschend an. »Die Leute nehmen das Essen sehr ernst. Es ist erstaunlich. Und *Sie* haben schlau aussehende Ohren.«

Donna verschluckte sich fast an ihrem Wodka. »Wie bitte?«

Checkers runzelte die Stirn. »Sagen Sie nicht immer ›Wie bitte?‹, wenn ich ein neues Thema anschneide. Ihre Ohren sehen eben schlau aus, das ist alles. Wie Elfenohren oder Otterohren.«

Donna sann über diese Mitteilung nach. Der Mann, mit dem sie ein Rendezvous hatte, fand, dass sie wie ein Otter aussah.

»Du lieber Himmel, Sie wissen doch, was ich meine. Oder nicht?«

»Hm.« Donna zwang sich zu einem Lächeln. Immerhin sah Checkers gut aus in seinem Pullover. Außerdem hatte er lange Beine. »Mögen Sie Elfen und Otter?«

Checkers sah sie an. »Sie fahren die übliche Flirttour.«

»Wie bitte?«

»Bitte wie?«, sagte Checkers. »Bitte wie? Bitte wie?«

»Tut mir Leid«, sagte Donna. Dann wünschte sie, sie hätte es nicht gesagt.

»Die übliche Flirttour«, sagte Checkers. »Ich sage, Sie haben schlau aussehende Ohren, wie Elfen- oder Otterohren, und schon fühlen Sie sich bemüßigt, mich zu fragen, ob ich Elfen und Otter mag. Als wären Elfen und Otter zwangsläufig süß, was einschließen würde, dass Sie auch süß sind. Na ja, Otter, meinetwegen, aber Elfen gab es ein paar ziemlich üble in den Märchen, die ich gelesen habe. Komische Elfen mit verkorkst aussehenden Füßen. Aber egal. Ich hab Ihnen ja schon gesagt, dass Sie toll aussehen. Was soll ich noch sagen?«

Donnas Augenbrauen waren kritisch hochgezogen. »Ich habe das Gefühl, Sie werden noch eine Menge sagen.«

Checkers lachte. »Ich wusste doch, dass Sie schlau sind.«

Donna erfuhr tatsächlich einiges. Checkers war als Sohn amerikanischer Armeeangehöriger in Deutschland geboren. Aufgewachsen war er in Washington, D.C.; Minneapolis; San Diego und Wheeling, West Virginia. Er war extrem gelenkig, er arbeitete als Headhunter, er fuhr einen getunten Plymouth Duster.

»In Manhattan?«, fragte Donna.

Checkers blinzelte. Sein Blick hatte auf Donnas Hals und ihren Brüsten geruht, was Donna für ein gutes Zeichen hielt. Allerdings hatte er eine scheußliche Narbe, die sich den linken Kiefer hinabzog und aussah wie mit einem Messer eingeritzt.

»Sie meinen«, sagte Checkers, »ein getunter Plymouth Duster

würde besser in den Hof von irgendeinem Hinterwäldler in West Virginia passen?«

Donna räusperte sich. »Ich weiß nicht.«

»Und Sie wissen auch nicht«, sagte Checkers, »dass mein getunter Plymouth Duster wie eine Katze schnurrt. Er hat acht Zylinder, weiche, bequeme Sitze, und erst letzte Woche hat eine sehr reife Kundin von mir gesagt, wie erfrischend mein getunter Plymouth Duster unter all den Taxis und Limousinen dieser Metropole sei. Genau dieses Wort hat meine Kundin gebraucht. Erfrischend.«

»Ich mag Autos nicht«, sagte Donna.

»Ich fahre kein Auto. Ich fahre eine reife, getunte Erfrischung.«

Donna fragte sich, wer diese Kundin sein mochte. Checkers lehnte sich zurück. Seine Forelle und Donnas Kalbfleisch waren noch nicht erschienen.

»Ich wette, Sie sind ein bestimmter Typ Frau«, sagte Checkers.

»Das sind wir alle.«

»Ich wette, Sie sind der Typ Frau, die sich nicht mal zu einem Lächeln herablässt, wenn sie eine Straße entlanggeht und ein Mann in einem Macho-Auto hält und ›Hey, sexy Girl‹ sagt.«

»Stimmt wahrscheinlich.«

»Ich wette, wenn der Mann grob wird und sagt, ›Wie wär's mit uns beiden?‹, würden Sie ihn immer noch nicht anlächeln. Sie wären viel zu kultiviert für ihn.«

»Stimmt auch.«

Checkers schlug auf den Tisch. Er schien wütend. »Verdammt noch mal!«, sagte er laut.

Donna war überrascht. Sie hatte geglaubt, sie unterhielten sich.

»Verdammt noch mal!«, wiederholte Checkers. »Wofür zum Teufel haltet ihr Frauen euch eigentlich?«

Donna runzelte die Stirn.

»Glaubt ihr etwa, Männer sind so feinsinnig? Glaubt ihr, uns macht nichts glücklicher als die übliche Flirttour? Eine Frau zum Essen ausführen und Konversation machen? Herr im Himmel!«

Die Diva und die Skinheads drehten sich zu Checkers um.

»Begreift ihr denn nicht?« Checkers' Augen bohrten sich in Donnas. »Begreift ihr nicht, wie perfekt es ist, wenn ein Mann ›Hey, sexy Girl‹ zu einer Frau sagt, weil er einfach nichts anderes sagen kann?«

Donna starrte Checkers an. Sein Gesicht, das so bereitwillig gelächelt hatte, war ernst. Sie wusste nicht, was sie sagen sollte. Sie dachte daran zu gehen, doch da kam Juan mit einem Tablett.

»Bitte sehr«, sagte er. »Das Essen.«

»Woher haben Sie die Narbe am Kinn?«

Checkers aß seine Forelle schnell und geschickt. Er handhabte das Besteck wie ein Chirurg.

»Von einer Messerstecherei«, sagte er, »mit einem Hinterwäldler aus West Virginia.«

Eine Messerstecherei, dachte Donna. Ich gehe auf keinen Fall mit dem Typ nach Hause.

»Und Ihr Name?«, fragte sie. »Wie sind Sie zu dem gekommen?«

Checkers sah auf die Uhr. »Nicht schlecht. Siebenundsechzig Minuten haben Sie nicht danach gefragt.«

»Tut mir Leid«, sagte Donna. »Es ist eben ein ungewöhnlicher Name.«

Musik spielte im Speiseraum des *Flat Michael's*, nur Bassgitarre, keine anderen Instrumente.

»Ich heiße Checkers«, sagte Checkers. »Das hat nichts mit dem Damespiel zu tun. Den Namen haben meine Eltern auf meiner Geburtsurkunde eintragen lassen.«

»Haben sie mal gesagt, warum?«

»Sie wollten mich eben so nennen. Ich kann's nicht ändern.«

Donna aß von ihrem Kalbfleisch.

»Aber es gibt andere Dinge, die kann ich ändern«, sagte Checkers.

»Zum Beispiel?«

»Zum Beispiel, dass ich glücklich sein will. Ich will nicht beraubt sein. Ich will eine Frau.«

Unglaublich, dachte Donna.

»Deswegen wollte ich Sie kennen lernen«, erklärte Checkers. »Lee hat gesagt, Sie seien eine schöne Frau. ›Super‹, hab ich zu Lee gesagt. ›Eine schöne Frau ist genau das, was ich suche.‹ Verstehen Sie?«

»Reden Sie mit jeder so?«, fragte Donna.

»Was soll denn das? Ich könnte natürlich die übliche Flirttour fahren, aber du lieber Himmel, schauen Sie sich doch an. Schauen Sie sich Ihren Mund und Ihre Wangenknochen an.«

»Checkers«, sagte Donna. »Bitte.«

»Schauen Sie sich den feinen Schnurrbart um Ihre Mundwinkel an.«

Donna errötete. Frauen hatten keinen Schnurrbart zu haben.

»Man sieht ihn kaum«, sagte Checkers. »Er wirkt sehr … ich weiß auch nicht … sanft.«

»Stimmt«, sagte einer von den Skinheads.

Donna zog den Kopf ein. Sie legte das Besteck hin.

»Bitte hören Sie auf«, flüsterte sie. »Hören Sie auf, von – von meinem Gesicht zu reden.«

Checkers senkte den Kopf, sodass er Donna in die Augen sehen konnte. »Dann sagen Sie was. Mit so einem Mund könnten Sie alle möglichen schönen Sachen sagen.«

Donna hielt den Kopf weiter gesenkt. »Ich muss mal verschwinden«, sagte sie.

Auf der Toilette stellte Donna sich vor, was für Frauen Checkers gehabt haben mochte. Sie stellte sich Kellnerinnen vor, Meerjungfrauen, Philosophiestudentinnen. Sie fragte sich, ob sein Mund nach Rauch schmeckte.

»Probier's«, sagte sie zu ihrem Spiegelbild. »Du bist zweiunddreißig. Los.«

Mit neunzehn war Donna mit einem Mann von Ende zwanzig zusammen gewesen, einem leidenschaftlichen Fallschirmspringer. Sie hatte ihn über alles geliebt. Seine Kämpfe mit der Schwerkraft und seine Countrymusic hatte sie nicht verstanden. Aber sie hatte nur für ihn gelebt, und er hatte ihr an jedem Monatsersten Schwertlilien geschenkt. Sie hatte geglaubt, er sei der Mann aus Miss Vivians Prophezeiung, der Mann, dem sie gehören würde. Aber der Mann war gestorben – auf grauenvolle Weise gestorben, beim Fallschirmspringen verunglückt. Statt in Donna hatte er sich in den Erdboden geworfen.

»Auf«, sagte Donna zum Spiegel.

»Dein Mund gefällt ihm«, flüsterte sie. »Auf, Mädchen.«

Als Donna an den Tisch zurückkam, hatte sie etwas verpasst. Checkers lachte. Er unterhielt sich mit Juan, dem Ober, und lachte aus vollem Hals.

»Was ist los?«, fragte Donna.

»Das müssen Sie sich anhören«, keuchte Checkers. Er war außer Atem vor Lachen. »Sagen Sie's, Juan.«

»Wildschön«, sagte Juan.

Checkers prustete von neuem los.

»Exakt«, sagte Juan. »Wildschön.«

Checkers wischte sich eine Träne aus dem Auge. »Bildschön. Er möchte ›bildschön‹ sagen, Donna.«

»Ja«, sagte Juan. »Wildschön.«

»Er kann ›Bild‹ nicht aussprechen«, kicherte Checkers. »Er sagt andauernd ›Wild‹. Das ist sein Akzent.«

Donna setzte sich. Sie versuchte, sich Checkers zuzuwenden, mit dem sie ein Rendezvous hatte, versuchte ihn anzulächeln. Doch er hatte sich Juan zugewandt.

»Ganz langsam, Juan«, sagte Checkers. »Konzentrieren Sie sich.«

»Ja«, sagte Juan.

»Bildschön.« Checkers sah Juan belustigt an. »Bildschön. Bildschön.«

»Wildschön«, sagte Juan.

»Okay, Checkers«, sagte Donna. Sie meinte damit, es reicht.

»Bildschön«, sagte Checkers.

»Wildschön«, sagte Juan.

Checkers konnte nicht mehr. Er schlug auf den Tisch. Er brüllte vor Lachen. Donna sah sein Zwerchfell zucken. Die Leute schauten her.

»Beruhigen Sie sich, Checkers«, sagte Donna.

»Bildschön«, sagte Checkers schwach.

»Wildschön«, sagte Juan.

Checkers kreischte. Sein Gesicht war hochrot. Er konnte nicht mehr aufhören zu lachen.

»Hören Sie auf«, beschwor Donna ihn. Sie hatte Angst. Lachkrämpfe konnten ihr Angst machen, wie Autos.

»O Gott!«, brüllte Checkers.

»Hören Sie auf.« Donnas Stimme hob sich. Du verdirbst alles, dachte sie. Hör auf.

Juan grinste sie und Checkers an, unbeirrt, bereit weiterzumachen.

»O Gott«, flehte Checkers und winkte Juan fort. »O Gott.«

Juan ging.

»Er rafft's nicht.« Checkers stieß die Luft aus und fasste sich wieder. »Wild, Bild – er hört den Unterschied nicht.«

»Das war gemein von Ihnen«, sagte Donna. »Ihn auszulachen.«

Checkers nahm sich zusammen. Er trank sein Bier aus, das zweite. Die Teller waren abgeräumt.

»Sie hätten am Anfang dabei sein sollen«, sagte Checkers.

Donna war nicht dabei gewesen. Sie sah Checkers wütend an.

Checkers versuchte zu erklären. »So was kommt schon mal vor«, sagte er.

Es gab kein Dessert. Die Kerze brannte auf halbmast.

»Woran denken Sie?«, fragte Checkers.

»An nichts.«

Donna trank ihren Wodka aus. Sie dachte daran, wie es war, unter einem Mann zu liegen, sein Gewicht auf ihrem Gewicht. Sie dachte an Charles mit seinen Büchern und Handschellen. Sie dachte an ihren Fallschirmspringer und daran, wie er an seinen Hemden gezerrt hatte.

»Sie denken, ich mache komische Sachen«, sagte Checkers. »Sie denken, ich bin komisch.«

Donna nickte.

»Sie haben nicht vor, mich wieder zu sehen.«

Donna schüttelte den Kopf.

»Warum nicht? Weil ich Juan ausgelacht habe?«

Das Ehepaar, die Skinheads und die Diva waren gegangen. Die Musik wurde leiser. Nur der junge Buchhalter war noch da und betrachtete noch immer die Opalohrringe in seiner Hand. Draußen in der East Fourth Street war es fast November.

»Nicht nur deswegen«, sagte Donna.

»Und weswegen noch? Möchten Sie, dass ich mich beraubt fühle? Möchten Sie selbst sich beraubt fühlen?«

Donna seufzte in uralter Resignation.

Männer sind Türen, dachte sie. Sie gehen vor meiner Nase zu.

»Ich – ich kann mich nicht gut mit Ihnen unterhalten.«

»Na, und?« Checkers schien höchst erstaunt. »Ich kann mich gut mit Ihnen unterhalten. Ich kann ja das Reden übernehmen.«

»Tut mir Leid«, sagte Donna. »Ich will nach Hause.«

Checkers starrte Donna an. Das *Flat Michael's* leerte sich.

»Ich bin Headhunter«, sagte Checkers leise. »Ich bringe den ganzen Tag damit zu, den Leuten ein maßgeschneidertes Leben zu verpassen. Meinen Sie nicht –«

»Ich kann's nicht erklären«, sagte Donna. Sie schauderte fast. »Ich will einfach nur nach Hause.«

Draußen war es kalt. Blätter und Abfälle wehten umher. Checkers und Donna gingen wortlos nebeneinander.

»Sie brauchen mich nicht zu begleiten«, sagte Donna.

Checkers sah zum Himmel auf. Er dachte daran, was geschah, wenn er nachts allein in seiner Wohnung war und schlief. Er wusste, dass er sich irgendwann zusammenrollte, denn so wachte er jeden Morgen auf: eng zusammengerollt, wie im Winterschlaf.

»Da ist eine U-Bahn-Station.« Donna zeigte darauf.

»Mein Auto steht an der nächsten«, sagte Checkers. »Broadway-Lafayette. Kommen Sie. Nur fünf Querstraßen Ihres Lebens. Dann bin ich weg.«

Sie gingen weiter. Eine struppige weiße Katze beobachtete sie von einem Dachvorsprung aus. Es roch nach Gummi. In einem Hauseingang lümmelte ein schlaksiger, schwarzäugiger Straßenmusikant und stimmte seine Gitarre.

»Die Feiertage stehen vor der Tür«, sagte Checkers.

»Scheint so.«

Donna schaute zu, wie ihre Pumps auf dem Bürgersteig klapperten. Die U-Bahn-Station kam in Sicht.

»Also, dann«, sagte Donna, »danke für das Essen.«

Checkers nickte in Richtung Osten. »Ich stehe um die Ecke.«

Sie konnten ihren Atem sehen.

Donna streckte ihm die Hand hin. »War nett, Sie kennen zu lernen.«

»Sechzig Sekunden«, sagte Checkers. »Bleiben Sie sechzig Sekunden da stehen.«

Donna hasste sich für das, was sie empfand.

»Checkers«, sagte sie, »der Abend ist vorbei.«

Doch Checkers hatte sich bereits in Trab gesetzt.

»Sechzig Sekunden«, rief er zurück. Er verschwand um die Ecke.

Vergiss es, dachte Donna.

Sie ging in Richtung U-Bahn. Dann blieb sie stehen.

Es gibt nichts zu probieren, sagte sie zu sich selbst. Aber sie rührte sich nicht. Sie blieb still stehen und sah zu den Sternen auf, matten Gaskügelchen.

Da oben ist Jezebel, dachte Donna. Jezebel mit ihren vollkommenen Waden schwebt wie eine Schwachsinnige da herum.

Ich bin selbst eine Schwachsinnige, dachte Donna. Eine Schwachsinnige ohne Mantel.

»Mist«, sagte Donna.

Sie ging zur U-Bahn-Treppe. Ein Auto bremste. Eine Hupe ertönte.

»Brr, Baby«, rief eine Stimme.

Donna drehte sich um. Ein nachtblauer Plymouth Duster hielt einige Meter von ihr entfernt am Bordstein. Das Beifahrerfenster war heruntergedreht, und Donna sah Checkers am Steuer sitzen. Er sah zu ihr her.

»Hey, sexy Girl!«, rief Checkers.

»Ich fahr nicht mit«, sagte Donna.

Checkers kurbelte das Fahrerfenster herunter. Er beugte sich heraus und winkte einigen Passanten zu.

»Hey!« Checkers deutete mit dem Daumen auf Donna. »Seht ihr die Puppe da? Gehört die einem von euch?«

»Lassen Sie das, Checkers.« Donnas Arme waren vor ihrer Brust verschränkt. »Ich weiß, dass Sie's sind. Ich hab's kapiert.«

»Ist die nicht super?«, brüllte Checkers. »Ist die nicht klasse? Ist die nicht der Hammer?«

Hinter dem Duster hielten zwei Autos, die nicht vorbeikonnten. Das eine war ein Taxi, das andere ein Honda.

»Weiterfahren!«, rief der Taxifahrer.

»Checkers«, sagte Donna.

Checkers wandte sich wieder Donna zu. Er sah sie mit großen Augen an, zog die Brauen hoch, hupte. Er ließ den Motor aufheulen und johlte wie ein kleiner Junge. Er rutschte auf den Beifahrersitz hinüber.

»Hallo, Süße!« Checkers ließ wie ein Hund die Zunge heraushängen. »Klasse Beine hat die Kleine! Wenn du weißt, was ich meine, Pussycat.«

Donna machte ein finsteres Gesicht. Sie zeigte Checkers den Finger.

»Weiterfahren, verdammt noch mal!«, rief der Taxifahrer. Er drückte auf die Hupe.

Checkers leckte sich den kleinen Finger und winkte Donna heran.

»Komm her, Frau«, knurrte er. »Komm her und besorg's dem alten Checkers.«

Donna verdrehte die Augen. Sie warf das Haar zurück. Sie hatte eine Gänsehaut am Hals.

»Komm schon«, sagte Checkers.

»Da sind Autos hinter Ihnen«, sagte Donna.

Unter der Erde rumpelte es. Eine Bahn fuhr ein.

Checkers schlug sich auf die Brust. »Steig in die Kiste«, sagte er zu Donna. »Papa Checkers macht dich zur Frau.«

»Sie sind ja total bescheuert«, sagte Donna.

Der Fahrer des Honda war ausgestiegen, ein wütender Mann mit Fliege.

»Was soll denn das werden?«, fragte er.

»Papa Checkers vögelt dich, dass dir Hören und Sehen vergeht«, rief Checkers.

Donna schnappte nach Luft. Sie war zweiunddreißig, in einem engen Kleid, mit Gänsehaut und teurem Lippenstift. Sie verkaufte Immobilien, mochte Kinder, ging zur Wahl.

»Jetzt komm schon«, sagte Checkers leise und streckte Donna die Hand hin. »Wirst du wohl folgen? Komm zu Papa, Kleine, auf der Stelle.«

Der Mann mit der Fliege streckte den Kopf durchs Fahrerfenster des Dusters.

»Was soll denn das werden?«, blaffte er Checkers an.

Checkers zuckte nicht mit der Wimper. Seine Hand war noch draußen, nach der Frau ausgestreckt.

»Auf der Stelle«, flüsterte er, und Donna lächelte.

Jacobs Bad

Die Legende von Jacobs Bad begann am ersten Mai 1948, dem Tag, an dem Jacob Wolf Rachel Cohen heiratete.

Die Trauung fand in der Synagoge an der West Eighty-ninth Street statt, der Empfang im Plaza Hotel. Die Mütter von Jacob und Rachel – beide hießen Amy – organisierten die Feierlichkeiten. Beide Familien blickten auf eine lange, wohlanständige Vergangenheit in Manhattan zurück. Die Wolfs waren vor Jahrhunderten rumänische Schneider gewesen. Heute besaßen sie *Wolf's Big and Tall* in der West Seventy-second, wo sie die Prominenten ausstaffierten und sich der Riesen annahmen. Gerüchten zufolge war Sherman Wolf, Jacobs Vater, Leibschneider sowohl des Bürgermeisters als auch der Scapalletti-Gangsterbosse gewesen. Wer im Einzelnen zur Kundschaft von *Wolf's Big and Tall* gehörte, war nie bekannt geworden. Bekannt war nur, dass die Wolfs mit riesenhaften Männern im Bunde standen, Männern, deren Prankendruck gefürchtet war. Deshalb war es eine solche Schande, als im Sommer 1943 der vierundzwanzigjährige Jacob Wolf, Shermans einziger Sohn, beschloss, sein Geld als Jingleschreiber zu verdienen.

»Als was?« Sherman Wolf starrte seinen Sohn an. »Was sagst du mir da?«

»Ich werde Jingles schreiben«, sagte Jacob. »Lieder für Produkte.«

»Lieder für Produkte?« Sherman Wolf war zwei Meter drei groß, sein Sohn einen Meter dreiundsiebzig.

»Was für Lieder?«, verlangte Sherman zu wissen. »Was für Produkte? Was sagst du mir da?«

»Für den Rundfunk, Dad.« Jacob seufzte. »Für ein Konsortium.«

»Wie? Was? Was sagst du mir da? Ein Kolloquium?«

Jacob seufzte von neuem. Das Konsortium war eine Gruppe von Unternehmen, deren Zusammenschluss Jacob Rätsel aufgab. Er wusste nur, dass ein Mann ihm eine bezahlte Arbeit als Jingleschreiber angeboten hatte. Rief der Mann an und sagte, wir brauchen einen Pudelhalsbandsong, dann schrieb Jacob den Song. Wurde eine Dreißigsekundenode an ein Mundwasser benötigt, schuf Jacob eine Dreißigsekundenode an ein Mundwasser.

»Ein Konsortium ist eine Unternehmensgruppe, Dad.«

Sherman blickte auf seinen Sohn hinab. Sie standen einander im Salon von Shermans und Amys Penthouse in der West Seventy-fourth Street gegenüber. Das Penthouse beherbergte zwei Originalgemälde von August Macke. Und es beherbergte einen schwarzen Flügel, den Sherman in Jacobs Kinderzeit gekauft hatte. Schon früh hatten sich bei Jacob musikalische Begabung und ein chronischer Mangel an Sportlichkeit gezeigt, und Sherman hatte Erstere zu fördern gehofft. Gewiss, sein Sohn war klein und im Stockball ein hoffnungsloser Fall. Aber durch eifriges Üben würde er vielleicht zu einem musikalischen Genie von stürmischem Temperament heranreifen, einer Art jüdischem Mozart, der in der Carnegie Hall oder der Met seine Tragödien hinaushämmern würde. Sherman war kulturellen Dingen nicht abgeneigt. Doch er ging davon aus, dass sein einziger männlicher Nachkomme nach Macht lechzen würde, nach Berühmtheit auf irgendeinem achtbaren Gebiet. Ein Krieg war im Gange, und alles was nach Trivialität roch, war in Sherman Wolfs Augen eine Schmach.

»Amy«, rief Sherman barsch, »komm mal her. Der Junge will bei einem Kolloquium mitmachen.«

Sherman und Jacob wurden sich über Jacobs Beruf nie einig. Als Jacob 1944 für seinen Grearson's-Seifenflocken-Jingle einen dicken Scheck kassierte, hielt Sherman den Mund. Das Gleiche tat er 1946 während der Bear-Belly-Napfkuchen-Phase seines Sohnes. Im Herbst 1947 aber riss Sherman die Geduld, als er im Radio folgendes Liedchen hörte:

Willst du Babys Po verwöhnen,
musst du Kyper-Windeln nehmen.
Kypers haben Schick!

»Wie können Windeln Schick haben!«, schäumte Sherman. »Herrenkleidung kann Schick haben, Anzüge und Westen, verflucht noch mal!«

»Aber es klingt gut«, sagte Jacob.

»Außerdem«, sagte Sherman, »kenne ich Mitch Kyper. Grauenhaft, wie der sich anzieht!«

Sherman rang die Hände. Sein Ärger über Jacob und die Scham, die er seines Sohnes wegen empfand, erschienen ihm wie ein göttliches Verdikt, ein steter Fluch, der auf seinem Leben lastete. Dabei wollte er nur, dass aus seinem Sohn ein Mann wurde. Ein Mann arbeitete hart, spielte Karten, trank Whisky, dachte an Titten. Ein Mann bezahlte, und dann lachte er, es sei denn, er war krank oder tot. Aber ein Mann schrieb keine Songs über Zahnpasta und Pomade.

»Er braucht eine Frau, das ist alles«, sagte Amy Wolf zu ihrem Mann.

Im Januar 1948 fand Jacob Wolf eine Frau. Zu Shermans und Amys unendlicher Erleichterung war es Rachel Cohen, die Tochter von Alex und Amy Cohen aus der West Seventy-ninth Street. Alex Cohen war Sportredakteur bei der *New York Times.* Seine Familie war zwar nicht seit ebenso vielen Generationen im Nachrichtenwesen tätig, wie die Wolfs Kleider schneiderten, doch Alex' Kommentare zu den Yankees und den Giants waren sachlich und korrekt. Alex Cohen, so meinte Sherman Wolf, war kein oberflächlicher Mensch. Alex wusste, dass es einem Mann zur Ehre gereichte, wenn er einen Gegner vernichtend schlug, mochte es sich um Adolf Hitler oder die Boston Red Sox handeln. Sherman hoffte, Alex' Tochter Rachel hätte etwas vom Format ihres Vaters geerbt – soweit eine Frau überhaupt Format haben konnte –, und Rachels Format würde wiederum auf Jacob abfärben.

Rachel liebte Jacob. Sie war zweiundzwanzig, als sie sich kennen lernten, und arbeitete als Rechercheurin bei der *Times*. Rachel war dafür zuständig, die genaue Körpergröße Mussolinis, die Zahl der Flügelschläge des Kolibris pro Sekunde oder die Zutaten der Vichyssoise im *Duranigan's* in der Madison Avenue zu eruieren und an ihre Vorgesetzten weiterzugeben. Im *Duranigan's* debattierte Rachel gerade mit dem Chefkoch – er hatte sich telefonisch bereit erklärt, ein paar Rezepte zu verraten, gab sich jetzt aber arrogant und zugeknöpft –, als ihr Blick auf Jacob Wolf fiel, der allein an einem Ecktisch sein Mittagessen einnahm. Sie hatte Jacob als Kind in der Synagoge an der Eighty-ninth gesehen, ihn aber nie wirklich wahrgenommen. Sie hatte weder sein ungewöhnlich markantes Kinn noch seine zarten Hände bemerkt. Sie hatte nichts gewusst von der Traurigkeit, der unbefangenen Melancholie, mit der Jacob ein Reuben-Sandwich verzehrte, wenn er sich unbeobachtet glaubte.

»O Gott«, flüsterte Rachel. »Jacob Wolf?«

»Ich sage nichts.« Der Chefkoch schüttelte triumphierend den Kopf. »Die Vichyssoise ist Privatsache.«

Rachel schwebte aus der Küche, hin zu ihrem einsamen zukünftigen Geliebten, der aufsah und ihrem Blick begegnete.

»Privatsache«, rief der Chefkoch Rachel nach. »Haben Sie verstanden?«

Vier Monate später heirateten Jacob und Rachel. Es war eine

fürstliche Hochzeit. Cousins und Cousinen strömten aus Long Island und Washington, D.C., herbei. Der Boden der Synagoge war mit schneeweißen langstieligen Rosen bestreut. Brautjungfer war Susan March, Rachels gute Freundin und Arbeitskollegin. Sie trug ein Kleid, das ihre exquisiten Waden sehen ließ, und viele der Gäste fanden Susan insgeheim schöner als Rachel.

Bei dem Empfang im Plaza wurden unter Amys kritischem Oberbefehl Tatar und Champagner gereicht, dann Zitronensorbet und danach das Dinner. Alles, was in Manhattan Rang und Namen hatte, war anwesend, darunter auch June Madagascar, die Broadway-Sopranistin, Jaqueline Hive, die ein Waisenhaus leitete, und mehrere beängstigend hoch gewachsene Männer in Westen. Während einer kleinen Unterbrechung in dem fröhlichen Treiben brachte Robby Jax, der berühmte Komiker, grinsend einen Toast aus.

»Ladys und Gentlemen«, sagte Robby und hob sein Scotchglas, »auf den Sommer, auf die Liebe zwischen Mann und Frau, auf Cutty Sark und das Tanzen, auf Jaqueline Hives phantastischen Busen, auf Ihre Mütter und Väter, auf die Juden, das Licht der Sterne und gut geschnittene Anzüge aus Wollstoff, aber vor allem, Gott segne sie, auf Jacob und Rachel Wolf… zum Wohl.«

Hochrufe ertönten. Gläser klirrten aneinander. Der Tanz wurde eröffnet, Kinder lächelten, und eine lange Reihe von Geschenken wurde dem Brautpaar überreicht. Es waren ausnahmslos erstklassige Geschenke. Da gab es Silbermesser und Goldschmuck. Da gab es Weinflaschen und Kunstgegenstände. Nichts Anzügliches, Bizarres oder allzu Persönliches war darunter: keine Unterwäsche, kein Bargeld, keine Jazzplatten, keine Bücher. Jedes Geschenk verwies auf ein nützliches, feudales Leben.

Am Abend schwang der zwei Meter drei große Sherman Wolf das Zepter. Gewiss, Alex Cohen kam für die Rechnung auf, aber das war keine Großtat. Sherman war es, der dem Abend Stil verlieh: Er grub die Zähne in das Tatar, er tanzte mit Gattinnen, er reichte seiner Cousine Ida die Hand und beendete damit eine langjährige Fehde. Vor allem aber war er glücklich. Keine verrückten Jingleschreiber waren gekommen – Sherman hatte befürchtet, sie könnten eine Gewerkschaft haben –, um alberne Lieder zu singen oder laut loszuprusten. Zum Abschluss des Abends hatte man eine Limousine gemietet, die vor dem Plaza vorfahren und Jacob und seine Braut in die Adirondack-Berge entführen sollte. Als Krönung der Feierlichkeiten erschien für eine Viertelstunde der Gouverneur persönlich. Er küsste die Braut, schlug dem Bräutigam auf die Schulter und nahm Sherman dann auf ein Wort unter vier Augen beiseite.

Inmitten all der Herrlichkeit saß Jacob Wolf, achtundzwanzig Jahre alt, frisch verheiratet und zutiefst bestürzt. Er saß neben Rachel am Haupttisch und schaute zu, wie der Abend seinen unseligen Lauf nahm. Das Plaza war phantastisch. Das Essen war phantastisch, ebenso die Beleuchtung und die Geigenmusik, und selbst Jacobs rotznäsige Cousine Lucy aus New Haven hatte ihren Babyspeck und ihre vulgäre Sprache abgelegt und war jetzt ebenfalls phantastisch. Doch Jacob war nicht für das Phantastische geschaffen. Er hatte es sein Leben lang gekannt. Er lächelte seinen und Rachels Gästen zu, weil sie ihm Glück wünschten, doch im Grunde hatte er schreckliche Angst vor diesen Leuten. Entgegen dem Mythos, der sie umgab, hatten sie nichts Hochgestochenes oder Gekünsteltes an sich. Sie waren alles, was sie von sich selbst glaubten. Sie waren reich, glänzend, intelligent und, wie Jacob vermutete, von mustergültiger moralischer Standhaftigkeit. Doch gerade ihre Rechtschaffenheit ließ Jacob innerlich frösteln. Denn er wusste, was für ein unvollkommener, einfacher Mensch er war. Er verdiente seinen Lebensunterhalt mit dem Verfassen windiger, verrückter Songs, und er war damit zufrieden. Er machte lange Spaziergänge im Central Park, nicht um die Natur zu genießen oder sich fit zu halten, sondern einfach so. Er hatte Rachel zur Frau genommen, weil sie leichte Beute gewesen war. Sie war im

Duranigan's an seinen Tisch gekommen und hatte ihm durch Körpersprache und die englische Sprache zu verstehen gegeben, dass sie zu haben sei. Vier Wochen waren sie zusammen ausgegangen, und Rachel hatte Dinge gesagt, die Jacob zum Lachen brachten. Sie war gut gebaut, so wie er auch – bis zu den Flitterwochen schliefen sie jedoch nicht miteinander –, und die Jingles, die Jacob schrieb, fand sie weder begeisterungswürdig noch verachtenswert. Vielleicht aus Freude, gewiss aber aus Erleichterung hatte Jacob sie gebeten, seine Frau zu werden. Sie sagte sofort Ja, und damit war der Fall erledigt.

Oder vielleicht auch nicht, dachte Jacob, während die Hochzeitsfeier ihren Lauf nahm. Vielleicht schlummerte etwas von der Kraft und Herrlichkeit, die den Gästen einen solchen Glanz verlieh, auch in Rachel. Jacob wohnte im Preemption Building in der West Eighty-second, und Rachel sollte nach den Flitterwochen zu ihm ziehen. Aber wie lange würde sie sich damit zufrieden geben? Vielleicht würde sie ja nach vierwöchiger Ehe Wunder verlangen: einen Umzug auf die Upper East Side, Karten für *Carmen*, Papayas zum Frühstück. Was war, wenn sie plötzlich Kalifornien für das Gelobte Land hielt? Oder nach Austern lechzte? Oder über Churchill diskutieren wollte?

Rachel drückte Jacobs Hand. »Du wirkst so niedergeschlagen.«

»Bin ich aber nicht.«

»Du lügst. Hör auf, dir Sorgen zu machen.«

Jacob betrachtete seine frisch gebackene Ehefrau. Er betrachtete ihr glitzerndes Kleid, ihr Dekolletee, ihre eher hässlichen Augenbrauen.

Rachel zuckte die Schultern. »Ich bin einfach eine Frau«, sagte sie, »und du bist einfach ein Mann.«

Gott sei Dank, dachte Jakob.

Die Legende von Jacobs Bad begann später an diesem Abend, in den Bergen.

Jacobs und Rachels Flitterwochendomizil hieß *Blackberry House.* Es war ein Mittelding zwischen einem Vanderbilt-Landhaus und einem modernen Hotel garni, ein geräumiges Holzhaus, nur eine Stunde von der kanadischen Grenze entfernt. Der Gesellschaftsraum im Erdgeschoss war holzvertäfelt und liebevoll geschmacklos eingerichtet. Es gab dort Bärenfelle auf dem Boden, Geweihe an den Wänden und ein Schachbrett mit Elfenbeinfiguren. Die Zimmer aber waren warm und anheimelnd, mit Quilts auf den Betten, brennenden Kerzen und frei stehenden Wannen mit Löwenfüßen aus Messing im Bad. In Jacobs und Rachels Zimmer – dem Blackberry Room – stand ein alter Webstuhl, und aus dem riesigen Mansardenfenster blickte man auf den Raquette Lake hinaus. Vor diesem Fenster saß ein Skunk im Mondschein auf dem Dach.

»Da draußen ist ein Skunk, ein Stinktier«, sagte Rachel. Sie hatte noch ihr Hochzeitskleid an. Sie zeigte auf das Dach und blickte in die Nacht hinaus. Es war Frühling in den Adirondacks, aber die Fensterscheiben waren kalt.

»Es ist zwei Uhr morgens«, sagte Rachel. »Da draußen vor dem Fenster sitzt ein Skunk.«

Vielleicht hätte Jacob an ehelichen Vollzug denken sollen. Stattdessen fragte er sich, wie in aller Welt ein Skunk es schaffte, zwei Stockwerke hochzuklettern.

»Mephitis mephitis«, sagte Rachel. »So heißt der Streifenskunk auf Lateinisch.«

Für die *Times* hatte Rachel einmal Tiernamen recherchiert.

»Wie kommt der hier rauf?«, fragte Jacob.

Der Mann und seine Braut beobachteten den Skunk. Er war schwarz und weiß und stank gerade nicht.

Rachel zog ihre Schuhe aus und rieb sich die Füße. »Wie romantisch! Ein *Mephitis mephitis* vor dem Fenster, in unserer Hochzeitsnacht.«

Jacob gab keine Antwort.

»Ich bade jetzt«, sagte Rachel.

Sie ging ins Bad und schloss die Tür. Jacob betrachtete weiter das Nagetier. Der Skunk regte sich nicht. Er saß anderthalb Meter vom Fenster entfernt, von Jacobs und Rachels Brautbett aus voll im Blickfeld.

Jacob hörte Rohre zirpen und Wasser laufen. Seine Frau, das wusste er, war mit etwas Weiblichem beschäftigt. Und während er das dachte, beschloss er, den Skunk zu verjagen.

»Schatz?«, rief Rachel. »Was machst du denn?«

Dampf drang unter der Badezimmertür durch.

»Nichts«, sagte Jacob.

Er zog einen seiner teuren Lederschuhe aus und nahm ihn wie einen Schild in die linke Hand. Mit der Rechten öffnete er das Fenster, ganz langsam, nur einen Spalt. Er streckte den linken Arm hinaus.

»Geh weg, Skunk«, flüsterte er und schwenkte den Schuh. »Ab mit dir.«

Der Skunk sah Jacob an. Er wirkte schrecklich gelangweilt.

»Verschwinde«, zischte Jacob. »Hau ab!«

Er sah den Skunk böse an und schwenkte vorsichtig den Schuh.

»Schsch«, machte er.

Jacob fuhr fort, den Schuh zu schwenken. Er wollte nicht unbedingt, dass sich das Stinktier zu Tode stürzte. Es sollte sich nur auf einen anderen Teil des Daches verziehen und woanders seiner Neugier frönen. Doch der Skunk tat nichts dergleichen. Stattdessen vollführte er eine Drehung um hundertachtzig Grad und bespritzte Jacobs Schuh.

»Scheiße!«

Jacob zog die Hand aus dem Schuh und fuhr zurück. So schnell er konnte, schloss er das Fenster. Den Schuh ließ er draußen. Aber es war zu spät.

»Puh!«, machte Rachel im Badezimmer.

»Tut mir Leid«, rief Jacob.

Er richtete sich auf und hielt sich die Nase zu. Der Gestank war unerträglich.

»Du kommst besser hier rein«, sagte Jacobs Frau.

Ich hab's vermasselt, dachte Jacob. Ich hab die Flitterwochen vermasselt.

»Komm«, sagte Rachel.

Sie stand in dicke weiße Handtücher gewickelt da. Eines war wie ein Turban um ihren Kopf geschlungen. Das andere war über ihren Brüsten festgemacht und reichte ihr bis auf die Schenkel hinab. Sie hatte einen Schorf am Knie.

»Wir dichten besser die Türritze ab«, sagte Rachel. Sie nahm ein weiteres Handtuch von einem Bord und legte es vor den Spalt unter der Tür.

»Ich wollte das verdammte Vieh verscheuchen«, sagte Jacob. »Da hat es meinen Schuh voll gespritzt.«

Rachel war in der Wanne gewesen. Sie war nass unter den Tüchern.

»Es tut mir Leid«, sagte Jacob.

»Schon gut.«

Dampfschleier hingen in der Luft. Die Badewanne war noch voll. Jacob betrachtete seine Frau, die Handtücher, in die sie sich gewickelt hatte. Frauen wickelten sich oft auf diese Weise in Handtücher, eines für die Haare, das andere für den Kopf. Das war zwar nichts Ungewöhnliches, aber es war etwas, das Männer nicht taten. Es gefiel Jacob.

»Äh ...« Jacob errötete. Immerhin steckte unter diesen Handtüchern seine Frau.

»Er hat nur meinen Schuh voll gespritzt«, sagte er. »Mich selber hat er nicht erwischt.«

Rachel kicherte. Sie rümpfte die Nase.

»Hat er doch«, sagte sie.

Jacob lachte. Rachel lachte auch. Dann verstummten sie und sahen sich an.

»Vielleicht solltest du in die Wanne steigen«, schlug Rachel vor.

Jacob geriet in Panik. Er hatte von Frauen gehört, die in der Badewanne Sex hatten.

»Ich weiß nicht…«, sagte er.

»Du riechst«, sagte Rachel. »Zieh dich aus und steig in die Wanne.«

Rachel lächelte. Jacob schloss aus ihrem Lächeln, dass sie nichts Abartiges im Sinn hatte. Er beruhigte sich wieder. Er zog sich langsam aus und ließ zu, dass sie ihn sah. Dann stieg er in die Wanne.

Rachel hob seine Kleider auf und warf sie vor die Tür. Sie schloss die Tür und kniete sich neben die Wanne.

»Du… äh…« Jacobs Augen befanden sich auf gleicher Höhe mit Rachels Busen. »Willst du…«

»Ich steig nicht zu dir rein«, sagte Rachel.

»Ah, gut«, sagte Jacob schnell.

»Ich hab schon gebadet.«

»Eben.«

»Das geht schnell bei mir.«

»Okay. Kein Problem.«

Rachel legte die Wange auf den Wannenrand. Sie betrachtete Jacobs Körper im warmen, klaren Wasser. Sie sah ihn ganz.

»Rachel«, sagte Jacob. Er war jetzt verlegen, wie er da in der Wanne saß, bis zum Hals im Wasser. Er kam sich vor wie ein kleiner Junge.

Eine Haarsträhne löste sich aus Rachels Handtuch und verästelte sich im Wasser. Sie streckte die Hand aus und streichelte Jacobs Hals.

»Ich liebe deinen Hals«, sagte sie. »Deinen Hals und dein Kinn.«

Jacob ließ sie sein Gesicht berühren. Sie war seine Frau.

»Ich liebe dich«, sagte er.

Rachel seufzte glücklich.

»Wirklich«, sagte Jacob.

Rachel hörte auf, Jacobs Kinn zu streicheln.

Und jetzt?, dachte Jacob.

Rachel nahm einen weißen Waschlappen. Sie rieb den Lappen mit einem Stück Seife ein. Die Seife roch nach Wintergrün.

»Was machst du denn da?«, fragte Jacob. Sein Blick war auf den Waschlappen gerichtet.

Rachel rubbelte den Lappen, bis die Seife schäumte. Sie drapierte ihn um ihre Hand und tauchte die Hand ins Wasser. Sie massierte Jacobs Brust.

»Sei still«, sagte Rachel. »Ich bade dich.«

Anfangs musste Jacob noch lachen. Er war kitzlig an den Unterarmen, und sein Körper machte ihn befangen. Doch als Rachel ihn von Kopf bis Fuß zu waschen begann, hörte er auf zu lachen. Seine Frau ging ganz in ihrem Tun auf. Sie schrubbte ihren neuen Ehemann sorgfältig ab. Sie ging energisch mit seinen Händen um – an denen Skunkgeruch haftete – und streng mit seinen Füßen. Sie bearbeitete gründlich seinen Rumpf, aber sie war behutsam mit seinem Geschlecht. Und schließlich, überwältigt von der sorgsamen Behandlung, die ihm zuteil wurde, schloss Jacob die Augen. Eine milde Freude überkam ihn. Wochenlang hatte er Pläne für diese Nacht geschmiedet – für die Eroberung von Rachels Körper –, doch jetzt verflüchtigten sich seine Pläne. Noch immer hätte er sie gern im Bett geliebt, aber in diesem Augenblick geschah etwas viel Einfacheres. Rachels Hand strich über seine Haut, hegte und pflegte ihn, nass, freundlich.

»Gefällt's dir?«, flüsterte Rachel.

Jacob hielt die Augen geschlossen. Sein Körper war jetzt von einer Gänsehaut überzogen, und sein Mund öffnete sich überrascht. Er war sich plötzlich sicher, dass Rachel noch nie einen anderen Mann gebadet hatte.

»Hmmm.« Rachels Kehle freute sich.

»Es gefällt dir«, flüsterte sie.

Was Jacob und Rachel in ihren Flitterwochen sonst noch taten, geht keinen etwas an. Eines aber steht fest: Jeden Abend, nach dem Essen und einem Spaziergang im Wald, badete Rachel Jacob. Nach drei Tagen schon mochten Mann und Frau das Ritual nicht mehr missen. Bald war es kein Luxus mehr, Ausdruck eines neuen, überzuckerten Lebens, sondern ein Bedürfnis. Es war, als wäre Jacob all die Jahre einen Berg hinaufgestiegen und hätte jetzt einen passablen Gipfel erreicht, auf dem es eine Frau und eine Wasserquelle gab. Die Frau war da, um dem Mann Kraft zu geben, seinen Durst zu stillen, und der Mann liebte die Frau, und er war dankbar. Es ging nicht um Gerechtigkeit: Jacob badete Rachel nie. Er war bereit, sich ein Leben lang für sie abzurackern, aber darum geht es hier nicht. Es geht hier um das Bad: die Legende.

Jacob und Rachel kehrten nach Manhattan zurück. Rachel recherchierte wieder, Jacob schrieb wieder Jingles. Sie wohnten in Jacobs Wohnung im Preemption Building.

Das Preemption lag an der Ecke West Eighty-second und Riverside Drive. Es war ein geheimnisvolles altes Brownstone-Gebäude mit Wasserspeiern auf dem Dach, das wie ein Wachturm über dem Hudson River aufragte. Auch von innen war das Preemption etwas Besonderes, aus dreierlei Gründen. Es hatte den ältesten noch funktionierenden Otis-Aufzug in Manhattan, eine von Hand zu bedienende Antiquität mit Mahagonitüren auf jedem Stockwerk. Und das Preemption hatte einen ganz besonderen Portier, einen Schwarzen namens Sender. Sender war hoch gewachsen, drahtig und würdevoll. Er trug einen blauen Anzug wie ein Zugschaffner, und er schien weder älter zu werden noch jemals seinen Posten zu verlassen. Manche Bewohner des Preemption schätzten Sender auf knapp fünfzig, andere auf über hundert, aber im Armdrücken konnte es keiner mit ihm aufnehmen. Mitten auf der Stirn, dicht über den Augen, hatte er eine ovale Narbe. Jedes Jahr im Oktober ging das Gerücht um, Sender sei mit einem dritten Auge zur Welt gekommen, das die Ärzte beim Durchschneiden der Nabelschnur entfernt hätten.

Die dritte, schicksalhafte Besonderheit des Preemption bestand darin, dass Elias Rook, der Erbauer und erste Besitzer des Gebäudes, jede der Wohnungen mit einer frei stehenden Badewanne versehen hatte. Der Bau war achtzehnhundertneunzig fertig gestellt worden, doch Elias Rook, ein betuchter, strenger Presbyterianer, hatte bei der Ausstattung der Wohnungen an die Ewigkeit gedacht. Böden und Wände waren aus massiver Eiche. Die Bogenfenster hatten zentimeterdicke Scheiben. Die Badewannen aber waren Meisterwerke – Schmiedeeisen mit weißer Emailbeschichtung und Messingrohren und -armaturen. Hätte jemand wie Rachel sich einmal die Mühe gemacht, Recherchen über das Preemption anzustellen, wäre er vielleicht auf die unglaubliche Tatsache gestoßen, dass in über hundert Jahren kein Einziger der Bewohner je über fauliges Wasser, geborstene Rohre oder auch nur gesprungenes Email in seiner Wanne geklagt hatte. Natürlich waren die meisten der Wannen im Laufe der Jahre in Duschen umgewandelt worden, auch bei Jacob. Da es gegen die Hausordnung des Preemption verstieß, die Originalwannen zu entfernen – sie waren ohnehin einzementiert –, ließen die meisten der Bewohner einen Installateur kommen, der ein Rohr wie einen Mast hochzog und daran einen Duschkopf anbrachte. Diese Leute – die Mehrheit – umgaben ihre Wanne dann mit einem Plastikvorhang, duschten rasch und kehrten in die Welt zurück. Einige wenige Preemptioner aber bauten keine Duschen ein. Sie ließen sich in ihren Wannen, diesen altmodischen Kochkesseln, langsam schmoren, sie dachten an Sender, sie sannen über den Aufzug des Preemption nach, der ebenfalls nie kaputtging, und sie fürchteten sich nicht.

An dem Tag, als Jacob und Rachel Wolf aus den Adirondacks zurückkehrten, montierte Jacob die Dusche ab. Von da an badete

Rachel ihren Mann an jedem Abend ihrer Ehe. Sie badete ihn am zwanzigsten November 1953, als ihr Sohn Elias geboren wurde. Ihrer Familie und den Ärzten im St. Luke's Hospital sagte sie nichts davon. Sie tat es einfach: Sie ging morgens ins St. Luke's, brachte Elias zur Welt, und bei Einbruch der Dunkelheit war sie wieder zu Hause, um ihren Mann zu baden.

Auch am achten April 1956, als ihre Mutter an einer Gehirnblutung starb, war Rachel rechtzeitig wieder zu Hause, um Jacob zu baden. Sie badete ihn an jedem Sabbat und an den jüdischen Feiertagen. Sie badete ihn bei Vollmond und während der Baseballmeisterschaften, badete ihn, wenn sie wütend war und wenn er grausam war. Jacob seinerseits kam jeden Abend rechtzeitig zu seinem Bad nach Hause. Am dreißigsten Juli 1958, nachdem man ihm im Rockefeller Center einen Preis für seinen Jeremiah's-Senf-Jingle verliehen hatte, lehnte er ein fünftes Bier im *Duranigan's* ab und fuhr mit einem Taxi heim, um zu baden. Am dreiundzwanzigsten August 1966 beendete der fünfzigjährige Jacob Wolf in einem Zimmer des Plaza seine Affäre mit der Broadway-Pianistin Melodie – »Three-Four Time« – Sykes. Von Schluchzen geschüttelt eilte er zu seiner Frau nach Hause und stieg in die Wanne.

Jahrzehntelang wusste niemand um das Geheimnis, um jenes private Weihwasserbecken in Jacobs und Rachels Ehe. Ihre Eltern wussten nichts davon. Ebenso wenig ihre Nachbarn und ihre Kinder, Elias und Sarah. Die beiden glaubten ihre ganze Jugend hindurch, ihre Eltern seien einfach nur geil. Jeden Abend sahen sie Jacob und Rachel im Schlafzimmer verschwinden, durch das man ins Bad gelangte. Wenn Sarah und Elias das Wasser laufen hörten, stellten sie sich vor, es finde Sex statt, und auch sie selbst seien im warmen Wasser gezeugt worden. Das führte in Elias' Teenagerzeit zu einiger Verwirrung, denn er schloss daraus, dass junge Frauen am willfährigsten und lüsternsten sind, wenn man sie in eine Badewanne taucht und gut einweicht. Sarah dachte natürlich ähnlich, auch noch, als sie bereits aufs College ging. Ließ ein Junge oder ein Mann irgendwo ein oder zwei Zimmer weiter das warme Wasser laufen, kicherte sie los oder huschte erschreckt davon.

Im Januar 1991 drang die Legende von Jacobs Bad an die Öffentlichkeit. Jacob war zweiundsiebzig, Rachel fünfundsechzig,und der Golfkrieg war im Gange. Jacobs Mutter war fünf Jahre zuvor gestorben, und sein Vater, der mächtige Sherman Wolf, zählte neunzig Jahre. Sherman war um fast drei Zentimeter geschrumpft. Er lebte jetzt im Benjamin Home, einem Seniorenheim auf der Upper East Side. Es war ein erstklassiges Haus mit guten, stabilen Holzbetten, teppichbelegten Fluren und freundlichen Pflegerinnen. Sherman Wolf knurrte die alte Frau an, die im Gesellschaftsraum Patiencen legte. Er verfolgte das Kriegsgeschehen gewissenhaft in Fernsehen und Presse. Insgeheim aber war Sherman besorgt. Die Welt war *Big* und *Tall* geblieben, er selbst nicht. Seine Lunge schmerzte, wenn er tief einatmete. Er litt an Arthritis, Schwerhörigkeit und Kälteschauern, die seine Glieder zittern ließen. Und um das Maß voll zu machen, gab es im Irak einen Irren, der, so Shermans feste Überzeugung, demnächst das Benjamin Home, genauer gesagt, ihn selbst angreifen würde.

»Dad«, sagte Jacob, »niemand wird dich angreifen.«

»Was?« Sherman sah seinen Sohn verständnislos an. »Was sagst du mir da?«

Jacob kam jeden Sonntag ins Benjamin Home, oft auch unter der Woche.

»Niemand wird dir was tun, Dad. Das lass ich nicht zu.«

Sherman sah Jacob ungläubig an.

»Du?«, murmelte er. »Du kannst den Irren nicht daran hindern.«

»Mach dir wegen des Irren keine Sorgen.« Jacob zog den Quilt zurecht, den sein Vater um die Schultern trug. Es war ein Quilt, den Jacobs Mutter Amy genäht hatte.

»Du.« Sherman wandte den Blick ab und seufzte. »Du Jingleschreiber.«

Berühmt wurde Jacobs Bad durch Susan March, Rachels Brautjungfer und einstige Kollegin. Rachel und sie hatten zusammen als Rechercheurinnen bei der *Times* angefangen. Als Rachel zu arbeiten aufhörte, um Elias und Sarah großzuziehen, war Susan March in der Nachrichtenredaktion geblieben. Sie arbeitete fünfzig Jahre bei der *Times* und schrieb über alles, über Watergate, Breakdance und die Unruhen in Nordirland. Ende der Siebzigerjahre hatte Susan ihre eigene zweimal wöchentlich erscheinende Kolumne namens »March Madness«. Die Kolumne deckte die ganze Skala von politischer Satire bis hin zu vernichtenden Modekommentaren ab. Susan spießte stets irgendetwas Groteskes auf: Prominente von befremdlicher Veranlagung, Unbekannte mit verblüffenden Plänen. In »March Madness« las Amerika das erste Interview mit Dana Smith, der Geliebten des mutmaßlichen Serienmörders Bobby Bobbington.

»Ich rede nur mit Susan«, schluchzte Dana, und sie meinte es ernst.

1986 äußerte Susan March ihre tiefe Bestürzung über die Grönland-Krise in Dänemark und beeinflusste damit sogar, wie manche meinten, das Abstimmungsergebnis im Senat. Alles in allem bewies Susans Karriere, dass sie einen Blick dafür hatte, was für die Welt oder zumindest für Amerika von Bedeutung war. Susan hatte zweifellos Herz und Verstand, sie führte eine gescheite Feder und scheute sich nicht, moralisch heiße Eisen anzufassen.

Am Neujahrsmorgen 1991 war es so weit. Susan March fuhr im Taxi die Fifth Avenue hinunter. Es war vier Uhr morgens. Susan kam von einer Party, und sie war betrunken. Es war eine jener Nächte, in denen der Alkohol sie scharfsichtig und depressiv machte. Verzagt schaute sie aus dem Fenster. Draußen schneite es. Es waren kaum Autos unterwegs. Der Taxifahrer hielt Susan für eine Touristin und zählte die Sehenswürdigkeiten der Fifth Avenue auf.

»Da ist der Trump Tower«, sagte er. »Da ist St. Patrick's Cathedral. Da vögeln zwei.«

Susan fuhr zusammen, blinzelte, schaute genauer hin. Tatsächlich waren im Schnee auf den Stufen von St. Patrick's zwei Teenager zugange. Der Taxifahrer fuhr langsamer, um mehr zu sehen, sodass auch Susan mehr sah. Sie wünschte, sie hätte sagen können, die Teenager liebten sich, sie läuteten mit gesunder Ungeniertheit das neue Jahr ein, aber der Taxifahrer hatte Recht. Die Teenager vögelten. Das Gesicht des Mädchens verzerrte sich. Der Junge hatte Kleid und Mantel des Mädchens um ihren Hals gerafft, seine eigenen Hosen aber nur bis zu den Schenkeln heruntergelassen. Die Nacktheit, der Schnee und der Schmerz waren ganz auf Seiten des Mädchens. Susan wollte schon das Fenster herunterkurbeln und Vergewaltigung schreien, da lächelte das Mädchen. Es war ein grauenvolles Lächeln, fand Susan: willig, grob, gierig und dazu noch gotteslästerlich.

Der Taxifahrer zuckte die Schultern.

»Und weiter geht's«, sagte er.

Susan konnte nicht schlafen, als sie nach Hause kam. Die ganze Zeit dachte sie an die beiden Teenager. In jüngeren, forscheren Jahren hätte sie einen geharnischten Artikel heruntergehackt, über Sitte und Anstand in der Öffentlichkeit, über Sex, über Privatsphäre, über Moral. Doch jetzt kam sie sich plötzlich selbst durch und durch unmoralisch vor. Alles an dieser Nacht war ungesund gewesen: nicht nur die Teenager, auch die Party, die Susan besucht hatte. Es war ein Aufmarsch von Prominenten gewesen: Fernsehmoderatoren, Models, Schauspieler, ein paar angesehene Journalisten und sogar ein angeblicher Profikiller namens Mr. Bruce. Was Susan anwiderte, waren nicht der Gin und die

Zigarren oder die Anwesenheit eines Mörders, nicht einmal die vulgäre Geilheit eines jungen Mädchens. Was Susan anwiderte, war die Tatsache, dass sie ihren Lebensunterhalt damit verdiente, solche Dinge aufzugreifen und sie dadurch, dass sie darüber schrieb, gewissermaßen salonfähig zu machen. Sie war Mitte sechzig und hatte nie geheiratet, sie war nie in Disneyland gewesen und hatte nie singen gelernt. Stattdessen hatte sie sich auf die großen, brutalen Gepflogenheiten dieser Welt gestürzt: Mord, Erpressung, Hass, Verbrechen gegen Frauen und den Planeten. Sie hatte sich diese furchtbaren Wahrheiten lange angesehen. Doch wie Nietzsche sagt: Wenn du lange in einen Abgrund blickst, blickt der Abgrund auch in dich hinein. An diesem Neujahrsmorgen kam Susan eine schreckliche Erkenntnis: Sie hatte einen fatalen Hang zu allem Niedrigen. Irgendeine Faser ihrer Seele verlangte danach zu töten wie Mr. Bruce, Länder mit Napalm kahl zu fegen oder von einem Mann auf einer Kirchentreppe brutal genommen zu werden. Sie wollte diese Scheußlichkeiten nicht nur, sie lechzte geradezu danach und hatte deshalb nie Schutzwälle dagegen errichtet. Sie hatte keinen Mann, keine Kinder, keinen Balsam, der ihr das Leben leichter machte. An diesem Neujahrsmorgen legte sie ihre Arroganz, den Stolz auf ihre lebenslange, klarsichtige Unabhängigkeit mühsam ab. Das glaubte sie zumindest.

Susan musste sich übergeben. Sie weinte und zitterte. Sie versuchte sich an den Text eines irischen Wiegenliedes zu erinnern, aber vergeblich. Eine Stunde lang sah sie in ihren Badezimmerspiegel, angewidert von den Falten in ihrem Gesicht, den Spuren dessen, was sie einmal für Weisheit gehalten hatte. Um neun Uhr morgens lag sie schniefend auf dem Sofa und klammerte sich an Biter und Beater, ihre beiden Katzen. Da klingelte das Telefon. Susan war nicht in der Verfassung zu sprechen, doch als sie die Stimme auf dem Anrufbeantworter hörte, seufzte sie erleichtert auf. Es war Rachel Wolf, die sie an ihre alljährliche Verabredung zum Neujahrsbrunch im *Duranigan's* erinnerte. Sie pflegten dieses Ritual seit zwanzig Jahren.

»Dann sehen wir uns um elf«, sagte Rachels fröhliche Stimme. Mit einem Klicken verstummte das Gerät.

Susan trocknete ihre Tränen. Sie blieb auf dem Sofa liegen, ruhte sich aus, dachte nach.

Brunch, dachte sie. Brunch, was für ein wunderbares Wort.

Es ist so einfach, dachte Susan. Sie glaubte eine Offenbarung zu haben.

Brunch, dachte sie. Brunch und Tradition und mit einer Freundin reden. Konnte eine fünfundsechzigjährige verkaterte Frau nicht darüber schreiben, anstatt das Elend anzuprangern?

Susan drückte Biter und Beater an sich. Dann duschte sie.

»Was hast du gestern Abend gemacht?«, fragte Rachel. Sie aß Eier und Kartoffeln mit Knoblauch und Petersilie.

Susan aß einen Zimttoast. »Party. Downtown.«

Rachel lächelte.

Sie hat ein gutes Gesicht, dachte Susan. Warm und gesund, wie Toast.

»Jetset?«, fragte Rachel.

Susan nickte. »Und du, was hast du gemacht?«

Rachels Haar war völlig grau, aber so lang, dass sie es noch am Hinterkopf zusammenfassen konnte. Haare wie ein junges Mädchen, dachte Susan.

»Das Übliche«, sagte Rachel.

Susan beugte sich vor. »Und was ist das Übliche?«

Rachel lächelte. »Ach, du weißt schon.«

Susan schüttelte den Kopf. »Nein.« Ihre Stimme zitterte. »Nein, Rachel, ich weiß es nicht.«

Rachel sah ihre Freundin an. Ihre Miene wurde ernst. Sie war Mutter von zwei und Großmutter von fünf Kindern. Sie merkte es, wenn jemand in Nöten oder bedürftig war.

»Ja, also, Jacob hat uns zwei Porterhouse Steaks gemacht, wie immer an Silvester. Wir haben ein bisschen Wein getrunken. Dann hat Elias angerufen und später Sarah.«

Susan wartete. »Und dann?«

Rachel zögerte. Dreiundvierzig Jahre waren vergangen, und sie – Jacob und Rachel – hatten nie jemandem erzählt, was sie Abend für Abend taten. Es war auch nie nötig gewesen, aber jetzt saß da Rachels Freundin. Da saß Susan March, den Tod in den Augen, wie Rachel es nur ein einziges Mal gesehen hatte: als Elias wegen Selbstmordgefährdung nach dem Verlust einer Frau drei Monate in einer psychiatrischen Klinik verbracht hatte. Dieser Tod, dieses Loch im Lebenswillen ließ Rachel um ihre Freundin zittern, so wie sie um ihren Sohn gezittert hatte. Mehr brauchte sie nicht, um ein dreiundvierzig Jahre altes Geheimnis preiszugeben.

»Und dann«, sagte sie schlicht, »habe ich meinen Mann gebadet.«

Und die Legende kam heraus. Ungeduldig wie ein Kind stellte Susan Fragen. Rachel beantwortete sie. Sie erzählte von ihren Flitterwochen. Sie erzählte von dem Skunk und dem Baden. Sie vergaß darüber ihre Eier und die Kartoffeln. Sie berichtete von den Tagen und Nächten ihrer Ehe, offen und wahrheitsgemäß, ohne Sentimentalität. Sie erzählte, dass Jacobs Bad nichts mit Sex zu tun hatte, sondern mit Hingabe, mit Liebe. Und weil sie glaubte, dass es wichtig für ihre Freundin sei, gestand sie sogar, dass Jacob einmal eine Affäre gehabt hatte, eine Affäre, von der sie die ganze Zeit gewusst hatte.

»Sie hat in einem Orchester gespielt«, sagte Rachel. »Jacob hat sich in ihrer Mittagspause mit ihr getroffen, und sie sind in ein Hotel gegangen.«

»Der Mistkerl«, flüsterte Susan.

Rachel versteifte sich innerlich. »Er ist jeden Abend zum Baden nach Hause gekommen.«

»Aber er hat dich belogen! Er hat dich betrogen!«

Rachel betrachtete ihre Freundin, die die Männer nicht verstand.

»Ich habe ihn geliebt«, sagte sie gelassen. »Ich war seine Frau, und ich habe ihn geliebt. Irgendwann war die Affäre zu Ende.«

Susan leckte sich die Lippen, erstaunt, durstig.

»Und du badest ihn auch jetzt noch jeden Abend?«

»Jeden Abend.«

Tränen standen in Susans Augen. »Ach, ist das schön.«

Rachel verdrehte die Augen. »Nicht weinen, Susan.«

»Aber das ist so schön.« Susan March seufzte.

Rachel runzelte die Stirn. Erst jetzt merkte sie, wie gefährlich es war, was sie erzählt hatte und wem sie es erzählt hatte.

»Das ist einfach mein Leben«, sagte sie.

»Aber es ist so… so… heilig.«

Rachel straffte sich. »Um Himmels willen, Susan. Ich hätte dir das nicht sagen sollen.«

Susan ergriff die Hand ihrer Freundin. Sie tat es ernst, mit der tiefen, seelenvollen Überzeugung eines Menschen, der den Krieg erklärt.

»Aber ich bin so froh, dass du's getan hast, Raych.« Sie drückte Rachels Hand. »Ich bin so froh.«

Susan March widmete der Legende von Jacobs Bad eine ganze Kolumne. In dem als Hommage gedachten Artikel nannte sie Jacob und Rachel Wolf beim Namen und erzählte der Welt die private Geschichte der beiden. Die Kolumne, so fand Susan, legte Zeugnis ab von der neu erwachten Hoffnung, die sie in die Menschheit setzte. Nie wieder würde sie gegen das Irrationale, das Böse, Schreckliche und Absurde wettern. Es gebe, so schrieb sie in »March Madness«, eine Alternative für den wahren Rebellen, und diese Alternative sei radikaler Anstand. Man brauche sich nur wie Jacob und Rachel Wolf eine einfache, anständige Tätigkeit auszusuchen und sich ihr täglich, uneingeschränkt und bedingungslos hinzugeben. Das sei der Schlüssel zum Glück, schrieb sie.

»O Gott«, flüsterte Jacob. Er las die Zeitung, las über sich selbst, sein abendliches Bad.

»Es tut mir Leid«, sagte Rachel flehentlich.

»Sie nennt sogar das Preemption.« Jacobs Stimme zitterte vor Zorn.

Rachel ließ den Kopf hängen.

Die Wolfs bekamen Briefe. Wenn Susan March eine ganze Kolumne dem Baderitual eines Paares widmete, dann hatten dieses Paar und dieses Ritual Anspruch auf Lob und Überprüfung. Ein neugieriges Ehepaar sprach Jacob sogar in der Eingangshalle des Preemption an.

»Sie könnten einen ehelichen Reinigungsverein gründen«, sagte der Mann.

»Nein, könnte ich nicht«, sagte Jacob.

»Sie könnten älteren Menschen Mut machen«, sagte die Frau.

»Gehen Sie zum Teufel«, sagte Jacob.

Es gab auch Kritik. Einige alte Bekannte schüttelten traurig den Kopf über Jacob und Rachel, überzeugt, die Wolfs hätten Jahrzehnte der Abartigkeit vertuscht. Manche spekulierten auch, Elias und Sarah seien auf Grund der Gewohnheiten ihrer Eltern psychisch deformiert und praktizierten nun mit ihren Partnern ähnliche Rituale. Am schärfsten reagierte Sherman Wolf.

»Was sagst du mir da?« Sherman saß in seinen Quilt gehüllt und starrte Jacob zornig an.

»Dad«, begann Jacob.

»Nein.« Sherman ballte die knochige Hand zur Faust. »Im Irak sitzt ein Irrer, und mein Sohn badet mit seiner Frau. Ich hab's in der Zeitung gelesen.«

»Ich bade nicht mit Rachel«, erklärte Jacob. Aber er lief rot an und kochte innerlich vor Wut. Einige der Pflegerinnen hatten ihm zugelächelt. Sie waren im Bilde.

»Sie badet mich«, sagte Jacob leise.

»Halt den Mund.«

»Okay, Dad.«

Sherman versank tiefer in seinem Quilt. Er hustete schwach.

»Du warst nie ein Mann«, krächzte er.

Jacob biss die Zähne zusammen. Er dachte an einen Jingle, den er einmal für eine Grußkartenfirma geschrieben hatte. Er dachte an den Mythos der Pandora und daran, dass Rachel ihm nie Seife in die Augen brachte.

»Tut mir Leid, Dad«, sagte Jacob.

Die Sache ging Jacob nicht mehr aus dem Sinn. Sie verfolgte ihn förmlich. Nach wie vor stieg er jeden Abend nackt in die Wanne, und nach wie vor wusch Rachel ihn. Sie sang ihm Lieder vor, die er mochte, und strich ihm zärtlich das Haar zurück. Aber irgendetwas war gestorben. Jacob spürte es. Ob sie ihm Briefe geschrieben hatten oder nicht – manche Bewohner der Insel hielten ihn und Rachel jetzt für tiefsinnig. Fremde Paare, die sie nie gesehen hatten, ahmten sie vermutlich nach. Männer tauchten in heißes Wasser, und Frauen, die diese Männer liebten, wuschen sie. Wäre es ein gedankenloses, ein zufälliges Baden gewesen – einfach ein Mann und eine Frau, Seife und Wasser –, hätte Jacob es noch ertragen. Aber er wusste, was die Welt wollte. Sie wollte etwas Großartiges. Sie wollte, dass dieser Akt des Badens die Macht besaß, Ehebruch, Impotenz und Langeweile zu vertreiben.

»Ich halt's nicht mehr aus.« Jacob stand abrupt auf und stieg aus der Wanne.

»Was?« Rachel hüllte ihren Mann in einen Bademantel und versuchte ihn zu beruhigen.

Jacob schritt auf und ab. Er konnte sich nicht klar ausdrücken.

»Die Leute«, sagte er. »Die Leute halte ich nicht mehr aus.«

Rachel umarmte ihren Mann von hinten, sodass er stehen bleiben musste. An seinem Hinterkopf kräuselten sich graue Haare. Sie rieb ihre Nase daran.

»Ich liebe dich«, sagte sie.

Doch Jacob kapitulierte nicht so schnell.

»Susan March ist ein taktloses Miststück«, sagte er.

Ich hab's vermasselt, dachte Rachel.

»Ja«, sagte sie.

So standen sie da, Jacob in Rachels Armen. Von seinen dürren Knien tropfte das Wasser.

»Ich liebe dich«, sagte Rachel.

Jacob seufzte. Er wollte Streit. Aber es würde keinen Streit geben.

»Wirklich«, sagte Rachel.

Die Hände seiner Frau waren vor Jacobs Bauch verschränkt. Er bedeckte sie mit seinen.

»Ich liebe dich auch«, sagte er.

Das Telefon klingelte. Jacob verließ das Badezimmer und nahm den Hörer ab.

»Hallo?«, sagte er.

»Guten Abend«, sagte die Stimme am Telefon. »Hier ist das Benjamin Home. Ist dort Jacob Wolf?«

Jacob schloss die Augen. Er machte sich bereit.

»Ja«, sagte er.

Jacob und Rachel fuhren zusammen hin. Jacobs Vater hatte einen Schlaganfall erlitten. Seine linke Gesichts- und Körperhälfte waren gelähmt, und er konnte nicht sprechen. Aber er konnte hören.

»Ich möchte erst allein zu ihm«, sagte Jacob zu Rachel.

Sie standen vor der Tür zu Shermans Zimmer im Benjamin Home.

»Gut«, sagte Rachel.

Jacob ging hinein.

Sherman sah schrecklich aus. In seinen Armen steckten Schläuche. Sein halbes Gesicht war herabgesunken: Die Haut war schlaff, das Auge lag blicklos in seiner Höhle, der linke Mundwinkel hing herab. Das lebendige Auge, das rechte, war voll abgrundtiefer, flehentlicher Angst. Es war auf eine Pflegerin gerichtet, eine junge Frau, die an Shermans Bett saß. Sie flüsterte ihm freundliche Worte zu und wischte ihm mit einem Waschlappen den Speichel fort, der ihm von den verwirrten Lippen rann.

Es war ganz einfach. Jacob ging zum Bett und nahm der Pflegerin den Lappen aus der Hand.

»Ich mach das«, sagte Jacob. »Ich bin sein Sohn.«

Die Pflegerin nickte und ging hinaus.

»Dad«, sagte Jacob.

Shermans Auge geriet in Panik, irrte umher.

»Sherman Wolf.« Jacob beugte sich weiter hinab. »Dad.«

Shermans Auge fand Jacob. Die Lippen des alten Mannes versuchten sich zu bewegen. Speichel lief ihm aus dem Mund und den Hals hinab.

»Nein, Dad«, sagte Jacob. »Nicht sprechen.«

Jacob bettete den Kopf seines Vaters auf das Kissen. Er tupfte ihm den Speichel von Kinn, Hals und Schulter.

Shermans Auge versuchte all seine Kräfte zu sammeln. Es versuchte sich zu wehren. Doch am Ende wurde es ruhig, und der Sohn strich mit dem Tuch über seinen Vater, umsorgte ihn auf eine Weise, die zur Gewohnheit werden sollte.

Die vierte zornige Maus

Jeremy Jax wollte lustig sein, wie sein Großvater.

Jeremys Großvater war Robby Jax, der berühmte Komiker. Noch in seinen Siebzigern – die zufällig mit den Siebzigerjahren zusammenfielen – trat Robby Jax im *Cherrywood's Lounge* in der Forty-second Street auf, und Jeremy sah sich die Vorstellungen mit seinen Eltern an. Er war damals zehn, und wenn er im *Cherrywood's* auf einem der Sofas saß, war es immer, als würde ihm gleich jemand aus den *Chronicles of Narnia* vorlesen. Bücherregale zogen sich die Wände entlang. Dazwischen waren Haken angebracht, an denen die Männer ihre Hüte aufhängten. Der Rauch in der Luft schimmerte bläulich, und er schien immer da zu sein, Tag und Nacht, auch wenn gar keine Pfeifen brannten. Im *Cherrywood's* tranken die Frauen Kaffee mit Amaretto, die Männer tranken Ale. Am Billardtisch fiel ab und zu eine Kugel mit einem behaglichen Plopp in eine der sechs Ledertaschen.

In einer Ecke befand sich zwischen zwei Bücherregalen eine kleine hölzerne Bühne, auf der ein Polstersessel stand. In diesem Sessel saß Robby Jax und trank jahrhundertealten Scotch. Samstagabends gegen acht nahm er dort Platz, trank schweigend bis neun und fing dann an zu sprechen. Leute, die zum ersten Mal im *Cherrywood's* waren, merkten erst gar nicht, dass eine Vorstellung im Gange war. Erst allmählich dämmerte ihnen, dass die Frau, deren Blick sie einzufangen versuchten, sie gar nicht beachtete. Sie sah zu dem alten Herrn in der Ecke hin, dem mit den buschigen Augenbrauen. Alle sahen zu dem alten Herrn hin und begannen zu lächeln, und im Raum war es dunkler geworden.

»Und da«, seufzte Robby Jax, »sagte ich zu Emma Jean Bryce vom Vassar College, sie sehe aus wie eine Selleriestange. Und Emma Jean Bryce vom Vassar College sah mich ganz ernst an und sagte: ›Ich weiß nicht, was du meinst, Robert, ehrlich nicht.‹« Robby Jax nahm einen Schluck von seinem Scotch. Er ließ den Blick langsam über das Publikum gleiten und zog seine Weste über dem dicken Bauch zurecht. »Da sagte ich zu ihr … Ich sagte … ›Emma Jean. Es gibt vieles, was ein Mann mit einer Selleriestange tun kann. Aber eins kann ein Mann mit einer Selleriestange nicht tun, Emma Jean: mit ihr schlafen.‹«

Die Zuhörer lachten.

Robby Jax schüttelte den Kopf. »Die Frauen am Vassar College«, sagte er traurig, »sind jungfräuliche Selleriestangen.«

Die Zuhörer lachten wieder.

»Ich bin auch am Vassar, im ersten Jahr«, rief ein Mädchen, »aber Jungfrau bin ich nicht.«

»Noch nicht«, sagte Robby Jax.

Die Zuhörer brüllten vor Lachen.

Jeremy konnte sich das nicht erklären. Nichts von dem, was sein Großvater erzählte, waren richtige Witze. Es waren lediglich Geschichten, kleine Ausschnitte aus dem Leben, die sich anhörten, als seien sie wahr. Soviel Jeremy wusste, erfand sein Großvater sie während des Redens. Doch irgendwie brachten der Scotch, der Rauch und seine Tweedsakkos die Leute in Stimmung und reizten sie zum Lachen.

»Was ist dein Geheimnis?«, fragte Jeremy ihn eines Abends, als er zwölf war. Sein Großvater machte gerade Pause. Er trank an der Bar im *Cherrywood's* einen Scotch und unterhielt sich flüsternd mit einer jungen Frau in schwarzem Samt. Die Frau hatte einen Südstaatenakzent.

»Sag schon«, sagte Jeremy.

»Welches Geheimnis?«

»Wie bringst du die Leute zum Lachen?« Jeremy hatte die Arme verschränkt.

Robby Jax sah ihn böse an. Er liebte Jeremy, aber er war Witwer, und junge Frauen in schwarzem Samt waren dünn gesät.

»Was ist dein Geheimnis?«, beharrte Jeremy.

Robby Jax beugte sich zu seinem Enkel hinab. »Ganz ruhig, Junge«, flüsterte er.

»Was ist dein Geheimnis?«, flüsterte Jeremy zurück.

Robby zwinkerte. »Ganz ruhig, hab ich gesagt.« Er richtete sich wieder auf und wies mit offener Handfläche auf die Frau. »Und jetzt, Jeremy, möchte ich dich mit einem der wunderbarsten Geschöpfe auf Gottes Erdboden bekannt machen. Eine Brünette – so nennt sich das.«

Die junge Frau kicherte. »Pst, Robby.«

Ganz ruhig, dachte Jeremy. Ganz ruhig, ganz ruhig.

Das dachte er seine ganze Highschool-Zeit hindurch. Er dachte es auch als Bühnenhelfer bei den Aufführungen von *Smile and Frown*, der Theatergruppe seiner Highschool. Er hätte gern selbst mitgespielt, doch sobald er nervös wurde, sprang seine Stimme ins Falsett. Wenn er erst achtzehn war und offiziell ein Mann, so stellte er sich vor, würde seine Stimme kräftig genug sein. Außerdem würde er bis dahin auf dem College sein, weit weg von Manhattan. Dann konnte er ganz ruhig sein und ein brillanter Komiker werden.

Jeremys Chance kam im Oktober seines ersten Studienjahres am Hobart College. Plakate auf dem Campus kündigten »The Follies« an, den alljährlich stattfindenden studentischen Talentwettbewerb, und Jeremy beschloss vorzusprechen. Man konnte sich als Sänger, Musiker oder Darstellungskünstler bewerben, doch das begehrteste Fach bei den Follies war die Moderation. In der Rolle des Moderators wollte Jeremy sein Debüt als Komiker geben.

Die Veranstaltung fand an einem Donnerstagabend im *Hovel* statt, der Studentenkneipe auf dem Campus. Es war dunkel und voll im *Hovel.* An den meisten Abenden war es eine Höhle, in der die Studenten nichts weiter wollten als trinken und Spaß haben. Heute aber sollte es eine Zaubergrotte sein, ein magischer Hort der Kunst.

»Vergeig's nicht«, sagte Patrick Rigg. Patrick war Jeremys Zimmergenosse und zur moralischen Unterstützung mitgekommen.

»Nein.«

Patrick und Jeremy saßen in einer Ecke. Jeremy trug seinen schwarzen Anzug, den, der zu seiner Haarfarbe passte. Dieser Anzug, so glaubte er, ließ seine grünen Augen heiter und zugleich bedrohlich wirken, als wäre er ein lustiger, aber nicht ungefährlicher Mann, wie Lenny Bruce. Dieses etwas Unheimliche, diesen Hauch des Bösen wollte Jeremy nutzen und zum Markenzeichen seines Bühnenstils machen. Doch als kleine Reverenz an seinen Großvater, den eher traditionellen Geschichtenerzähler, bestellte er an der Bar einen Scotch.

»Scotch gibt's nicht«, sagte der Barkeeper.

»Dann vielleicht einen Crown Royal?«

Der Barmann schnaubte. »Vielleicht ein Bier«, sagte er. »Vielleicht einen Jägermeister.«

Jeremy nahm den Jägermeister, der in einem Plastikbecher serviert wurde. Er ging in seine Ecke zurück und verfolgte weiter die Darbietungen.

Ein flinkäugiger Jongleur trat auf. Eine Tänzerin tanzte. Drei dicke Studenten in Marx-Brothers-Kluft plapperten und bekamen Applaus. Eine grauenvolle Sängerin namens Freida vergaß ihren Text und lief weinend weg.

»Jeremy Jax«, sagten die Juroren. »Er stellt sich uns als Moderator vor.«

Jeremy betrat die Bühne. Er nahm in einem Sessel zwischen den Rampenleuchten Platz. Er lächelte müde ins Publikum, so wie sein Großvater es zu tun pflegte. Er trank von seinem Jägermeister. An einem Tisch direkt vor ihm saßen drei Juroren.

»Sagen Sie etwas«, forderte ihn einer der Juroren auf.

Jeremy nickte. Er wusste, was von ihm erwartet wurde. Aber er hatte nichts vorbereitet. Er hatte geglaubt, die perfekte Anekdote würde spontan in ihm aufsteigen, aber nichts dergleichen geschah. Eine Minute verging. Jeremy tat einen tiefen Zug von seinem Jägermeister.

Ganz ruhig, sagte er zu sich selbst.

Einer der Juroren notierte etwas.

»Äh …«, sagte Jeremy.

Sein Herz stockte. Er sah Patrick die Stirn runzeln. Die Leute bewegten sich unruhig auf ihren Stühlen und flüsterten. Jeremy sah auf den Drink in seiner Hand.

»Was ist das Problem mit Starkbier?«, stammelte er.

Eines der freundlicheren Jurymitglieder, eine Frau, lächelte. »Das wissen wir nicht«, rief sie ihm zu. »Was ist denn das Problem mit Starkbier?«

Jeremy antwortete nicht. Er saß reglos in seinem Sessel. Sein Magen und sein Kopf waren in Aufruhr. Er versuchte sich eine Geschichte einfallen zu lassen, irgendeine Geschichte.

»Jägermeister«, sagte er, »das war mal ein Beamtentitel.«

Jemand im Publikum seufzte. Sekunden vergingen.

»Frauen sind Sellerie«, stieß Jeremy hervor.

Das *Hovel* verstummte. Patrick Rigg ging. Die Leute sahen zu Boden.

»Danke«, sagte die Jury.

Draußen im Dunkeln, unter einer Baumgruppe, kam Jeremy wieder zu sich. Seinem ersten Impuls folgend, war er hinausgerannt, in die Oktoberluft. Er hatte geglaubt, sich übergeben, weinen oder mit den Zähnen knirschen zu müssen. Vielleicht stand er auch kurz davor, doch da bemerkte er im Dunkeln neben sich eine Gestalt. Es war ein Mädchen, das auf dem Boden kniete, das

Gesicht in den Händen vergraben. Es war Freida, die grauenvolle Sängerin.

»Hallo«, flüsterte Jeremy, »hallo, du.«

Freida schaute auf. Sie sah kreuzunglücklich aus, und ihr Gesicht war mit Wimperntusche verschmiert.

»Bist du gut?« Sie schniefte.

»Was?«

Freida zeigte auf das *Hovel.* »Ob … Ob du gut warst. Da drin. Auf der Bühne. Warst du gut?«

»Nein.« Jeremys Stimme klang hart. »Ich hab's vergeigt.«

Er fröstelte innerlich, während er das sagte. Es war etwas wie eine neue, kalte Wut. Sie war schmerzhaft, aber irgendwie wohltuend. Sie bewirkte, dass er sich großer Taten fähig fühlte, seinen Großvater zu verprügeln beispielsweise.

»Ich heiße Jeremy Jax«, sagte Jeremy. Er zitterte förmlich. »Ich bin eine Niete.«

Freida erschauerte. Sie wischte sich das Gesicht ab und nahm den zornigen jungen Mann bei der Hand.

»Ich heiße Freida«, sagte sie. »Komm.«

Sie gingen auf Freidas Wohnheimzimmer. In einer Art stillschweigendem Einvernehmen zog Jeremy sie aus. Er tat es gewaltsam, wie Freida es erwartete. Dann legten sie sich hin.

Jeremy sah Freida tief in die Augen, während sie vögelten. Er drängte mit seinem Körper in ihren, als wollte er sich für den Abend rächen. Freida gab grauenvolle Laute von sich, die nicht viel anders klangen als ihr Gesang im *Hovel.* Als es vorbei war, blieben sie noch liegen. Jeremys Hände zitterten. Freidas Augen waren geschlossen. Jeremy überlegte, was er sagen sollte, aber ihm fiel nichts ein. Da stand er auf, zog sich an und ging.

Mit dreiundzwanzig kehrte Jeremy Jax nach Manhattan zurück. Er hatte inzwischen einen Abschluss in Russischer Literatur, ergrauendes Haar und eine Wohnung im Preemption Building an der West Eighty-second, Ecke Riverside. Und er hatte einen Job als Regieassistent am *Lucas,* einem Theater in der Fifty-first Street, das er seiner Vergangenheit wegen bewunderte.

Das *Lucas* war ein sterbendes Theater. In den Dreißigerjahren hatte es den Broadway beherrscht und die Welturaufführungen mehrerer berühmter Stücke auf die Bühne gebracht, darunter Hunter Franks *Killing Me Lately* und Dazzle MacIntyres *Eight Boxes.* Diese Stücke und das *Lucas* selbst waren ihrer ungeschminkten, aggressiven Direktheit wegen in aller Munde gewesen. *Killing Me Lately* hatte 1938 sogar die New Yorker Polizei auf den Plan gerufen, weil das Mordopfer jeden Abend von einem anderen Darsteller gespielt wurde, der danach aus dem Ensemble verschwand. Sebastian Hye, der damalige Besitzer des *Lucas*, erklärte, das sei lediglich ein Gag, mit dem man blutgierige Zuschauer fesseln wolle. Die New Yorker bissen natürlich an und kamen in hellen Scharen.

Anfang der Neunzigerjahre, als Jeremy Jax dort anfing, hatte das *Lucas* den Glanz seiner frühen Jahrzehnte längst verloren. Die Räumlichkeiten befanden sich in desolatem Zustand. Die schwarzen Plüschsitze hätten neue Polster gebraucht, und die Decke erzeugte ein Echo. Und Michael Hye, der jetzige Besitzer und Spielleiter des *Lucas*, wollte keine schockierenden Sensationsstücke mehr aufführen.

»Satire, schön und gut«, sagte Michael. »Ironie, wunderbar. Aber keinen Existenzialismus. Nichts Amoralisches. Kein Ennui.«

Michael telefonierte in seinem Büro mit dem Autor des neuesten Stückes. Jeremy Jax saß in seinem Kabuff nebenan und lauschte.

»Also«, sagte Michael, »*Von Mäusen und Mäusen* hat Schwächen.«

Jeremy seufzte. *Von Mäusen und Mäusen* sollte in vier Wochen herauskommen. Es war ein Bruch mit der traditionellen *Lucas*-Kost, ein Stück, in dem alle Schauspieler als riesige Mäuse verkleidet waren.

»Der erste Akt ist okay«, sagte Michael. »Das Problem ist der zweite. Was bewegt die Mäuse im zweiten Akt?«

Jeremy seufzte von neuem. Seit seiner Gründung befand sich das *Lucas* im Besitz der Hyes, einer berühmten Manhattaner Theaterfamilie. Die Hyes waren stets Produzenten und Regisseure der Stücke gewesen, manchmal sogar deren Dramaturgen. Eine ungewöhnliche Kombination, doch Lucas Hye, der das Theater 1890 gegründet hatte, war auch ungewöhnlich reich gewesen und hatte sich diese Allmacht leisten können. Und die derzeitigen Hyes konnten sie sich ebenfalls leisten.

»Gut«, sagte Michael Hye am Telefon. »Bis morgen will ich den überarbeiteten Text haben.« Das Telefon klickte.

Jeremy seufzte ein letztes Mal.

»Ich hab's gehört«, rief Michael. »Haben Sie ein Problem?«

»Nein.«

Michael erschien in der Tür. Er war einen Meter achtzig groß, wie Jeremy, aber pummeliger und fünfzig Jahre alt. Er hatte Koteletten und Mundgeruch.

»Lassen Sie hören, Jax«, sagte er.

Jeremy mochte Michael nicht. Doch Michael bot ihm gutes Geld und anständige Arbeitszeiten, und wenn Jeremy bei den Proben dabei war, fragte Michael ihn oft nach seiner Meinung.

»Das hat sich angehört«, sagte Jeremy, »als wollten Sie *Von Mäusen und Mäusen* zu einem lustigen Stück machen, aber es soll gar nicht lustig sein.«

»Frage«, sagte Michael. »Ist Jeremy Jax Experte für Lustiges?«

»Nein«, sagte Jeremy.

»Frage: Waren Ionescos *Nashörner* lustig?«

»Also ...«, begann Jeremy.

»Nein«, beharrte Michael. »Ich hab's neunundsiebzig in London gesehen. Da waren zwanzig als Nashörner verkleidete Leute auf der Bühne, und kein Mensch im Saal hat auch nur gekichert.«

Michael stemmte die Hände in die Seiten. »Die Mäuse sind nicht lustig. Die Mäuse sind mies.«

»Na, egal«, sagte Jeremy. »Vergessen Sie's.«

Auf dem College, nach seinem katastrophalen Auftritt, hatte Jeremy der Comedy den Rücken gekehrt. Bei Dostojewski und Tschechow hatte er eine neue Heimat gefunden. Russische Schriftsteller, das spürte Jeremy, wussten, was Melancholie war. Sie konnten ironisch sein, aber sie glaubten an den Teufel, und man musste nicht unbedingt etwas für schwarze Kleider und schwarzen Kaffee übrig haben, um das Dunkle in ihren Werken zu erfassen. In einer Art russischer Seelenverwandtschaft, wie es ihm schien, hatte Jeremy das Dunkle akzeptiert, das er in jener Nacht vor Jahren, seiner einzigen Nacht mit Freida, in seinem Innern entdeckt hatte.

Jeremy und Freida hatten nie eine Beziehung gehabt. Als Versager waren sie damals zusammengekommen, als Versager hatten sie miteinander geschlafen, und danach waren sie sich aus dem Weg gegangen. Jeremy hatte Freida als eine zerzauste, tragische Figur in Erinnerung, einen dem Untergang geweihten Karamasow oder Faust. Manchmal dachte er an sie, wenn er nach der Arbeit den Broadway hinunter zum *Cherrywood's Lounge* ging, der Stammkneipe seines verstorbenen Großvaters.

Im *Cherrywood's* trank Jeremy an der Bar Cutty Sark und sah sich die Stand-up-Comedians an, die auf der Bühne Robby Jax' Platz einzunehmen versuchten. Sie waren männlich, Mitte dreißig, hatten schon etwas gelichtetes Haar und trugen korrekte Anzüge. Sie verdrehten die Augen und gaben Spitzfindigkeiten über Frauen von sich.

»Komiker sind keine Männer«, sagte Jeremy Jax. Er sagte es zu Patrick Rigg, seinem einstigen Zimmergenossen am Hobart. Patrick war jetzt an der Wall Street. Er wohnte im Preemption Building, er war berühmt für sein gutes Aussehen, und er trug eine Pistole bei sich.

»Die Russen sind Männer«, sagte Jeremy.

Patrick zuckte die Schultern.

»Schau dir den an.« Jeremy nickte zur Bühne hin, wo der Komiker Babylaute ins Mikrofon quäkte.

»Der gibt was über Beziehungen zum Besten«, erklärte Patrick.

Jeremy lutschte das Eis in seinem Scotch. Er lutschte, bis ihm von der Kälte die Zähne schmerzten.

»Er mokiert sich über romantische Liebesgeschichten«, sagte Patrick.

Die Russen, dachte Jeremy, geben nichts zum Besten.

Es war an einem ganz normalen Mittwoch, als Jeremy Jax die Vierte Zornige Maus wurde. Es ging sehr schnell, und wenn Jeremy Zeit gehabt hätte, das Dunkle in seinem Innern zu befragen, hätte er die Rolle wahrscheinlich abgelehnt. Aber er war noch erledigt vom Mittagessen, als Michael Hye ins Büro gestürmt kam.

»Ruf einen Krankenwagen«, keuchte Michael. »Die Vierte Zornige Maus ist umgekippt. Ohnmächtig.«

»Was ist denn passiert?«, fragte Jeremy.

Michael schüttelte den Kopf.

»Er hat die Erste Freundliche Maus angeschnauzt, und dann ist er zusammengebrochen. Hat hyperventiliert oder so.«

In *Von Mäusen und Mäusen* kamen acht Personen vor, vier Freundliche Mäuse und vier Zornige Mäuse. Alle acht Schauspieler trugen identische Mauskostüme, man konnte die Mäuse jedoch an den Farben ihrer Hosen und an ihren Fortbewegungsgewohnheiten unterscheiden. Die Zweite Freundliche Maus beispielsweise ging gern auf leisen Sohlen, die Dritte Zornige Maus ließ sich von anderen Mäusen huckepack tragen.

Die Sache erwies sich als ernst. Die Vierte Zornige Maus, ein starker Raucher, hatte einen Lungenkollaps erlitten.

»Jeremy.« Michael zog Jeremy ins Büro. Es war vier Uhr und

immer noch Mittwoch. Der Krankenwagen war gekommen und wieder abgefahren.

»Jeremy«, sagte Michael. Er sprach leise und feierlich. »Das *Lucas* braucht Sie.«

»Wie das?«, fragte Jeremy.

Michael fasste Jeremy am Arm. »Sie müssen die Vierte Zornige Maus spielen.«

»Den Teufel werd ich.«

»Wir haben keine zweite Besetzung. Am Freitag ist Premiere.«

»Rufen Sie die Gewerkschaft an«, sagte Jeremy.

Michael runzelte die Stirn. »Wenn es irgendwie geht, regelt das *Lucas* seine Angelegenheiten intern.«

»Wenn es irgendwie geht«, sagte Jeremy, »spiele ich keine Nagetiere.«

»Nicht so schnoddrig, Jeremy.« Michael hackte auf seinen Tischrechner ein. »Ich zahle Ihnen hundertfünfzig Dollar pro Abend, bis wir einen Profi eingearbeitet haben, falls nötig. Es ist praktisch eine stumme Rolle, das Stück läuft nur zwei Monate, und Sie kennen es in- und auswendig. Außerdem …«

»Außerdem was?«

»Außerdem glaube ich, dass Sie ein Gespür für die Sensibilität der Vierten Zornigen Maus haben.«

»Sie hat keine Sensibilität, Michael. Sie ist nichts weiter als eine verdammte Maus.«

Michael schnippte mit den Fingern. »Da. Das ist es. Wie Sie das eben gesagt haben. Das ist genau der Ton der Vierten Zornigen. Ihre Weltanschauung.«

»Vergessen Sie's«, sagte Jeremy.

»Dreihundert pro Abend.«

»Okay.«

Die Proben begannen zwanzig Minuten später. Jeremy schlüpfte in ein riesiges Mauskostüm und betrat die Bühne. Die anderen Mäuse scharten sich um ihn.

»Wer ist denn das?«, fragten sie.

»Ich bin's«, sagte Jeremy. Sein Atem fühlte sich warm an in dem engen Mäusekopf, der mit Scharnieren am Rest des Kostüms befestigt war. Durch ein Gitter im Mund der Maus konnte Jeremy hinausschauen.

»Jeremy Jax«, sagte Jeremy.

Die Dritte Freundliche Maus stemmte die Pfoten in die Seiten. »Michael! Das ist absurd!«

»Ja«, sagte die Erste Zornige Maus. »Wir sind Profis. Du kannst doch nicht einen x-beliebigen Angestellten –«

»Der Junge kann die Rolle«, sagte Michael Hye. »Außerdem hat die Vierte Zornige Maus nur einen Satz zu sprechen.«

Die Vierte Freundliche Maus klopfte Jeremy auf den Rücken. »Probieren kann er's ja mal.«

»Was hat er denn vorzuweisen?«, fragte die Dritte Zornige Maus.

»Er ist ein Enkel von Robby Jax«, sagte Michael.

Die Mäuse nickten beeindruckt.

»Hören wir's uns mal an«, sagte die Erste Zornige Maus. »Hören wir uns seinen Satz mal an.«

Michael schob Jeremy zum Dach hin, einem riesigen vorspringenden Kulissenteil. Von diesem Dach sollte die Vierte Zornige Maus ihre Textzeile herabrufen.

»Los, Jax«, sagte Michael.

Jeremy kletterte auf das Dach und blickte über die leeren Sitzreihen des *Lucas*. Ein Deckenscheinwerfer ging an und richtete sich auf ihn.

Dreihundert pro Abend, sagte Jeremy zu sich selbst.

»Mach was draus, Junge!«, brüllte die Vierte Freundliche Maus.

Jeremy holte tief Luft.

»Ich bin angekommen!«, rief er.

Binnen zwei Wochen geschah etwas Unerhörtes. New York City verliebte sich in *Von Mäusen und Mäusen.*

Es gab keine vernünftige Erklärung dafür. Manhattans Theatergeschmack der letzten zehn Jahre hatte mit blauer Farbe übergossene Männer ebenso akzeptiert wie auf Mülltonnen trommelnde Irre, sodass die Popularität von acht Riesenmäusen vielleicht nur eine Frage geschickten Timings war. Der Autor des Stückes aber war wütend. *Von Mäusen und Mäusen* sollte eine düstere Allegorie auf das Polarisierende des menschlichen Herzens sein, und nun fand das Publikum *Von Mäusen und Mäusen* zum Totlachen. Kinder und Erwachsene waren gleichermaßen begeistert. Susan March schrieb in ihrer Kolumne »March Madness« in der *New York Times:* »Diese acht Mäuse führen uns mit ihrer himmlischen Ironie vor Augen, wie lachhaft all unsere Versuche ernsthafter menschlicher Auseinandersetzung sind. Wer hätte dem *Lucas* so viel Charme zugetraut?«

Besonderes Lob erntete die Vierte Zornige Maus. Sie trug schlichte blaue Hosen und hatte nur einen einzigen Satz zu sprechen, doch irgendetwas an ihrer konfusen Art, ihrem Herumgehampel zwischen den anderen Mäusen gewann ihr die Herzen der Zuschauer und trug ihr stehende Ovationen ein.

»Die Vierte Zornige Maus«, schrieb Susan March, »ist mutwillig, übermütig, ganz von ihren persönlichen Angelegenheiten absorbiert. Doch sie verheddert sich so überzeugend in ihren eigenen Eskapaden, dass wir einfach lachen müssen über den kleinen Kerl. Es könnte jeder von uns sein, von der Straße weggeholt und dem kritischen Blick der Öffentlichkeit preisgegeben. Würde irgendeiner von uns weniger skurril, weniger hysterisch hilflos wirken?«

Gesteigert wurde die Faszination, die von der Vierten Zornigen Maus ausging, noch dadurch, dass ihr Darsteller im Programm als »Anonymus« aufgeführt war. Das war noch nie da gewesen. Benny Demarco, ein Charakterdarsteller von Film- und

Bühnenruhm, spielte die Erste Freundliche Maus und heimste gute Kritiken ein. Trisha Vera als Erste Zornige Maus hatte glänzende Momente, einschließlich einer Klettbandeinlage an der Wand. Am meisten aber interessierte sich Manhattan für den Unbekannten hinter der Vierten Zornigen Maus. Einige Kritiker spekulierten, es handle sich um Christian Frick in einer Neuauflage seiner Rolle als Hausgeist in *Coven*, für die er den Tony Award bekommen hatte. Die meisten aber vermuteten einen Newcomer hinter der Vierten Zornigen Maus, ein unbeschriebenes Blatt, einen Anfänger, der zwar Instinkt, sonst aber so gut wie nichts vorzuweisen hatte.

Jeremy Jax selbst war perplex. Er versuchte in jeder Vorstellung, die kritischen Anmerkungen umzusetzen, die er von Michael Hye und dem wutschnaubenden Autor des Stückes bekam. Aber Jeremy war kein Schauspieler. Er hatte kein Gespür für Feinheiten, für Timing, dafür, wie andere seinen Körper wahrnahmen, und somit keine klare Vorstellung davon, wie er sich im Kostüm einer Zweimetermaus bewegen musste. Er ärgerte sich über das Gelächter, das er hervorrief – er wollte nicht, dass seine Mitmäuse ihn für einen Angeber hielten –, doch je mehr er sich ärgerte, desto lauter lachten die Leute und desto mehr Geld nahm das *Lucas* ein.

Ganz ruhig, sagte Jeremy zu sich selbst. Ganz ruhig.

Aber er wurde nicht ruhig. Für Jeremy war seine Berühmtheit ein Schwindel. Niemand sollte sie als gegeben annehmen, solange er selbst sich nicht darüber im Klaren war, ob er sich dafür schämen musste oder nicht. Wäre er jemand gewesen, der betet, hätte er sich vielleicht unmittelbar an den Geist seines toten Großvaters gewandt, um sich bestätigen zu lassen, dass er tatsächlich komisch war. Stattdessen stand er in der Halle des Preemption und betrachtete die vier Gemälde an der Wand über Senders Empfangstheke. Es waren Porträts der Rooks – Elias, Hatter, Joseph und Johann –, die das Preemption nacheinander besessen hatten, seitdem Elias Rook es 1890 erbaut hatte. Die Bilder zeigten vier ernst blickende Männer deutscher Abstammung. Jeremy wusste ihre gravitätischen Mienen und die Tatsache, dass alle aussahen wie vornehmere Ausgaben seines Großvaters Robby, zu schätzen. Jeder der Rooks trug einen dunklen Anzug oder einen Smoking, und unter jedem, Johann ausgenommen, stand sein Geburts- und Todesdatum.

Besonders das Porträt von Johann Rook, dem derzeitigen Besitzer, hatte es Jeremy angetan. Er war ein geheimnisumwitterter, für seinen märchenhaften Reichtum bekannter Mann, und sein Bildnis hatte etwas Strenges, Hartes. Er hatte volles schlohweißes Haar und trug einen schwarzen Smoking. Man erzählte sich, er reise unter verschiedenen Namen durch die Welt, betätige sich bald als Arzt in Paris, bald als Diamantschürfer in Johannesburg und greife gelegentlich auch in das Leben seiner Mieter im Preemption ein. Doch Jeremy studierte Johanns Porträt nur deshalb, weil dieser Mann von den vier Rooks seinem Großvater am ähnlichsten sah, jenem einen Menschen, nach dessen Anerkennung er sich am meisten sehnte.

Bin ich komisch?, dachte Jeremy, wenn er in der leeren Halle das Bild betrachtete. Ganz ehrlich: bin ich's?

Natürlich bekam er von Johann Rook keine Antwort, und so ging er frustriert ins *Cherrywood's* und betrank sich mit Patrick Rigg.

»Du vergeigst jetzt nichts mehr«, sagte Patrick. »Warum gibst du deinen Namen nicht preis?«

»Darum«, zischte Jeremy. »Weil ich eine verfluchte Maus bin, deshalb.«

Patrick zuckte die Schultern. Außer Michael Hye und den anderen Ensemblemitgliedern – die Michael zum Schweigen verpflichtet hatte – kannte nur Patrick Jeremys Alter Ego.

»Du magst ja eine Maus sein«, sagte Patrick, »aber du bist doch ganz klar der Mann der Stunde. Jeder mag dich.«

Jeremy blickte finster drein. Wenn ich ein Mann wäre, dachte er, würde ich in Sibirien Wodka trinken. Ich würde in der Tundra leben, mit einer Frau, die ordentlich Fleisch auf den Knochen hat.

Um seinen Kumpel aufzuheitern, schleppte Patrick Jeremy ins *Minotaur's*, einen Kellerclub im Meatpacking District. Das *Minotaur's* war ein Labyrinth aus Fluren und dunklen Ecken. Von den Fluren gingen Türen ab, von denen einige in Räume der Glückseligkeit führten. Andere führten nirgendwohin. Wurde man im *Minotaur's* von seinen Freunden getrennt, konnte es passieren, dass man sie bis zum Morgen nicht mehr wieder sah, vielleicht sogar nie mehr. Man sollte in möglichst viele Ecken tappen und dann dem Labyrinth bis ins Zentrum folgen, auf eine große freie Fläche, die sich »Forum« nannte. Hier gab es mehrere Bars, eine hohe Decke, eine Tanzfläche und eine Bühne mit periodisch wechselndem Programm: montags House, dienstags Blues, donnerstags Swing, freitags Ska. Patrick nahm Jeremy an einem Mittwoch mit ins *Minotaur's.* Mittwochs war Alles-kann-passieren-Abend.

Jeremy stöhnte. »Was soll ich hier?«

Patrick stieß ein hohes, gespenstisch wieherndes Lachen aus. Er zeigte auf die Bühne.

»Schau hin«, sagte er.

Jeremy schaute hin. Ein Mensch namens Harold las erotische Texte. Ein Mädchen namens Tsunami tanzte.

»Die haben's vergeigt«, sagte Jeremy.

»Schau hin«, beharrte Patrick.

»Ladies and Gentlemen«, sagte der Moderator, »heute Abend wieder im *Minotaur's*: Applaus bitte für ›Pöbel‹.«

Das Publikum johlte. Es wurde dunkler im Raum. Drei junge Frauen betraten die Bühne, eine Schlagzeugerin und zwei Gitarristinnen. Die Leadgitarristin hatte langes schwarzes Haar, das sichelförmig über ein Auge gekämmt war und ihr Gesicht größtenteils verdeckte. Sekunden später waren sie und ihre Band bereits in voller Fahrt. Sie machten eine simple, hämmernde Musik, doch als die Leadgitarristin zu singen anfing, horchte Jeremy auf. Ihr Gesicht war hinter der Sichel versteckt, und ihre Stimme war grauenvoll, aber faszinierend, wie die von Lou Reed. Sie trug ihren Text in gleichförmigem Tonfall vor, dann hob sich ihre Stimme und überschlug sich und brach einem das Herz. Jeremys Nackenhaare sträubten sich. Er wandte sich Patrick zu.

»Das ist… Das ist…« Jeremy wollte sagen, wie schrecklich sie sei. Es sollte ein Kompliment sein.

»Das ist Freida«, sagte Patrick. »Aus dem Hobart.«

Jeremys Mund öffnete sich. Patrick hatte Recht. Es war Freida. »Sie ist toll«, flüsterte Jeremy.

»Ja«, sagte Patrick. »Ich hab sie vor ein paar Wochen schon mal hier gesehen.«

»Warum hast du mir nichts davon gesagt?«

Patrick grinste, lässig und verschmitzt. Er wusste Dinge über Manhattan, die nur Tote hätten wissen dürfen.

Nach der Vorstellung traf Jeremy mit Freida zusammen. Sie erinnerte sich an ihn und gab ihm die Hand. Sie gingen durch eine Tür, holten sich etwas zu trinken, gingen durch eine zweite Tür und setzten sich auf ein Sofa.

»Ich kann's noch gar nicht glauben«, sagte Jeremy. »Du warst toll vorhin.«

Freida strich sich die Sichel zurück. »Du bist grau geworden«, sagte sie.

»Und was machst du jetzt so?«, fragte Jeremy.

Freida klopfte auf ihre Gitarre. »Na, das hier, Dummkopf. Ich singe.«

»Full-time?«

»Ich bin Verkäuferin bei *Saks.* Aber wen kümmert das schon?«

Jeremy starrte sie an. Er wollte ihr sagen, wie geschmeidig ihre Schenkel unter dem Minirock wirkten, wie phantastisch es sei, dass sie aus ihrer grauenvollen Stimme Kapital schlage.

»Und du, was machst du?«, fragte Freida.

Jeremy nahm einen Schluck Ballantine. »Ich bin Direktionsassistent am … Na ja, also, ich arbeite am *Lucas Theater.*«

Freida nickte. »Im Mausketier-Club.«

»Ha«, sagte Jeremy. Er warf einen weiteren Blick auf Freidas Schenkel, die, wenn er sich recht erinnerte, in Hüftnähe einen winzigen Schwarm Sommersprossen hatten. Er dachte an seinen Großvater, der so gern mit hübschen Mädchen geflüstert hatte. Er sah sich um. Der Raum, in dem sie sich befanden, war dunkel und leer. »Freida«, flüsterte er. Er legte die Hand auf ihren Schenkel.

Freida schob sie postwendend fort.

»Nein«, sagte sie. Sie strich ihren Rock glatt und sah Jeremy an, mit ganz und gar sachlichem, nüchternem Blick.

Jeremy war überrascht. Er hatte gehört, dass in den Hinterzimmern des *Minotaur's* alles möglich sei, und er hatte dieses Mädchen einmal ziemlich aggressiv genommen. Von neuem streckte er die Hand nach Freidas Schoß aus. Freida schlug sie lässig weg. Sie gab einen kleinen Laut von sich, der ein Lachen hätte sein können, und stand auf.

»Was ist?«, fragte Jeremy überrascht.

Freida schüttelte den Kopf. »Nichts, Dummkopf.« Sie nahm ihre Gitarre und ging davon.

Je mehr Jeremy an Freida dachte, desto wütender wurde er.

»Dummkopf hat sie mich genannt«, grollte er. »Zweimal sogar.«

»Was murmelst du denn da in deinen Bart?«, fragte die Erste Zornige Maus.

Die Mäuse waren hinter der Bühne in der Garderobe. Sie

machten Dehnübungen und rückten ihre Köpfe zurecht. In fünf Minuten sollte sich der Samstagabendvorhang heben, und es ging das Gerücht, Bürgermeister Fillipone befinde sich unter den Zuschauern.

»Nichts«, gab Jeremy schroff zurück.

»He, Jax«, sagte Benny Demarco, »pass auf, dass du mir beim Buttertanz nicht auf den Schwanz trittst.«

»Okay.«

»So wie heute Nachmittag.«

»Quatsch.«

Michael Hye streckte den Kopf durch die Tür. »Auf eure Plätze«, sagte er.

Jeremy seufzte tief auf.

»Was ist los?«, fragte Michael.

»Die Vierte Zornige Maus ist sauer«, sagte Benny.

Jeremy zeigte Benny den Finger.

»Okay, okay«, sagte Michael. »Jetzt mal ganz ruhig, alle. Der Bürgermeister ist da. Auf eure Plätze.«

Die Mäuse huschten hinaus.

Jeremy ging zu der riesigen Käsereibe im Hintergrund der Bühne und nahm seinen Platz dahinter ein.

Der Vorhang hob sich. Die Zuschauer klatschten. Die Mäuse begannen auf der Bühne herumzustolzieren und zu -hüpfen. Jeremy blieb in Dunkel gehüllt. Er hatte seinen Auftritt erst nach zwanzig Minuten. Bis dahin spähte er meist durch die Käsereibe und suchte das Publikum nach Prominenz ab. Heute hielt er nach dem Bürgermeister Ausschau. Statt seiner entdeckte er in der zehnten Reihe eine junge Frau mit einer Haarsichel vor dem Gesicht.

»Freida«, flüsterte er.

Sie trug ein purpurrotes Abendkleid und Handschuhe, die bis zu den Ellenbogen reichten. Neben ihr saß ein gut aussehender Mann im Smoking, dessen eine Hand Freidas Handgelenk umschloss. Mit den Fingerspitzen der anderen streichelte er lässig und besitzergreifend Freidas Oberarm.

Jeremys Miene verfinsterte sich. Ganz ruhig, sagte er zu sich selbst. Ganz ruhig, ganz ruhig.

Aber er wurde nicht ruhig. Freida hatte ihn nicht nur einen Dummkopf genannt, sie hatte auch über ihn gelacht, hatte über das unermessliche sexuelle russische Dunkel in seinem Innern gelacht. Und jetzt saß sie dort, die Leadsängerin von »Pöbel«, und versteckte ihre grauenvolle Stimme hinter ihrem purpurroten Kleid und ihrer Haarsichel. Freida war offensichtlich eine Berühmtheit, eine gesunde Manhattaner Ästhetin, die sich mit ihrem Lover einen schönen Abend machte. Das brachte Jeremy in Rage.

Er rannte ins Scheinwerferlicht, zwei volle Minuten vor seinem Stichwort. Beifall brach los. Die anderen sieben Mäuse starrten Jeremy an.

Michael Hye stand ganz hinten im Zuschauerraum.

»O Gott«, flüsterte er.

Jeremy geriet in Panik. Er quiekte laut, zweimal, das Signal für den Buttertanz, der gar nicht in den ersten Akt gehörte. Ein Chaos brach aus. Die Hälfte der Mäuse folgte Jeremy und improvisierte den Buttertanz, die anderen warfen abwehrend die Pfoten hoch. Das Publikum lachte.

Benny Demarco, die Erste Freundliche Maus, beugte sich nahe zu Jeremy.

»Du schmeißt die Vorstellung«, zischte er.

Entnervt versetzte er Jeremy einen Tritt in den Hintern. Als Antwort drückte die Vierte Zornige Maus Benny ins Butterfass.

Das Publikum brüllte vor Lachen. Der Autor des Stückes stand neben Michael Hye, fluchend und vor Wut schäumend.

Die Erste Freundliche Maus begann die Vierte Zornige Maus über die Bühne zu jagen, zwischen den Buttertänzern hindurch, über die Käsereibe und auf den unteren Teil des Daches, von dem

Jeremy sie herunterstieß. Benny landete auf zwei anderen Mäusen, die unter ihm zu Boden gingen.

Die Zuschauer bogen sich vor Lachen, auch die, die das Stück schon gesehen hatten und merkten, dass es aus dem Ruder lief.

Jeremy in seinem Mauskostüm stand keuchend da. Sein Gesicht – sein menschliches Gesicht – war knallrot angelaufen.

Ganz ruhig, befahl er sich. Ganz ruhig.

Doch noch während er das dachte, fiel sein Blick auf Freidas Gesicht in der Menge. Ihr Mund war aufgerissen. Sie lachte schallend, und ihre Zähne schienen die Luft gierig zu verschlingen. Auch der Mund ihres Liebhabers lachte schallend.

Jeremy schloss die Augen, ganz fest. Er hasste das, was er war: ein komischer Mann. Er war komisch auf eine verkrampfte, schreckliche Art, eine Art, die ihn wütend machte und andere entzückte. Diese anderen, die Zuschauer, waren auch jetzt entzückt. Sie lachten und zeigten mit den Fingern auf ihn. Er ertrug es nicht länger. Er rannte zum Dachfirst hinauf.

»Ich bin angekommen«, zischte Jeremy.

Er fasste sich an den Mäusekopf und versuchte ihn abzunehmen. Er schlug sich ins Gesicht, boxte sich auf die Ohren, zerrte an dem Kopf.

»Was macht er denn?«, quiekten die Mäuse unten.

Michael Hye und der Autor zogen scharf die Luft ein.

»Um Himmels willen«, flüsterte Michael.

Das Publikum verstummte. Die Vierte Zornige Maus krallte sich in ihren Wangen fest und versuchte sich offensichtlich den Schädel abzureißen.

Die anderen Mäuse stürmten zum Dach.

»Nicht!«, quiekte die Dritte Freundliche.

»Hör auf!«, blaffte die Dritte Zornige.

»Ich bin angekommen«, sagte Jeremy warnend. Er schlug so heftig auf seinen Hals ein, dass sich die Scharniere lockerten.

Die Erste Freundliche Maus war nahe herangekommen.

»Die Rolle«, zischte Benny. »Bleib in der Rolle.«

»Ich bin angekommen!«, rief die Vierte Zornige Maus. Das letzte Scharnier sprang auf.

Nein, betete Michael Hye, aber es war zu spät. Mit einer Enthauptung, die die Massen schockierte, offenbarte Jeremy Jax sein klägliches Ich.

Die Opale

James Branch entdeckte die Opale in Manhattan, unter der Erde. Er gelangte auf magische, vielleicht sogar schicksalhafte Weise in ihren Besitz.

James war fünfundzwanzig, Single und schüchtern, mit schläfrigen blauen Augen und geraden Zähnen. Er arbeitete als Buchhalter an der Wall Street und wohnte im Preemption Building. Jeden Abend nach der Arbeit, bevor er mit der U-Bahn nordwärts fuhr, nahm er ein Taxi zum *Flat Michael's*, einem Restaurant im East Village, wo er Gerichte namens Bison oder Schnepfe aß oder die Spezialität des Küchenchefs, eine eigenartige Kreation, die sich schlicht »Viktualien« nannte.

Das Abendessen war die einzige Stunde des Wohlgeschmacks in James' Tag. Wenn er von acht bis sechs Zahlen sortiert und addiert hatte, ließ er das Abstrakte hinter sich und verwöhnte seine Sinne. Da er kein Redner, Trinker, Kneipengänger oder Sportler war, bezog er seine Genüsse fast ausschließlich aus dem Essen, und James liebte die unverhofften Angebote im *Flat Michael's*. Im vergangenen Jahr hatte er sich an Opossum, Dorade, Welsh Rarebit, Lammblatt und Klapperschlange gelabt. Er genoss die Namen dieser Gerichte fast ebenso wie die Gerichte selbst. Denn James war ein Liebhaber schlichter Kleinigkeiten, ein Fan von schmiedeeisernen Zäunen und Haikus. Für ihn hatten die Gerichte im *Flat Michael's* – ihre Zutaten wie ihre Namen – etwas von Alter Welt, etwas elementar Romantisches, so als wäre ein fahrender Ritter des Mittelalters auf die Jagd gegangen und hätte seine Beute auf James' Tisch gelegt. James war außerdem ein Stotterer auf dem Wege der Besserung, und bis das bestellte Essen kam, übte er.

»Langustinen, Langustinen.« Jeden Abend flüsterte er den Namen der zu erwartenden Vorspeise, als wäre es eine Zauberformel oder der Name einer Frau, die sich, wie er hoffte, zu ihm setzen würde.

»Suvlaki«, flüsterte James. »Calamares.«

Aus dieser stillen Angewohnheit zog James große Befriedigung und irgendwie auch Trost. Sie verlieh seinem Tag eine Struktur und eine Stimme, und sie gab ihm einen Platz unter den Gästen des *Flat Michael's.* Da das Restaurant auf Exzentriker und Einzelgänger eingestellt war, füllten sich die Tische abends rasch, und James versuchte stets bis sechs da zu sein. Eines Oktoberabends arbeitete er einmal länger und kam erst nach sieben in das Restaurant.

»Eine Stunde Wartezeit, tut mir sehr Leid«, sagte Juan an der Tür. Juan war James' Lieblingsober.

»Ein kleines Purgatorium«, kicherte Juan. Es war Ausländer und fromm. Purgatorium war ein Wort, das er aussprechen konnte.

»Auch für einen Stammgast?«, flüsterte James.

Juan seufzte betrübt. »Eine Stunde Purgatorium, Mr. James. Tut mir sehr Leid.«

James ging wieder hinaus und wanderte durch die Straßen. Er war ein Mensch der Rituale, und da ihn andere Esslokale nicht interessierten, beschloss er, sich die Wartezeit mit einem Spaziergang zu vertreiben. An einer Ecke lauschte er einem umherziehenden Straßensänger, den er aus der U-Bahn kannte, einem schlaksigen, schwarzäugigen Gitarristen namens Morality John. Im Weitergehen schaute er in die Auslagen der Geschäfte, betrachtete die Frettchen bei *Tandy's Pets*, das Gebäck bei *Let Them Eat Cake* und die ledernen Boxershorts bei *Barby's Bondage.* James hatte letzteres Etablissement noch nie betreten. Jetzt aber blieb er vor der offenen Tür stehen und errötete, als er an einem Ständer drinnen Ketten-BHs hängen sah. Vermutlich war sein Mitbewohner Patrick Kunde in solchen Läden.

»Gefällt's Ihnen?«

James fuhr herum. Neben ihm stand eine rothaarige Frau in einer knappen silbernen Bikinirüstung und Battle boots, in der Hand eine Zigarette. Ihre nackten Arme und Schenkel waren von einer Gänsehaut überzogen, und an ihren lächelnden Vorderzähnen waren in Gold die Buchstaben B-A-R-B-Y befestigt.

»Äh … Ich …«, stotterte James.

»Ich hab gerade ein Zigarettenpäuschen gemacht.« Barby ließ ihre Zigarette fallen und zermalmte sie mit dem Absatz.

»Ah, ja«, sagte James.

Barby tänzelte hüftschwingend auf James zu, sodass er rückwärts in den Laden stolperte. Barby stolzierte ebenfalls hinein. Sie zog die Tür hinter sich zu.

»Puh«, sagte sie. »Kalt draußen.«

»Äh …«, sagte James.

Barby blieb zwischen James und der Tür stehen. Sie drehte eine Pirouette und klopfte sich auf den Chromslip. »Cool, was? Bei uns ist Schlussverkauf. Unter dem Motto ›Die Ferien kommen, kommen Sie auch‹.«

James' Wangen röteten sich. »Ich … Ich wollte eigentlich gar nichts kaufen.«

»Kugeln und Ketten sind reduziert«, erklärte Barby. »Nippelzwingen auch.«

James sah sich nervös um. Die Wände waren von Masken und Knebeln und gefährlich aussehenden Peitschen bedeckt.

»Ich hab nur eine Toilette gesucht«, log James.

»Kein Problem. Vorausgesetzt, Sie kaufen was.« Barby streckte gähnend den Zeigefinger aus. »Sehen Sie das Regal da, an dem ›Kamasutra-Sexspielzeug‹ steht?«

Ein Quieken kam aus James' Mund.

»Ist was?«, fragte Barby.

»Ich… Ich hab meinen Kaugummi verschluckt.«

»Also jedenfalls, hinter dem Regal geht eine Treppe runter. Die Toilette ist unten.«

James sprintete zu der Treppe und eilte unter die Erde. Unten angekommen, verschnaufte er und wischte sich den Schweiß von den Schläfen.

»Du lieber Himmel«, flüsterte er. Er unterdrückte den Impuls, über sich selbst zu lachen, über seine Verklemmtheit. Er sah sich um und stellte überrascht fest, dass er sich in einem ziemlich langen, feuchten Betonflur befand, von dem mehrere Türen abgingen. Die Türen waren rosa, und an jeder war in säuberlichen schwarzen Buchstaben ein Wort aufgemalt. BARBY stand auf einer, SCHLAFEN auf einer anderen, auf einer dritten WC und auf einer vierten PRIVAT. Am Ende des Flurs, James gegenüber, war eine geschlossene schwarze, in eine Laufschiene eingehängte Feuertür. Auf ihr standen in krakeliger, tropfender Schrift die Worte JOHN CASTLES NOMADENZELT.

James warf einen Blick die Treppe hinauf, Barby war nicht zu sehen, und Kunden waren auch keine da. James war normalerweise nicht gerade abenteuerlustig – um diese Zeit trank er sonst Ginsengtee und bezahlte seine Rechnung im *Flat Michael's* –, jetzt aber veranlasste ihn irgendetwas, auf Zehenspitzen zu jeder der Türen zu gehen und das Ohr daranzuhalten. An keiner hörte er etwas, außer an der letzten, der Feuertür. Ein Klirren wie von Metall auf Metall war dahinter im Gange, als würden dort Schwerter geschmiedet. Je näher er sich an die Tür stellte, desto deutlicher spürte er auch, dass auf der anderen Seite etwas Warmes war – vielleicht sogar ein Feuer.

James trat zurück. Die Feuertür war ungestrichen, dick und sehr alt. Sie war aus Stahl und Eisen, und aus irgendeinem Grund erinnerte sie ihn an den altersschwachen, aber noch funktionierenden Aufzug im Preemption. Ohne die frisch aussehende rosa Aufschrift hätte er angenommen, die Feuertür sei seit Jahrzehnten nicht mehr geöffnet worden.

»John Castles Nomadenzelt«, las er. »John Castles Nomadenzelt.«

Er starrte auf die Worte, flüsterte sie wieder und wieder. Er wurde nicht schlau daraus, aber der Rhythmus der Silben in seinem Mund und das Kling und Klong des Metalls hinter der Tür waren unwiderstehlich. Er fasste den Türgriff und lehnte sich mit seinem ganzen Gewicht dagegen. Die Tür gab widerstandslos nach.

Was er drinnen erblickte, sah halb wie eine Schmiede aus, halb wie ein Keller. Es war ein großer Raum, der weitgehend im Dunkeln lag, mit einem orange glühenden Brennofen und einem kleinen Schmelzofen am anderen Ende. Neben dem Brennofen standen ein hohes Bücherregal, zwei Hocker und ein Holztisch. Der Boden war aus Beton. Die dreißig Meter Fläche zwischen James und dem Brennofen waren mit verwitterten Frachtkisten voll gestellt. Von der Feuertür zu dem Brennofen war zwischen den Kisten hindurch ein Weg freigeräumt, wie der Mittelgang einer Kirche, der zum Altar führt. Als James diesen Weg entlangging, stieg von dem Schmelzofen duftender Dampf auf, und das Feuer im Brennofen flackerte wie eine große, stille Kerze. Das Klirren hatte aufgehört, als er die Tür geöffnet hatte.

»Hallo?«, rief James.

Als seine Augen sich an die Dunkelheit gewöhnt hatten, blieb er stehen. Die ramponierten Kisten ringsum waren offen und wie Schaukästen dem Gang zugekehrt. In ihnen lag auf schwarzen Samtpolstern die gewaltigste, atemberaubendste Edelsteinsammlung, die James je gesehen hatte. Da gab es faustgroße Diamanten und zentimeterdicke Smaragde, in quadratische Stücke geschnitten wie Einzelportionen eines süßen, gelatineartigen

Desserts. Da gab es Bernstein, glimmerdünn, aber handtellergroß, auf goldenen Schälchen. Die Facette eines Rubins, im Licht des Brennofens schimmernd, zeigte James sein ganzes Profil.

»Wahnsinn«, flüsterte James.

»Wer schickt Sie?«, dröhnte eine Männerstimme.

James fuhr zusammen. »Wahnsinn«, wiederholte er.

»Wer schickt Sie?«

James drehte sich einmal um sich selbst und suchte das Dunkel nach dem Sprecher ab. »N-niemand schickt mich. Ich … Ich bin einfach hereingekommen.«

»Niemand kommt hier einfach herein. Die Leute werden geschickt.«

James hörte ein Scharren hinter dem Bücherregal. »Wo sind Sie?«, fragte er.

Ein streng aussehender Mann kam hinter den Büchern hervor. Er hatte volles, schlohweißes Haar, doch seine Haltung war so straff und aufrecht, dass er auf James nicht wie ein alter Mann wirkte. Er trug einen schwarzen Smoking mit bis zu den Ellenbogen aufgekrempelten Ärmeln, als hätte er gerade körperlich gearbeitet. Tatsächlich hielt er in einer Hand einen riesigen Hammer und in der anderen eine schmale goldene Halskette. James schloss daraus, dass das Klirren das Werk des Hammers gewesen war.

»Es … Es tut mir Leid, wenn ich Sie gestört habe. Sind Sie John Castle?«

»Das tut nichts zur Sache. Kommen Sie her.«

Der Mann hatte eine volltönende Stimme, und seine Worte klangen wie ein Ruf in einer Höhle. James näherte sich dem Brennofen, in dem er weiß glühende Steine oder Kohlen sah. Auch die Augen des weißhaarigen Mannes konnte er jetzt deutlich erkennen. Es waren braune Augen, satt und erdig wie Ackerboden nach einem Regen, und sie beobachteten ihn scharf.

»Hmm.« Der Mann legte den Hammer und die Kette auf den

Tisch. Er nahm James' rechte Hand und inspizierte seine Handfläche.

»Ach«, sagte James. »Ja. Hallo.«

Der Mann ließ James' Hand los. Er schnupperte, als wollte er herausfinden, wo er James schon einmal gerochen hatte.

»Hmm«, sagte der Mann. »Was haben Sie gesagt, wer Sie schickt?«

»Niemand. Ich weiß nicht. Barby.«

Der Mann schüttelte den Kopf. Er ließ sich auf einem der Hocker nieder und nickte zu dem anderen hin.

»Vielleicht möchten Sie sich setzen«, sagte der Mann.

»Also …«, begann James.

»Setzen Sie sich.«

James setzte sich. Er sah den Mann an, und der Mann sah ihn an.

»Barby schickt niemanden. Und niemand kommt einfach so herein.« Der Mann klopfte auf seine Brusttasche. »Wer schickt Sie also?«

James drehte sich zu der Feuertür um. Durch die Öffnung sah er ein Rechteck normales Licht und ein kleines Stück Treppe. Doch aus irgendeinem Grund machte es ihm keine Angst, hier zu sein, in diesem sonderbaren Raum mit diesem Fremden. Er mochte es, wenn er in Manhattan durch Zufall auf irgendwelche seltsamen Winkel stieß. Er mochte diesen Keller ebenso, wie er das *Flat Michael's*, die Cloisters oder den Otis-Aufzug in seinem Haus mochte. Außerdem wirkte der weißhaarige Mann neben ihm ruhig und seiner selbst vollkommen sicher, wie ein Richter am Obersten Gerichtshof.

»Ich kann mich nicht erinnern, von jemandem geschickt worden zu sein«, sagte James aufrichtig. »Ich wollte mir nur die Zeit bis zum Abendessen vertreiben. Ich hab mich umgesehen.« James spähte nach einer Kiste voller Diamanten. »Vielleicht hab ich mich selbst geschickt.«

»Gute Antwort«, sagte der Mann. »Bravo.«

Das Feuer knisterte. Die Hocker hatten keine Lehnen, aber der Mann saß James in guter Haltung gegenüber, die Hände auf den Knien. James wartete, was als Nächstes geschehen würde. So wie es aussah, würden er und dieser Fremde noch länger auf diesen Hockern an diesem Ofen sitzen.

»Äh… Ich heiße James Branch.«

»Ja, ich weiß. Ein guter Name.«

»Danke. Woher wissen Sie das?«

»Das tut nichts zur Sache.«

James wartete darauf, dass der Mann seinen eigenen Namen nannte, aber er tat es nicht. James warf verstohlene Blicke auf das weiße Haar und das markante Kinn des Fremden. Sein Gesicht hatte eine strenge Würde, die James wieder zu erkennen glaubte, als wäre der Mann ein ehemaliger Filmstar, dessen Bild ihm vertraut war.

»Haben wir uns nicht schon mal irgendwo gesehen?«, fragte James.

»Hmm«, machte der Mann.

James rieb sich den Hals. Er ließ die Augen über die Kostbarkeiten ringsum wandern, die Kisten mit den Edelsteinen. Er fragte sich, ob der Mann diesen Schatz in einem tollkühnen Coup unter Lebensgefahr an sich gebracht hatte. Oder vielleicht hatte er ihn in seinem Ofen aus dem Nichts geschmiedet.

»Und die Aufschrift an Ihrer Tür«, sagte James. »John Castles Nomadenzelt. Was bedeutet das?«

Der Mann lächelte nicht. »Es bedeutet, dass ich viel herumkomme.«

»Ah. Haben Sie eine Generalvertretung?«

»Sozusagen.«

James beschloss, es mit einem Scherz zu versuchen. »Und sind Ihre Auslieferungslager alle in Sexshopkellern?«

Der Fremde zuckte die Schultern. »Ich bin, wo ich bin.« Er

stand auf und klatschte in die Hände, als seien nun irgendwelche Vorverhandlungen abgeschlossen. Er winkte James zu einer der Edelsteinkisten. »Also, wofür kann ich Sie heute Abend interessieren, Mr. Branch?«

James seufzte. Er war froh gewesen, einfach nur zu sitzen. »Ach, danke, aber ich wüsste nicht, dass ich irgendwelche ... äh ... Diamanten oder so brauche.«

»Aber vielleicht demnächst. Vielleicht schauen Sie einfach einmal?«

»Ich glaube nicht, dass ich –«

»Schauen Sie«, sagte der Mann streng.

James gehorchte. Er wusste nicht, warum, aber er sah sich genötigt, dem Älteren zu folgen. Er ging also zu der Kiste und besah sich ihren Inhalt. Die Edelsteine in dieser Kiste waren zu Schmuckstücken verarbeitet. Um den Rand zog sich eine Perlenschnur, so lang wie ein Lasso. Eine Frau konnte sich die Perlen doppelt um den Hals legen, dachte James, und sie würden ihr immer noch bis zur Taille herabhängen. Neben der Kette lagen Amethystbroschen, Mondsteinringe und Flitterzeug, dessen Ursprung und dessen Verwendung am menschlichen Körper James nicht zu ergründen vermochte. Ein goldenes Fußkettchen mit großen Topasklunkern war so dick, dass es als Handfessel hätte dienen können, dazu bestimmt, eine Königin festzuhalten oder zu ergötzen.

»Fassen Sie sie ruhig an«, sagte der weißhaarige Mann.

Wieder gehorchte James. Seine Fingerspitzen senkten sich hinab, glitten scheu über glatte, kühle Flächen.

»Das ist ein Heliotrop«, sagte der Mann. »Und das sind Granate.«

»Aber ... Ich habe keine Freundin«, sagte James.

»Das ist ein Onyx.«

James ließ seine Finger weiterwandern. Der Mann im Smoking drehte die Kiste dem Ofen zu, ließ mehr Licht auf den Steinen funkeln.

»Beryll«, sagte er und zeigte auf den Stein, den James gerade berührte. »Katzenauge. Achat.«

James nickte. Leise, fast ohne dass er es merkte, begannen seine Lippen die Namen der Edelsteine nachzusprechen, als säße er im *Flat Michael's* und wartete flüsternd auf sein Essen.

»Jaspis«, soufflierte der Mann.

»Jaspis«, sagte James.

»Hyazinth.«

»Hyazinth.«

Nach einer Weile verstummte James und berührte die Steine nur noch, überließ sich ihrem Blinken im Licht des Ofens wie einem Zauber. Er bewunderte Korallen, Türkise, Lapislazulis. Plötzlich fand er es ganz richtig, dass Männer sich jahrhundertelang geschunden hatten, um diese Kostbarkeiten aus der Erde hervorzuholen und sie Frauen zu schenken. Ob nun eine Verkäuferin Ketten-BHs trug oder eine Braut ihren Diamantring – es erschien ihm überaus angemessen, dass Frauen die starke, harte Materie des Universums auf eine Weise präsentierten, wie Männer es nicht vermochten.

Mit einem Mal stieg eine tiefe Traurigkeit in James' Herzen auf. Er wusste, dass er sich die Schätze, die da vor ihm ausgebreitet lagen, nicht leisten konnte, doch was ihm jetzt einen schmerzhaften Stich versetzte, war der Gedanke, dass es, selbst wenn er eine Kostbarkeit aus Rubinen oder Sonnensteinen hätte mitnehmen können, niemanden gab, dem er sie hätte schenken können.

»Ich habe keine Freundin«, sagte er laut. Es klang irgendwie nur halb wahr, und er versuchte es noch einmal.

»Ich habe keine Frau«, sagte er.

»Aber vielleicht bald«, erwiderte der weißhaarige Mann.

James zwinkerte. Noch ganz bei seiner Offenbarung, hatte er gar nicht mehr an den Mann gedacht.

»Bitte?«, fragte James.

Der Mann im Smoking stand hoch aufgerichtet hinter der Kiste. »Nehmen wir einmal an, James Branch, irgendwann in nächster Zeit würde eine Frau in Ihr Leben treten. Wenn Sie sie lieben würden und ihr etwas aus dieser Kiste schenken könnten, was würden Sie nehmen?«

James nagte an der Unterlippe. Er sah sich in dem Kellerraum um, betrachtete den Schmelzofen, die Tür.

»Woher wissen Sie meinen Namen?«, fragte er zum zweiten Mal.

»Das tut nichts zur Sache. Was wäre in dieser Kiste das eine Stück, das Sie der Frau, die Sie lieben, schenken würden?«

James sah den Mann forschend an. Wieder suchte er nach einem Anhaltspunkt, woher er diesen Menschen kannte. Er versuchte auch etwas Boshaftes im Blick des Fremden zu entdecken, ein spöttisches Lächeln um seinen Mund, einen Hinweis darauf, dass er sein Spiel mit ihm trieb, ihn nur zum Spaß auf die Probe stellte. Aber der Mann war ernst.

James senkte den Blick. Er war verlegen. »Ich… Ich könnte mir kein Einziges von Ihren Stücken leisten.«

Der Fremde seufzte geduldig. »Angenommen, Sie könnten es. Was würden Sie ihr schenken?«

James konnte nicht anders, er musste hinschauen. Die Steine waren wunderschön. Na gut, sagte er zu sich selbst. Was soll's.

»Äh…«, sagte er. Seine Augen wanderten in der Kiste umher. Nicht die Perlenschlange, dachte. er. Nicht das Topasfußkettchen. In Bars an der Madison Avenue hatte er Hals und Glieder von Models mit solchen Dingen behängt gesehen. Es gefiel ihm besser, wenn eine Frau nur ein einziges Schmuckstück trug, etwas Schlichtes, Elegantes.

»Das da vielleicht«, sagte er und hob ein schmales Silberarmband hoch. Winzige Jadedelphine waren daran aufgereiht.

Der weißhaarige Mann nahm ihm das Armband aus der Hand und ließ es in seine Tasche gleiten. »Tut mir Leid. Das ist schon für jemand anderen reserviert. Suchen Sie sich etwas anderes aus.«

James betrachtete die Steine. Er liebäugelte mit einem eigroßen Rubin, einem pyramidenförmigen Diamanten. Doch beide waren zu riesig, zu überwältigend schön, um zu einer Frau zu passen, die James' Freundin hätte sein können. In einer Ecke der Kiste aber lagen in einer Samtfalte versteckt ein Paar kleine Ohrringe. Die Fassungen waren aus schlichtem Gold, die Steine von milchigem, poliertem Weiß. James nahm die Ohrringe in die Hand.

»Was sind das für Steine?«

»Opale.«

James drehte seine Handfläche dem Brennofen zu. Als der Feuerschein auf die Opale fiel, erwachten darin winzige Prismen zum Leben. Einen Moment lang sah James eine Frau mit warmer Haut und honigfarbenem Haar vor sich. Er stellte sich die Opale vor dem Hintergrund ihrer Haut vor.

»Die würde ich ihr schenken«, erklärte James.

Der weißhaarige Mann nickte knapp. »Gute Antwort. Bravo.«

James betrachtete die kleinen weißen Welten in seiner Hand. »Schön sind die«, sagte er.

»Sie gehören Ihnen.«

James blickte auf. »Wie?«

»Sie haben's gehört. Bewahren Sie sie gut auf. Sie werden es wissen, wenn der Moment gekommen ist, sie ihr zu schenken.«

James' Blick wanderte zwischen den Opalen und dem Mann hin und her. »Sie … Sie verstehen nicht. Es gibt keine Sie.«

Einen Moment lang wurden die Züge des Mannes weich. Er lächelte wie ein Vater, der ein Ausgehverbot aufhebt.

»Bald wird es eine geben.«

James fand es schön, mit welcher Überzeugung der Mann das sagte. Er dachte an seine Kolleginnen, an Barby, an die Frau, die plötzlich vor seinem inneren Auge aufgetaucht war, die mit dem honigfarbenen Haar. Dann schüttelte er den Kopf.

»A-aber«, stotterte er, »Sie verstehen immer noch nicht. Auch wenn ich jemanden hätte, könnte ich es mir gar nicht leisten –«

»Die Transaktion ist beendet.« Mit einem geschickten Fußtritt klappte der Fremde die Kiste zu, kniete sich davor und schloss sie ab.

»Aber es hat gar keine Transaktion gegeben«, wandte James ein. »Ich habe doch gar nichts bezahlt. Ich kann's auch gar nicht. Sie haben mir ja nicht einmal gesagt, wie viel die kosten.«

Der Mann seufzte, jetzt wieder mit strenger Miene. »Geld. Geld. Hören Sie, James Branch. Wenn ich etwas von Ihnen brauche, dann sag ich's Ihnen. Jetzt gehen Sie erst mal Ihren Tilapia oder Dingo essen, oder was immer man da oben bestellt. Um diese Zeit müsste ein Tisch frei werden. Auf Wiedersehen und viel Glück.« Der Fremde ging zu dem Brennofen zurück, zu dem Hammer, den er auf dem Tisch liegen gelassen hatte.

»Ach ... Sir?« James räusperte sich laut. Er sah auf die geschlossene Kiste hinab. Noch immer hatten sich seine Finger nicht um die Opale geschlossen.

»Äh«, sagte er, »es ist sehr nett von Ihnen, mir die zu schenken, aber mir ist nicht ganz wohl dabei, wenn ich nicht –«

Der weißhaarige Mann drehte sich zu James um. Der Hammer lag wieder in seiner Hand, und plötzlich blitzte in seinen Augen eine Furcht erregende, eiserne Entschlossenheit auf, als gehe die Arbeit, der er sich nun erneut zuwandte, James nichts an.

»W-wahnsinn«, flüsterte James. Sein Rückgrat zitterte. Ohne ein weiteres Wort und mit einem Gefühl, als sei er ein Dieb, drehte er sich um und flüchtete.

Den ganzen nächsten Tag dachte James über das Geschehene nach. Er nahm die Opale mit zur Arbeit, zog sie verstohlen aus der Tasche, betrachtete sie während des Essens. Aber er zeigte sie niemandem und erzählte niemandem davon. Er ahnte, dass die Art, wie er zu den Opalen gekommen war, und der Mann, der sie ihm geschenkt hatte, ein unergründliches Geheimnis waren. Er hatte einmal eine Geschichte von einem Wanderer gehört, der auf einem Berg vom Blitz getroffen worden war, aus der einzigen Wolke am sonst blauen Himmel. Der Mann überlebte; er hatte nur ein kurzes Zischen im Kopf und in den Zehen gespürt. James kam sich vor wie dieser Mann. Er fürchtete, die Opale würden, wenn er von ihnen sprach oder sie überall herumzeigte, in seiner Hand verdampfen.

An diesem Tag aber besah er sich ein wenig kühner die Ohrläppchen und Frisuren seiner Kolleginnen. Bei jeder stellte er sich die Opale vor dem Hintergrund ihrer Haut vor und fragte sich, ob sie die eine sein könnte.

Den zweiten etwas kühnen Schritt unternahm er am Abend: Er ging noch einmal zu *Barby's Bondage.* Irgendetwas warnte ihn davor, seinen Wagemut zu weit zu treiben und in den Keller hinabzusteigen, doch er sprach Barby selbst an, die gerade Dildos ins Sexspielzeugregal räumte.

»Sie schon wieder.« Barby trug heute Zivilkleidung, Bluejeans und einen Baumwollpulli. Nur ihre Zähne verkündeten nach wie vor ihren Namen.

»Hallo«, sagte James.

Barbys Miene war verdrossen. James fragte sich, ob ihr Schlussverkauf nicht gut lief.

»Sie waren ja gestern schnell wieder draußen«, sagte sie naserümpfend.

»Ja. Äh. Tut mir Leid. Hören Sie zu. Ich habe eine Frage.« James holte tief Luft. Er wusste, was sie antworten würde. »Äh, ist hier im Keller ein Juweliergeschäft? Neben der Toilette, hinter der schwarzen Feuertür?«

Barby richtete sich auf und drehte sich zu James um. Sie blies sich eine Haarsträhne aus den Augen. »Wovon zum Teufel reden Sie?«

James ließ sich nicht beirren. »Ist da ein Juweliergeschäft?«

»Nein, da unten ist kein Juweliergeschäft. Ich sag Ihnen, was da unten ist. Mein Scheißprivatbereich. Haben Sie *das* gestern Abend gemacht? In meinen Räumen rumgeschnüffelt?«

»Und Sie haben auch noch nie etwas von einem Mann namens John Castle gehört?«

»Von wem?« Barby verschränkte die Arme vor der Brust.

James nickte. Er brauchte nicht nachzusehen. Er wusste, dass sie die Wahrheit sagte.

»Hey, Mr. Fragensteller. Was ist? Entweder Sie kaufen was oder Sie verziehen sich.«

James trat einen Schritt zurück und zeigte auf die Straße. »Ich, äh… Ich verziehe mich.«

»Aber dalli, Mann.«

James ging zur Tür.

»Widerling!«, rief Barby ihm nach.

Doch James grinste schon, ging auf die Straße hinaus und tastete nach den Opalen, die wohl verwahrt in seiner Tasche lagen.

Die Kunst des Küssens in Manhattan

Rally McWilliams war zutiefst einsam. Sie stellte sich gern vor, sie hätte eine verwandte Seele, einen zukünftigen Ehemann, der irgendwo in Nepal oder im australischen Outback für sie heranreifte. Doch in Manhattan, wo Rally wohnte, fand sie nur Kerle.

»Kerle.« Sie seufzte.

»Ja«, sagte Kim. Es klang düster. »Kerle.«

Rally und Kim wohnten in einem Loft in SoHo. Beide waren einunddreißig. Sie arbeiteten und verabredeten sich mit Kerlen. Rally wusste nie die Namen von Kims Kerlen. Es hatte da einen Republikaner gegeben, einen Elektriker und einen Arzt, den Kim Dr. Charme nannte. Rally selbst hatte mit Anfang zwanzig drei Jahre lang mit einem Kerl namens Paul geschlafen, der dann nach Idaho ging. Danach kam Sam, der nett und sensibel war und der einmal hellgrünen Wackelpeter aus Rallys Schlüsselbeinmulden gegessen hatte. Rally hatte geglaubt, das sei der Auftakt zu etwas ganz Besonderem, doch nachdem Sam den Wackelpudding verzehrt hatte, rülpste er nur und schlief ein.

»Meine Mutter«, erklärte Kim, »sagt, man kann einen Mann nicht lieben, wenn man nicht lernt, sich selbst zu lieben.«

Rally warf die Hände hoch. »Und was heißt das – sich selbst lieben lernen?«

Kim zuckte die Schultern.

Rally war Reisejournalistin. Sie schrieb für die Zeitschrift *Five Kingdoms* und wurde regelmäßig an Orte geschickt, die sie als exotisch oder langweilig einstufte. Exotische Orte, über die sie berichtet hatte, waren unter anderem Capri und Dublin. Ein langweiliger Ort war Moab, Utah, wo Rally niemand Wunderbarem begegnet und fast von einer Schlange gebissen worden war.

»Ich muss mindestens einem wunderbaren Menschen begegnen«, sagte Rally zu Kim. »Sonst ist ein Ort nicht exotisch.«

»Sind das nicht Zufallstreffer?«, fragte Kim. »Was ist, wenn du irgendwo nur ein Wochenende bist und alle wunderbaren Leute sind gerade verreist?«

Rally hatte herrliches honigfarbenes Haar, das bis zur Taille herabfiel und ihr zu kostenlosen Drinks verhalf. Wenn sie und Kim sich abends unterhielten, saßen sie nebeneinander auf dem Sofa, und Kim, die Haarstylistin war, spielte mit Rallys Haar. Kim verließ Manhattan nie.

»Wenn ich wunderbar wäre«, sagte Kim, »würde ich nicht gerade vor einem Girl herumstolzieren, das auf Reisejournalistin macht. Ich würde zu Hause bleiben, mir chinesisches Essen kommen lassen und lernen, mich selbst zu lieben.«

»Früher oder später«, sagte Rally, »würdest du doch rausgehen. Und dann würde ich dich erwischen.«

Rally war besessen von dem, was Menschen wunderbar machte. Meist waren es Dinge, die sie am wenigsten erwartete, doch wenn das Wunderbare ihr begegnete, erkannte sie es sofort. In Dublin hatte sie blauäugige Männer anzutreffen gehofft, gute Erzähler, die sie zu einem Pint einladen und Geschichten zum Besten geben würden. Stattdessen hatten die irischen Frauen sie fasziniert, die jungen mit einem Baby oder die mit fahler Haut und Zigarette. In Montana hatte sie mit zahllosen Cowboys gesprochen – Männern mit Bluejeans und Geld – und gehofft, für einen Artikel, den sie schrieb, dem Geist des Westens auf die Spur zu kommen. Doch erst im Glacier-Nationalpark, als sie einem Ranger namens Russ zuhörte, einer lispelnden kleinen Tonne von einem Mann, hatte sie die verbohrte Inkonsequenz von Männern in der Wildnis gespürt. Was Rally in Erstaunen setzte und sie am Reisen festhalten ließ, war dies: Wenn sie das Wunderbare an einem Menschen entdeckte – wenn eine Irin Rauch in den Mund sog, oder wenn die Stimme eines Rangers brach –, erbebte sie vor Einsamkeit und hätte diesen Menschen am liebsten geküsst. Manchmal wünschte sie sich nur eine sanfte Berührung, ein Streifen ihrer Lippen über die Wange des Fremden. Dann wieder wollte sie grenzenloses, leidenschaftliches Mitgefühl. Ranger Russ musste um die sechzig sein, aber er hatte ein so nobles Wesen und sprach so mitreißend über Eis und Bären, dass Rally, wenn es sich ergeben hätte, ihren Mund auf seinen gepresst und ihn inbrünstig geküsst, dass sie versucht hätte, ihre Einsamkeit mit seiner zu verflechten.

Tatsächlich aber sprach sie kaum jemals mit diesen Menschen, und erst recht nicht küsste sie sie. Sie erzählte niemandem von ihren spontanen Wünschen, denn sie erschienen ihr unmoralisch und machten ihr Angst. Sie malte sich Gespräche mit einem imaginären Psychiater aus, nie mit einer Psychiaterin.

Ich möchte den Rauch im Mund dieser Irin küssen, gestand sie.

Warum?, fragte der Mann.

Weil sie traurig ist, sagte Rally. *Und genug hat von Dublin. Und nie wieder genau diesen Rauch im Mund haben wird.*

Sind Sie bisexuell?, fragte der Mann. *Oder Swinger?*

Nein, antwortete Rally. *Aber ich kann nicht den Rauch küssen, ohne die Frau zu küssen. Begreifen Sie das nicht?*

Rallys imaginärer Psychiater begriff natürlich nie und Rally im Grunde ihres Herzens auch nicht. Statt sich selbst zu verstehen, nahm sie deshalb das Wunderbare, das sie an manchen Menschen spürte, und ihren Wunsch, sie zu küssen, und flocht beides in die Geschichten ein, die sie für *Five Kingdoms* schrieb. Bei ihrem Bericht über Capri hatte sie an die alte Frau gedacht, der sie dort eine Treppe hinaufgeholfen hatte. Während sie die Blaue

Grotte beschrieb, die Felsen oder Linguine mit Venusmuscheln, war sie in Gedanken bei der alten Frau gewesen und hatte jeden Satz so geformt, als wäre es ein feierlicher Kuss auf deren Stirn. Irgendwie schimmerten solche Küsse in ihren Texten durch, denn Sabrina, Rallys Chefin und Lektorin, liebte ihre Geschichten.

»Du hast Talent«, sagte Sabrina eines Abends. »Ganz ohne Frage.«

»Aha.« Kim hob wie ein Schülerlotse die Hand. »Rally McWilliams hat Talent. Aber liebt sie sich selbst?«

»Du kannst mich mal«, lachte Rally.

Rally, Sabrina, Kim und Dr. Charme waren im *Minotaur's*, einer Kellerbar. Kim und Rally waren dort, weil Freitag war und weil Rally Half Stack, den DJ, kannte. Sabrina war dort, weil sie Single und hübsch war. Kim wollte tanzen und zog Dr. Charme ins Getümmel. Rally und Sabrina standen an der Bar, tranken Champagner und unterhielten sich über Frankreich. Rally sollte im November dorthin fliegen, um über den Beaujolais Nouveau zu schreiben.

»*Five Kingdoms* bezahlt zehn Tage«, sagte Sabrina. »Dass du mir aber nicht die ganze Zeit auf unsere Kosten Beaujolais trinkst.«

»Ich will ihn gar nicht trinken«, sagte Rally. »Ich will nur wissen, warum alle so ausflippen deswegen.«

Ein Song, den Rally liebte, wurde gespielt. Ein Typ mit rosa Haaren forderte Sabrina zum Tanzen auf. Sabrina sagte Ja, und der Typ tanzte mit ihr davon. Rally blieb allein an der Bar zurück.

»Sie sollten Ihr Haar nicht so tragen«, sagte eine Männerstimme.

Rally drehte sich um.

Der Mann hatte ein schwarzes Jackett an und löffelte Zucker in ein Glas mit Whisky. Er hatte kurze, scharf umrissene schwarze Koteletten und eine leichte Ausbuchtung an der linken Vorderseite des Jacketts, nahe dem Herzen. Vielleicht eine Pistole, dachte Rally.

»Meinen Sie mich?«, fragte sie.

Der Mann musterte ihre Kleidung. Sie trug einen Jeansoverall und ein weißes T-Shirt. Ihr Haar war zu zwei Zöpfen geflochten, die erst nach oben, dann nach hinten, dann nach unten strebten.

»Sie sollten einen einzigen langen Zopf tragen, der über den Rücken herunterhängt.« Der Mann fuhr fort, seinen Whisky zu zuckern. »Schlicht, klassisch. Nicht diesen Kleinmädchenkram.«

Rally zog die Brauen hoch. Der Mann war etwa Anfang dreißig. Er hatte schöne Wangenknochen und dschungelgrüne Augen. Rally lächelte.

»Ich dachte, Männer mögen Kleinmädchenkram«, sagte sie.

Der Mann rührte in seinem Drink. Als er zu rühren aufhörte, schwebten immer noch Kristalle in der Flüssigkeit.

»Ich heiße Patrick Rigg«, sagte er.

Rally sah zur Tanzfläche hinüber. Sabrina und der Rosahaarige waren noch ein Paar. Kim und ihr Doktor waren verschwunden.

»Ich heiße Rally McWilliams. Ich bin Reisejournalistin.« Sie tippte gegen sein Glas. »So viel Zucker?«

Patrick zuckte die Schultern. »Ich mag's so.«

Rally spürte ein Kribbeln unter der Haut, ein Alarmsignal. Sie sah sich Patricks Koteletten genauer an und kam zu dem Ergebnis, dass ihre Länge ungefährlich war.

»Und was ist mit Whisky pur?«, neckte sie ihn. »Sie wissen schon. Schlicht, klassisch.«

Patrick sog am Knöchel seines Daumens, als hätte er sich gestoßen.

»Ich mag's nun mal so.« Er hob sein Glas.

Am Ende des Abends gab ihm Rally ihre Telefonnummer. Zu Hause im Loft erzählte sie Kim von ihm.

»Er arbeitet an der Wall Street«, sagte sie, »und vielleicht trägt er eine Pistole bei sich. Da war so eine komische Ausbuchtung an seinem Hemd.«

»Was du nicht sagst! Eine komische Ausbuchtung!« Rally errötete.

Eine Woche lang hörte sie nichts von Patrick. Als er schließlich anrief, war es an einem Freitagnachmittag Mitte September um kurz nach vier.

»Wir treffen uns um fünf bei *Saks*«, sagte er zu Rally. »Nehmen Sie sich ein Taxi, damit Sie rechtzeitig da sind. Ziehen Sie Ihren Overall und ein einfarbiges weißes T-Shirt an. Flechten Sie sich einen französischen Zopf und kommen Sie ohne Mantel.«

»Sind Sie neuerdings Kommandant?«, fragte Rally.

Patrick legte auf. Rally schaute erschrocken auf das Telefon.

Arrogantes Schwein, dachte sie.

Aber es war ein warmer Abend mit einem herbstlich orangen Farbton in den Wolken. Rally zog sich also an, wie Patrick es verlangt hatte, aber sie wählte ein T-Shirt mit einem großen, lächelnden Tweety Bird auf der Vorderseite.

Patrick wartete auf dem Bürgersteig, als das Taxi bei *Saks* vorfuhr. Er trug einen schwarzen Bill-Blass-Anzug, und seine Augen waren bei Tageslicht noch grüner, als Rally gehofft hatte. Als sie ausstieg, bezahlte er den Fahrer.

»Sie sind pünktlich.« Er zeigte auf Rallys T-Shirt. »Aber ich hatte einfarbig weiß gesagt.«

Rally stemmte die Hände in die Seiten. »Ich hatte nur Tweety«, log sie.

Patrick führte sie in die Kleiderabteilung. Er ließ sie knöchellange Seidenkleider anprobieren, von denen keines unter tausend Dollar kostete.

Das ist Wahnsinn, dachte Rally. Er kennt mich doch gar nicht.

Aber es gefiel ihr, wie die Verkäuferin ihr die Kleider reichte.

»Das ist es«, sagte Patrick, als Rally in einem eleganten schwarzen Narciso Rodriguez mit Spaghettiträgern aus der Kabine trat.

Rally betrachtete sich im Spiegel. Sie fühlte sich weich und leicht in dem Kleid: fröstelig und gut.

»Das kostet dreitausendfünfhundert Dollar«, sagte sie.

»Es ist perfekt.« Patrick wandte sich der Verkäuferin zu. »Sie behält es gleich an.«

Die Verkäuferin nickte.

Rally machte große Augen. Sie trat nahe an Patrick heran und berührte ihn am Arm.

»Sie kennen mich doch gar nicht«, flüsterte sie.

»Lassen Sie Ihren Overall und alles in der Kabine«, befahl Patrick. »Das wird dann weggeschafft.«

Rally holte tief Luft. Erst jetzt begriff sie, dass Patrick sie in ein neues Land führte, ein Reich, in dem man Dinge, wahrscheinlich sogar Menschen, mühelos kaufen und ausrangieren konnte. Ihre Lenden gerieten in Aufruhr.

»Ich brauche Schuhe dazu«, sagte sie entschlossen.

Patrick kaufte ihr ein paar hochhackige Schuhe, die ebenso schwarz, schmucklos und anschmiegsam waren wie das Kleid. In der Kosmetikabteilung ließ er sie an der Glorybrook-Theke schminken. Dort legten gut angezogene und, soweit Rally das beurteilen konnte, gut bezahlte Hexen zarte Schatten über ihre Augen, zogen blutroten Lippenstift über ihren Mund und besprühten sie mit einem Parfüm namens Serendipity. Rally ließ alles über sich ergehen wie ein Kind, das gebadet wird. Sie hielt die Augen auf Patrick gerichtet, der am Ende der Glorybrook-Theke stand und sie betrachtete. In seinem Blick lag etwas Besitzergreifendes, ein lauerndes Verlangen.

Er wird mich verschlingen, dachte Rally.

Die Hexen schabten und rieben weiter an ihr herum. Als sie fertig waren, gab Patrick jeder von ihnen hundert Dollar, was Rally nur noch mehr erregte.

Er wird mich verschlingen, dachte sie, und ich werde es zulassen.

Sie aßen bei *Duranigan's* im Obergeschoss zu Abend, einem exklusiven Treffpunkt von Gangstern und schönen Menschen, wie Rally gehört hatte. Sie aßen Wachteln und Rucola mit Basilikum, und Patrick bestellte für Rally von Mönchen hergestellten Champagner. Er selbst trank das, was er immer trank, einen Old Fashioned mit Old-Granddad-Whisky und Zucker. Rally bemerkte wieder die diskrete Ausbuchtung über seinem Herzen und fing an, ihm Fragen zu stellen.

»Erzählen Sie mir von Ihrer Arbeit«, sagte sie.

»Nein.«

»Dann von Ihrer Familie.«

Patricks Zähne waren mit der Wachtel beschäftigt, doch er sah Rally an wie eine Geisteskranke.

Rally runzelte die Stirn. »Und vom College? Sie haben doch sicher studiert.«

»Hören Sie auf«, sagte Patrick.

Rally schluckte heftig. Sie schlug unter dem Tisch die Beine übereinander und löste sie wieder.

»Hören Sie auf, dumme Fragen zu stellen«, sagte Patrick. Rally sah sich um. An einem Ecktisch aßen mehrere stämmige Italiener Pasta, aber sie hatten keine Ausbuchtung im Jackett.

»Hm.« Rallys Blick kehrte zu Patrick zurück, und sie klimperte mit den schwarz getuschten Wimpern. »Über irgendwas müssen wir ja wohl reden.«

Patrick verzog den Mund. Sein Anzug war dunkel anthrazitfarben, er hatte breite Schultern, und es schien Rally, als sei er vollauf zufrieden damit, nichts von sich preiszugeben.

»Erzählen Sie mir was Wichtiges«, sagte sie. »Sagen Sie was Wichtiges.«

Patrick nahm einen Schluck von seinem Whisky. Seine Augen suchten die Decke ab.

»Einmal«, sagte er, »als ich fünf war, habe ich meinem Bruder Francis einen Kebabspieß durch die Hand gerammt.«

Rally verschlug es den Atem. »Mit Absicht?«

»Wir haben Akupunktur gespielt. Francis wollte es so. Er war der Ältere. Er hat gesagt, das würde ihn wieder gesund machen.«

Rally dachte darüber nach. »Mitten durch die Hand?«

»Mitten durch. Der Spieß hat an beiden Seiten herausgeschaut. Wie im Film, wenn einem Cowboy ein Pfeil durchs Bein geschossen wird.«

»O Gott«, flüsterte Rally. Sie hatte aufgegessen. Ein Ober räumte ihren Teller ab.

»Hat es sehr geblutet?«, fragte sie.

»Gar nicht mal.«

Wer ist dieser Typ bloß, dachte sie.

Nach dem Essen gingen sie zu Patrick. Er wohnte auf der Upper West Side, in einem hohen, düsteren Brownstone-Gebäude namens Preemption Building. Das Preemption hatte einen prachtvollen alten Aufzug mit Mahagonitüren. Rally glaubte, Patrick würde sie in dem Aufzug küssen, aber er tat es nicht. Er führte sie in seine Wohnung und gab ihr ein Glas Wasser.

»Wohnen Sie hier mit jemandem zusammen?«, fragte Rally.

»Ja«, sagte Patrick. »Mit einem Kollegen. Er heißt James Branch. Kommen Sie, ich zeige Ihnen mein Zimmer.«

Patricks Zimmer enthielt ein überdimensionales Bett und einen mannshohen Ankleidespiegel mit einem holzgeschnitzten Rahmen aus dornenbesetzten Reben. Patrick fasste Rally an den Schultern und drehte sie dem Spiegel zu.

»Stehen Sie still«, sagte er. »Verschränken Sie die Arme hinter dem Rücken.«

Rally stand still. Sie wartete auf Küsse.

»Schauen Sie sich im Spiegel an. Lassen Sie die Handgelenke im Rücken gekreuzt.«

Rally war nervös, aber sie tat wie geheißen. Es war dunkel im Zimmer, doch der Mond schien so hell, dass sie die fließenden Konturen ihrer Gestalt, die rote Linie ihres Mundes sehen konnte. Patrick stand hinter ihr, einen Kopf größer als sie, und seine Hände wanderten über ihre Schultern zu ihrem Hals. Er hielt ein kleines aufgeklapptes Taschenmesser in der Hand.

Rally erstarrte. »Hey!«

»Halt still«, sagte Patrick.

Ganz vorsichtig fasste er ihr Kleid direkt unterhalb ihres Halses und schnitt die Seide ein.

Rallys Herzschlag setzte aus.

»Patrick«, protestierte sie, »das Kleid hat ein paar tausend Dollar gekostet!«

»Sei still und schau zu.« Patrick klappte das Messer wieder zusammen und steckte es in die Tasche. Er fasste das Kleid am Hals, zu beiden Seiten des Einschnitts. Rally spürte den Druck seiner Ellenbogen auf ihren Schultern. Dann rissen seine Hände das Kleid der Länge nach entzwei. Die Seide teilte sich wie ein Vorhang.

»Patrick«, flüsterte Rally. Sie lehnte sich rückwärts an ihn, doch er stellte sie wieder gerade hin.

»Schau zu«, sagte er.

Rally runzelte die Stirn, aber sie schaute zu, wie Patrick ihr die Reste des Kleides um den Hals legte und zu einem Schal schlang, der über ihre Brüste herabhing. Sie hatte jetzt nur noch ihren weißen BH und den Slip, die schwarzen Schuhe und einen kostspieligen Schal an.

»Patrick.« Rally griff nach seinem Schenkel. »Küss mich, Patrick.«

Patrick nahm ihre Hand von seinem Schenkel. Wieder hielt er ihre Hände fest hinter ihrem Rücken gekreuzt. Er war stark, und er war vollständig bekleidet.

»Jetzt sieh dich an«, sagte er.

Rallys Körper überzog sich mit einer Gänsehaut. Sie wollte unter Patrick sein, in seinem Bett.

»Patrick, können wir nicht –«

»Sei still und schau.« Es klang entschlossen.

Widerstrebend sah Rally in den Spiegel. Sie sah ihre volle Figur in schwarz-weißer Aufmachung. Sie sah ihre O-Beinigkeit, die Knie, die sich nie berührten, egal wie fest sie die Fersen zusammendrückte. Ihr Leichtathletiktrainer auf der Highschool hatte gesagt, ihre O-Beine gäben ihr als Sprinterin Standfestigkeit, doch heute Abend war sie keine Sprinterin. Patrick hielt noch immer ihre Handgelenke umschlossen, und plötzlich war sie voller Hass auf ihn, voller Zorn, weil er sie nicht küsste, ihre Hände nicht losließ, damit sie sich die schwarze Seide vom Hals reißen konnte.

»Was willst du?«, fragte sie.

Patrick schnalzte mit der Zunge. »Schau dich an. Ich will, dass du siehst, was ich sehe.«

Rally versuchte sich umzudrehen. »Wirst du mir wehtun?«

Patrick fasste ihr Kinn und wandte ihr Gesicht dem Spiegel zu. »So sehe ich dich«, sagte er. »Schau.«

Mit einem Ruck hätte Rally vielleicht eine Hand freibekommen, aber sie versuchte es gar nicht. Sie riss sich nicht los, sie griff nicht nach dem Schal, riss ihn sich nicht herunter. Sie wollte wissen, ob es Küsse und Sex geben würde. Und sie wollte wissen, was sie für den Nachhauseweg anziehen sollte, jetzt, da ihr Overall in den Besitz von *Saks Fifth Avenue* übergegangen war und ihr neues Kleid ihr in Fetzen um den Hals hing. Andererseits – während sie so ihr Spiegelbild betrachtete, ihr halb nacktes Ich und den Schatten, der sie festhielt, begann ihr Atem schneller zu gehen.

»Willst du … willst du mir wehtun?«, flüsterte sie.

»Ich will, dass du dich anschaust«, sagte Patrick, »bis du siehst, was ich sehe.«

Rally schaute in den Spiegel. Sie war an einen Perversen geraten, so viel stand fest, oder an einen Propheten. Sie musterte die geschwungene Linie ihrer Hüften und fand sie beeindruckend, wenn man bedachte, dass sie dreimal wöchentlich joggen ging.

Und an den Oberarmen hatte sie ganz passable Muskeln. Wenn sie ausholte und Patrick ins Gesicht schlug, so stellte sie sich vor, würde sie einen ansehnlichen Abdruck hinterlassen, ehe er sie strangulierte. Sie kicherte.

»Lach nicht.« Patrick presste ihre Handgelenke fester zusammen. »Schau einfach nur.«

»Okay.«

Patrick gab einen zufriedenen Laut von sich. Er sah in den Spiegel.

Rally atmete ein und aus.

»Okay«, versprach sie. »Ich lache nicht.«

Am nächsten Morgen saß Rally benommen in ihrem Loft, unfähig, sich auf ihren Text zu konzentrieren. Patrick hatte sie am Abend zuvor eine Stunde lang halb nackt festgehalten, dann hatte er ihr eine saubere Jogginghose und ein T-Shirt von sich angezogen und sie im Taxi nach Hause geschickt, ohne auch nur einen Kuss auf die Wange. Der Abend war wunderschön gewesen, dann verrückt, dann vorbei.

»Das gibt's doch nicht!«, sagte Rally laut, zu niemandem. Sie wiederholte es mehrmals.

Sie sah auf ihren Computer, der ihre vorläufige *Five-Kingdoms*-Reiseroute im November in Frankreich zeigte. Sie wollte nicht über den Beaujolais Nouveau selbst schreiben, sondern über den alljährlichen Kult um die Freigabe des Weins, darüber, wie er eine kurze Novemberwoche lang bejubelt und getrunken und dann vergessen wurde. Doch an diesem Morgen konnte sie sich nicht auf Wein konzentrieren. Sie dachte daran, wie am Abend zuvor viertausend Dollar von Patricks Geld sie umhüllt hatten und keinerlei Sex stattgefunden hatte.

»Das gibt's doch nicht!«, sagte sie noch einmal.

Das Telefon klingelte. Es war Sabrina.

»Und?«, fragte Sabrina. »Wie war er?«

Rally wusste nicht, was sie sagen sollte. Normalerweise erzählte sie Kim und Sabrina ihre Erlebnisse in allen Einzelheiten. Diesmal aber und obwohl sie darauf brannte, alles loszuwerden – besonders den Preis des Narciso-Rodriguez-Kleides –, hielt irgendetwas sie davon ab.

»Er hat mich nicht geküsst«, sagte sie.

»Was?«, sagte Sabrina. »Und wie steht's mit dem Weintrip? Alles gebucht? Schon Reisefieber?«

»Wir haben uns nicht geküsst«, erwiderte Rally zerstreut.

Rally sah Patrick sieben Freitage hintereinander. Er rief sie niemals unter der Woche an. Er rief am Freitag an, traf sich mit ihr bei *Saks*, gab Tausende von Dollar für sie aus, lud sie zum Essen ein, nahm sie mit nach Hause in sein Schlafzimmer, zerschnitt ihr Kleid und hielt sie fest. Bei diesem Ritual, so fand Rally heraus, folgte er ungeschriebenen Regeln und erwartete das Gleiche von ihr. Es waren stets schlichte, reinseidene Kleider von Badgly Mischka oder Pamela Dennis. Sie waren einfarbig – schwarz, nachtblau, kastanienbraun – und reichten Rally züchtig bis zu den Knöcheln, um dann spät in der Nacht zweigeteilt und um ihren Hals geschlungen zu werden. Jedes Mal kreuzte Patrick ihre Handgelenke hinter ihrem Rücken und hielt sie eine Stunde lang fest. Nie küsste er sie, nie streichelte er sie, nie versuchte er, ihr BH und Slip auszuziehen, nie wurde er vulgär, und wenn die Stunde um war, schickte er sie in sauberen Sweatpants und einem sauberen T-Shirt nach Hause.

Rally war von Patrick frustriert und fasziniert. Bei ihrem dritten Treffen testete sie seine Grenzen. In der Umkleidekabine behielt sie ihren BH an, ließ den Slip aber zurück. Als Patrick an diesem Abend das Kleid entzweiriss, schnaubte er, wich zurück und ließ das Kleid fallen. Rally drehte sich um und trat nahe an ihn heran, versuchte ihn zu küssen, seine Hand an ihren Schoß zu führen.

»Komm«, flüsterte sie.

Patrick starrte sie zornig an und schob sie weg.

Rally trat von neuem zu ihm. »Fass mich an«, flüsterte sie. »Nimm mich.«

»Nein«, zischte Patrick. Er verschränkte die Arme vor der Brust.

Rally stand in ihren hohen Schuhen da, groß und lasziv. »Was zum Teufel soll das Ganze dann?«

Patrick sah sie an. »Du sollst tun, was ich sage. Sehen, was ich sehe.«

»Ach, ja?« Rally verschränkte ebenfalls die Arme. »Wie wär's, wenn du mal tust, was ich sage?«

»Wenn du das willst, dann geh.«

Rally fühlte Scham aufsteigen, oder Tränen.

»Ich versteh das nicht.« Sie gab ihrer Stimme einen sanften, fügsamen Klang. »Werden wir uns denn nie … küssen? Lieben? Ich meine … Willst du nicht?«

»Im Moment will ich nur, dass du gehst«, sagte Patrick.

Rally blieb der Mund offen stehen. »Das ist nicht normal, Patrick.«

Patricks Augen blitzten hart auf. »Geh, hab ich gesagt.«

Da ging Rally und glaubte, nie wieder von Patrick zu hören.

»Küsst er gut?«, fragte Kim.

Sie und Rally saßen zu Hause auf der Couch.

»Er ist toll«, log Rally. Nicht ein einziges Mal hatte Patrick seine Lippen auf ihre gedrückt.

Kim betrachtete Rallys französischen Zopf, der zu einer festen Größe geworden war. Es tat ihr Leid um Rallys Haar. Es hatte Potenzial, fand sie.

»Du warst jetzt dreimal mit ihm zusammen«, sagte Kim, »und jedes Mal kommst du in seinen Sachen nach Hause. Tut ihr's denn?«

Es, dachte Rally. Es.

Kim beobachtete ihre Freundin. Sie wartete auf Einzelheiten, aber es kamen keine.

»Hey, Rall«, sagte sie. »Du hast gar nichts mehr von Frankreich gesagt. Fährst du überhaupt?«

Rally rieb sich die Unterarme. In Patricks Spiegel am Abend zuvor hatten sie schmal gewirkt, wie die Arme einer Ballerina. Das hatte ihr gefallen.

»Rall?«

»Hmm? Was ist?«

»Frankreich. Ob du fährst?«

»Ach so, ja«, sagte Rally. »Ja, ja.«

Zu Rallys Freude rief Patrick am Freitag darauf wieder an, als wäre nichts geschehen. Er bestellte sie zu *Saks*, und sie fuhr hin. Sie konnte sich selbst nicht erklären, warum, aber sie fuhr hin und versuchte keine Tricks, als sie am Abend mit nacktem Bauch und kalten Knien vor seinem Spiegel stand. Das zerrissene Kleid um ihren Hals war blassblau.

»Soll ich für dich tanzen?«, flüsterte sie.

»Du sollst dich anschauen«, sagte Patrick.

Rally betrachtete ihren Körper. Draußen blinkte ein Rotlicht in der Nacht. Ein Feuerwehrauto heulte vorbei.

»Soll ich etwas sagen?«, fragte Rally.

Patrick presste ihre Handgelenke zusammen. »Du weißt, was du sollst.«

In der fünften Woche freute Rally sich auf Freitagabend. Sie begriff, dass sie sich nicht Patricks Geliebte nennen konnte, aber sie fühlte sich als etwas Einzigartiges, als formte sie etwas Intimes, Vollkommenes für ihn, etwas, das nur die Mischung aus ihrem Körper und den Farben, in die er sie hüllte, vollbringen konnte. Patricks Besessenheit von ihr hatte etwas Schmeichelhaftes, Verschwenderisches. Wenn sie im Dunkeln stand, halb nackt in ihren hohen Schuhen, von ihm festgehalten und ohne zu sprechen, beobachtete sie ihre Gestalt im Spiegel und versuchte zu sehen, was er sah. Sie dachte an kleine Dollars, die elektronisch von Patricks Bankkonto auf die Bankkonten von *Saks* und *Duranigan's* wanderten.

»Wieso ich?«, fragte sie ihn einmal, aber Patrick legte nur den Finger an die Lippen.

Am sechsten Freitag experimentierte Rally mit Klischees. Sie zog den Bauch ein, drückte die Brust heraus, machte einen Schmollmund, gab ihrem Gesicht einen furchtsamen, aber wachen Ausdruck. Doch da Patrick sie nicht vergewaltigte, änderte sie ihre Taktik. Sie ließ Bauch und Gesicht schlaff hängen. Als Patrick wieder nicht reagierte, beachtete Rally ihn nicht mehr und konzentrierte sich auf den Spiegel. Sie studierte die Schnitzerei des Rahmens, die Dornen, die das Glas umgaben. Dann wandte sie sich ihrem Bild zu: dem Heben und Senken der Rippen beim Atmen, ihren vom BH angehobenen Brüsten, den Riemchen um ihre Knöchel. Sie fand es schön, dass ihre Haut der Luft ausgesetzt und nur ein Teil davon gefangen und umschlossen war. Sie dachte an ihren Zopf, dieses kunstvoll gewirkte Rückgrat aus Haar.

Rally lächelte. Ich bin gut, dachte sie.

Am nächsten Morgen, einem Samstag, ging Rally allein in die Cloisters. Bis Frankreich waren es noch zwei Wochen. Rally besuchte die Cloisters vor jeder größeren Reise, um ihr Beobachtungsvermögen einzustimmen. Menschen zu beobachten war in Rallys Augen ein Muss für einen Reisejournalisten, und die Cloisters waren das perfekte Übungsterrain. Sie waren teils Museum, teils Kirche, teils eine Burg am Hudson, und wenn die Besucher dort die Kunstwerke betrachteten, über die Wälle schlenderten oder einfach nur Händchen hielten, waren sie weniger befangen, fand Rally, als anderswo in New York. Sie konnte dort Menschen studieren und das Wunderbare – das Wunderbare, das zum Küssen war – in ihren Gesichtern und Verhaltensweisen suchen. Außerdem war es ruhig in den Cloisters, und Rally brauchte Zeit, um über Patrick Rigg nachzudenken, um herauszufinden, ob er wunderbar und vielleicht eine verwandte Seele war. Ein gefährlicher Charme haftete ihm an, er kleidete sich wie ein König, und er konnte lachen. Das Verblüffende war, dass Rally jetzt, sobald sie an ihn zu denken begann, im Geist umschaltete und an sich selbst dachte, an ihren Körper in seinem Spiegel. Sie konnte nicht anders. Nachts im Traum sah sie sich als Nymphe im Unterholz eines mitternächtlichen Waldes, ganz Brüste und Beine und entrückte Augen. Manchmal wachte sie frühmorgens, wenn es noch dunkel war, auf, ging leise ins Badezimmer und trat in der Unterwäsche vor den Spiegel. Patrick war nicht da, aber Rally kreuzte ihre Handgelenke hinter dem Rücken und stellte sich seinen Griff vor. Sie legte sich den Gürtel ihres Bademantels um den Hals, um ein zerrissenes Seidenkleid anzudeuten, und bewunderte ihr Spiegelbild, bis sie zu ihrem Schrecken und Entzücken feucht wurde. Sie wurde feucht, aber wo waren Patricks Hände, wenn sie sie brauchte?

»Woran denken Sie?«, fragte eine Männerstimme.

Rally fuhr zusammen, blinzelte. Sie drehte sich um, orientierte sich. Sie stand im Gobelinsaal der Cloisters vor einem Wandteppich, den sie offenbar angestarrt hatte. Neben ihr stand ein schlanker junger Mann mit schläfrigen blauen Augen und geraden Zähnen.

»Wie bitte?«, sagte Rally.

»Ich, äh … Ich habe mich nur gefragt, woran Sie denken.« Der junge Mann nickte zu dem Gobelin hin. »Sie waren so … versunken.«

Rally errötete. Sie besah sich den Gobelin. Er zeigte ein Einhorn, das von Männern und Hunden gejagt worden war. Es stand auf einer grünen Lichtung an einem Brunnen. Zwei Speere steckten ihm zwischen den Rippen, und an seiner Seite tropfte Blut herab. Die Hunde und die Männer hatten es umzingelt. Die Mäuler der Hunde standen offen, und die Männer waren mit weiteren Speeren bewaffnet und hatten grimmige, konzentrierte Gesichter. Das Einhorn war offenkundig zu Tod oder Gefangenschaft verurteilt, und der Schmerz in seinen Augen war alles andere als märchenhaft.

»Das ist ja schrecklich«, sagte Rally.

Der junge Mann mit den schläfrigen Augen musterte sie. Er wirkte sanft und unsicher. »Haben Sie das wirklich eben gedacht?«

Rally wandte den Blick ab.

Du bist ein Fremder, dachte sie. Ich sollte dich beobachten, nicht du mich.

»Mir gefällt es«, seufzte der junge Mann. Er betrachtete traurig das Einhorn. »Aber … Aber das sollte es wohl nicht. Ich sollte es furchtbar finden. Stimmt's?«

Plötzlich sah Rally den schläfrigen jungen Mann aufmerksam an, nahm die Bedürftigkeit in seiner Stimme wahr. Sie streckte die Hand aus und berührte seine Schulter, ganz leicht nur.

»Nein«, sagte sie. »Nein, bestimmt nicht.«

Für Freitag Nummer sieben mit Patrick zog Rally einen schneeweißen Slip und einen schneeweißen BH an. Das Kleid war hell silberfarben. Es hing ihr von den Schultern, ein dünner, immaterieller Panzer. Inzwischen war es fast November, in der Stadt war es kalt, und Patrick hatte Rally zum Kleid dieses Abends ein schwarzes Cape gekauft. Doch Rally konnte es kaum erwarten, in seine Wohnung zu kommen, das Cape und die Seide abzuwerfen. Im *Duranigan's* aß sie ungeduldig und stahl sich mehrmals zur Toilette, um ihren straff geflochtenen Zopf zu bewundern.

Am Tisch, seinen Whisky in der Hand, grinste Patrick wie ein Wolf. Rally berührte ihre Wange, testete deren Weichheit. Patricks Grinsen beunruhigte sie.

»Was ist?«, fragte sie.

»Es funktioniert«, sagte Patrick.

»Was?«

»Du weißt schon.« Patrick betrachtete Rally von Kopf bis Fuß.

Rally rümpfte hochmütig die Nase. »Wieso, denkst du etwa, ich bin in dich verliebt?«

Patrick schüttelte den Kopf. »Im Gegenteil«, sagte er.

Nachdem er an diesem Abend das Kleid zerrissen und Rally als Schal um den Hals gelegt hatte, forderte Rally ihn auf, es enger zuzuziehen.

»Und lass es zwischen meinen Brüsten gerade herabfallen«, flüsterte sie. »Wie eine Krawatte.«

Patrick gehorchte.

Rally sah in den Spiegel.

»Ich finde meine Waden so schön glatt«, flüsterte sie.

Patrick presste ihre Handgelenke zusammen. Er gab einen Laut von sich, eine Art Kichern.

»Und ich finde es schön, wie sie mir heute die Lippen angemalt haben.« Rally wandte den Kopf erst zur einen, dann zur anderen Seite, um ihren Mund im Profil zu betrachten. Während sie das tat, überkam sie plötzlich ein heftiges Verlangen. Sie spürte es tief im Zwerchfell, sah es sogar in ihrem Spiegelbild. Sie zog scharf die Luft ein.

Patrick spürte die Veränderung. »Was ist?«

Rally schüttelte den Kopf. »Nichts.«

Patricks Griff spannte sich. »Du musst es mir sagen.«

Rally sah, wie ihr die Röte in die Wangen stieg. »Das ist nicht in Ordnung. Das ist –« Patrick trat näher an sie heran. Ihre Hände streiften flüchtig seine Hose, spürten dort Dringliches.

»Ich möchte mich selbst küssen«, flüsterte Rally.

Patrick stieß die Luft aus. Es klang wie bei jemandem, der lange gewartet hat.

»Ich möchte…« Rally liebte ihr Kinn, die geschwungene Linie ihrer Hüften. Sie stellte sich ihren Körper in einem Windkanal vor, in dem Fahrzeuge getestet werden. Sie stellte sich vor, wie die Luft an ihr entlangströmte, sie umriss.

»Ich möchte mich selbst küssen«, sagte sie. »Überall.«

Patrick presste sich enger an sie. Ihre Schulterblätter lagen jetzt an seiner Brust, doch ihr Blick blieb auf sie selbst gerichtet. Ihr Schoß bebte.

»Ich möchte ...« Rally fixierte ihr Spiegelbild. Sie versuchte ihre Hände freizubekommen, auf sich selbst zuzugehen.

Patrick verdoppelte den Druck auf ihre Handgelenke.

»Das geht nicht«, sagte er nur.

Rally biss sich auf die Lippe. Sie schloss die Augen, doch als sie es tat, sah sie die Nymphe nicht mehr. Sie öffnete sie wieder und sah, was sie sehen wollte. Es war ein unerreichbarer, zitternder, gefangener Frauenkörper. Rally warf sich nach vorn.

»Ich will aber«, wimmerte sie.

Patrick kicherte. Seine Zähne blitzten im Spiegel, seine Hände umspannten Rallys Handgelenke.

»Nein«, sagte er.

Rally wand sich. Sie spürte einen zunehmenden Druck in den Augen und im Schoß. Sie presste die Schenkel zusammen, biss die Zähne aufeinander, fühlte, wie sie etwas Namenlosem erlag.

»Doch«, zischte sie. »Ich tu's.«

Patrick lachte noch immer. Rallys Nägel gruben sich jetzt in seine Hand, zerkratzten ihm die Haut. Ihre Augen im Spiegel waren weit offen, ihre Beinmuskeln waren hart und zuckten.

»Bitte«, hauchte Rally. »Doch. Doch.«

»Nein«, sagte Patrick entschieden.

Rally wimmerte und kämpfte. Schweiß stand ihr auf der Stirn, und sie fühlte die Lust in ihren Schenkeln aufsteigen.

»Bitte«, flehte sie. Patrick blieb hart, sagte Nein.

»Bitte!«, schrie sie.

Doch dann, gerade als ihr Atem schneller zu gehen begann und ihr Flehen eine neue Tonlage erreichte, ließ Patrick ihre Handgelenke mit einem meckernden Lachen los. Rally stolperte vorwärts und fiel auf die Knie. Ein Schuh flog ihr vom Fuß. Ihre Hände spreizten sich auf dem Boden, fingen den Sturz auf.

»Au!«

Rally schaute zum Spiegel auf. Sie sah sich auf allen vieren, keuchend, der Zopf über die Schulter nach vorn hängend, die Brüste, weiß gefasst, ordentlich nach unten zeigend. Der Schal lag noch immer eng um ihren Hals. Er reichte bis auf den Boden hinab und hatte sich dort eingerollt, aber jetzt sah er schrecklich aus, fand Rally, wie eine Leine. Patrick stand hoch aufgerichtet hinter ihr, kichernd, die Hände in den Seiten.

»Au!«, wiederholte Rally.

Patrick rührte sich nicht. Seine Augen glühten von einem freudigen Triumph, wie Rally ihn noch nie gesehen hatte.

»Ich hab mir am Knie wehgetan«, sagte Rally.

Patrick nickte. »Das kann ich mir denken. Du kannst jetzt gehen.«

Die Lust erstarb in Rally.

»Was?«, flüsterte sie.

»Du hast doch gehört«, sagte Patrick scharf. »Geh jetzt.«

Rally blieb auf allen vieren und fragte sich, ob er es so wollte. Tränen der Wut traten ihr in die Augen.

»Was machst du?«, flüsterte sie.

»Ich mach mir einen Drink«, erwiderte Patrick, »sobald du abgezischt bist.«

»Nein«, schniefte Rally. »Was du mit mir machst.«

»Geh jetzt«, befahl Patrick.

Rally setzte sich auf. Sie wandte den Blick vom Spiegel ab.

»Ist es das, woran du tagsüber denkst?«, begehrte sie auf. »Mir das anzutun? Mich soweit zu bringen, dass ich … das will?«

Patrick nahm Sweatpants und ein T-Shirt aus einer Schublade und warf die Sachen neben Rally auf den Boden.

»Tagsüber«, sagte er, »denke ich an Geld.«

Rally stand auf. Sie riss sich die Seide vom Hals. Zitternd vor Zorn zog sie sich an, und in ihrem Kopf pulsierte ein Rot, eine Farbe, die Blut hätte sein können.

»Turnt dich das an?«, fragte sie. »Mich mitten in der Nacht nach Hause zu schicken und dann am nächsten Freitag anzurufen und wieder von vorn anzufangen?«

»Ich werde dich nächsten Freitag nicht anrufen«, sagte Patrick. »Da bist du in Frankreich. Und jetzt raus hier.«

Rallys Kinn zitterte.

»Du bist ein verdammter Spinner«, sagte sie.

Patrick sprang ihr fast ins Gesicht. Zorn lag in seinen Augen. Er hämmerte auf seine Anzugjacke, schlug sich über dem Herzen an die Brust.

»Weißt du, was ich hier habe?«, rief er.

Rally schnappte nach Luft, wich zurück. Sie starrte auf die Beule in Patricks Jacke, die Ausbuchtung, unter der sie noch immer eine Pistole vermutete.

»Es tut mir Leid«, stammelte sie.

»Weißt du überhaupt, wer ich bin?« Patricks Stimme überschlug sich. Seine Schultern waren gekrümmt wie bei einem Bären.

»J-ja. Das heißt, nein«, schluchzte Rally. Sie rannte aus dem Zimmer, aus Patricks Wohnung und schrie, *Nein, nein, nein.*

»Schneid's ab«, befahl Rally.

Kim saß dicht neben ihr auf dem Sofa. Auf dem Couchtisch lagen Kims Schere und noch andere Frisörsalonwaffen. Rallys Haare waren nass, und um ihre Schultern lag ein Handtuch.

Kim strich ihr übers Haar, das bis auf die Sofakissen herabfiel und sie sogar ein Stück bedeckte.

»Männer sind brutal«, sagte Kim sanft. Sie streichelte Rallys Hals, rieb ihr den Rücken. »Aber das hier muss trotzdem nicht sein.«

Rally saß kerzengerade und sah starr geradeaus. »Schneid's ab. Mach's kurz, mach's schrill, mach's, wie du willst, aber schneid's ab.«

»Schsch.« Kim strengte sich an, ihrer Stimme einen besänftigenden Klang zu geben. Sie wollte etwas Seltenes, etwas Schönes retten. »Nur weil deine Haare mit der Frisur irgendeinem Blödmann gefallen haben, brauchst du doch nicht –«

»Schneid's ab!«, schrie Rally.

Rally fuhr nach Frankreich, ins Beaujolais. Sie wanderte durch malerische alte Straßen, besuchte Winzer, kostete von dem, was sie zu bieten hatten, schwebte von einem Weingut zum nächsten. Sie saß auf Mäuerchen und betrachtete Schafe. Sie trug geräumige, robuste amerikanische Bluejeans und Schlabberpullover, die ihre Figur nicht betonten. Ihr Haar war kinnlang geschnitten und erforderte keine besonderen Maßnahmen oder Überlegungen. Die Abende verbrachte sie in irgendeinem Gasthaus und aß dort Huhn- oder Rindfleischgerichte mit einfachen Soßen. Sie schrieb und trank Beaujolais, machte sich Notizen über das Land und den Wein. Als sie daranging, über die Menschen zu schreiben, tat sie etwas, das sie noch nie getan hatte. Sie ignorierte die Wahrheit, die sie um sich herum sah, und verwandelte jeden, dem sie begegnete, in das Klischee einer Märchenfigur. Sie schrieb von höflichen Männern mit weinfleckigen, schiefen Zähnen, von drallen, hilfsbereiten Frauen, von Kindern, die Baguettes trugen und Weintrauben stampften. Alles war natürlich und angenehm und europäisch, bis Rally eines Abends in einer Kneipe viel zu viel Wein trank. Sie fand sich schwindlig draußen unter den Sternen wieder, von einem ungeduldigen jungen Mann namens Olivier gegen eine Natursteinmauer gedrückt. Olivier gab sinnliche französische Flüsterlaute von sich und strich über den Bund von Rallys Jeans. Der Fehler passierte, als er seine Lippen auf Rallys legte, ihr seine Zunge in den Mund schob und sie küsste. Einen

Moment lang überließ sie sich dem wirbelnden, prachtvollen Himmel und erwiderte seinen Kuss. Sie vereinte ihren Mund mit dem eines Fremden und versuchte, ein unbeschwertes junges Ding zu sein, so spritzig wie Wein. Doch dann kam der Ekel. Rally wurde sich nicht nur ihrer Zunge, sondern ihres ganzen Ichs unter den Kleidern bewusst, und sie riss sich von dem Mann los, als sei sie einem eifersüchtigen, allwissenden Herrn untreu geworden.

Pflicht

Mein Name ist Patrick Rigg, und ich bin dreiunddreißig Jahre alt. Außerdem bin ich Millionär, denn als ich sechs war, wurde mein Bruder Francis überraschend von Guppy, dem Wunderfisch, getötet. Wir wohnten damals in der Nähe von Chicago, und Francis und ich lagen unseren Eltern ständig in den Ohren, sie sollten mit uns zu den Guppington Estates fahren, einem Freizeitpark am Stadtrand. Die Guppington Estates waren einer von diesen verrückten neuen amerikanischen Themenparks. Guppy, die Hauptfigur, war ein untersetztes Guppy-Goldmännchen, das einen schwarzen Smoking und ein Monokel trug. Er sprach ein lupenreines Englisch und mampfte ständig Pralinen, konnte aber auch Jiu-Jitsu. Guppys Zeichentrickserie kam in Chicago und vielleicht auch überall sonst jeden Nachmittag im Fernsehen. Jede der Episoden fing damit an, dass Guppy sich um seine eigenen Angelegenheiten kümmerte, in einer Buchhandlung stöberte, Milchkaffee trank, nach bibliophilen Ausgaben von Joseph-Conrad-Titeln suchte. Gewöhnlich hatte er seine mondäne Fischfreundin Groupy an seiner Seite. Groupy war ungeheuer belesen und hatte eine tolle Figur. Sie und Guppy tauschten geistreiche Bemerkungen aus und hielten Flösschen, so lange, bis die Großmäuler auftauchten. Die Großmäuler waren ungehobelte Barsche, Krawallmacher, die Guppy aus Gründen, die mir als Kind verborgen blieben, in jeder Episode verfolgten und piesackten. Es schien sie zu ärgern, dass Guppy aus gutem Hause stammten und eine sexy Freundin hatte, während sie selbst nur die Punks unter den Fischen waren. Aber das alles ergab wohlgemerkt keinen Sinn. Die Großmäuler triezten Guppy, sie schubsten ihn herum und nannten ihn einen Spießer. Dann aber machten sie einen großen Fehler, und sie machten ihn unweigerlich in jeder Episode: Sie fingen an, Groupy zu beleidigen. Sobald das geschah, nahm Guppy sein Monokel ab, gab es Groupy zum Halten und sagte leise: »Das kann ich nicht dulden.« Dann brachte er die Großmäuler mit tödlicher Präzision zur Strecke. Mit eleganten Jiu-Jitsu-Schlägen zerschmetterte er ihnen die Knochen, und am Schluss lag ein Haufen toter Fische vor ihm auf dem Boden.

Francis und ich verehrten Guppy. Francis war drei Jahre älter als ich. Er sah sich Guppy jeden Nachmittag mit mir im Fernsehen an, und nach der Sendung spielten wir das Gemetzel, dessen Zeugen wir soeben geworden waren, noch einmal nach. Francis als der Ältere war immer Guppy, und ich war immer ein Großmaul. Im Grunde droschen wir nur aufeinander ein, bis einer von uns blutete oder weinte oder es Zeit zum Abendessen war, aber ich ärgerte mich jedes Mal darüber, auf die Rolle als Großmaul festgelegt zu sein. Die Hiebe, die ich austeilte, waren echt, empört und ungenau, und sie kosteten Francis in den Jahren vor unserer letzten Fahrt zu den Guppington Estates einen Zahn und zwei blaue Augen.

Die Estates waren ein erstklassiger Freizeitpark. Es gab dort das *Hard-Rock-Barsch-Café*, die Buchhandlung *Kugelfisch* und viele andere Attraktionen, die ich dank der Bemühungen irgendeines Marketing-Genies für normale Fischtreffs hielt. Bestimmt habe ich meine Eltern tausendmal gefragt, warum Guppy nicht unter Wasser lebte, warum er so scharf auf Pralinen war und Ähnliches mehr, aber ich erinnere mich nicht an solche Fragen. Ich erinnere mich nur an die blitzsauberen Straßen der Guppington Estates und ganz besonders an Guppys Villa. Die Villa war das Coolste in dem Park. Es gab darin glitzernde Kronleuchter und eine Bar, an der man Pralinen und falschen Champagner kaufen konnte. Im Garten der Villa stand ein gigantisches rundes Aquarium aus Plexiglas, Guppys Swimmingpool. Es war schätzungsweise neun Meter hoch, maß ebenso viel im Durchmesser und war mit blauem Schaumstoff gefüllt, der das Wasser darstellen sollte. Die Eltern kauften ein Ticket, und man bekam einen Großmaul-Fischkopfhelm ausgehändigt. Dann stieg man eine Treppe zum Rand des Aquariums hinauf und stellte sich auf einer Plattform an. An der Spitze der Schlange stand ein als zweieinhalb Meter großer Guppy verkleideter Mann. War man bei ihm angelangt, durfte man Guppy ein paar Schläge versetzen, und er gab ein Ächzen und Stöhnen von sich, damit die Eltern etwas für ihr Geld bekamen. Dann rief er: »Das kann ich nicht dulden!«, und beförderte einen mit einem Flossenklaps aufs Hinterteil in den blauen Schaumstoff hinab. Dort kasperte man mit den anderen Kindern noch eine Weile herum und wurde dann von einem Helfer herausgezogen.

Das klingt gefährlich, und es war auch gefährlich. Die Plattform war hoch und nur notdürftig gesichert. Erstaunlicherweise ist nie ein Kind in dem Schaumstoff erstickt. Aber vergessen Sie nicht, es war Anfang der Siebzigerjahre, und weder Eltern noch Kinder waren sich so ganz darüber im Klaren, was zum Teufel sich da eigentlich abspielte. Man musste acht Jahre alt sein, um in das Aquarium springen zu dürfen, und man musste einen Helm tragen, aber das war auch alles. Heute sind die Bestimmungen für Freizeitparks sicher viel strenger. Damals aber fand man überhaupt nichts dabei, wenn ein Kind am Rand von Guppys himmelhohem Aquarium stand. Man fand so lange nichts dabei, bis Guppy meinem Bruder einen zu heftigen Klaps versetzte und Francis vom äußeren Rand des Aquariums abrutschte, neun Meter tief stürzte und vor meinen Eltern und mir mit dem Kopf voran aufschlug. Ich hatte schmollend unten gestanden, erbittert darüber, dass ich noch zu klein für Guppys Klapse war. Francis landete einen Meter von mir entfernt. Er hatte seinen Großmaulhelm auf, aber ich hörte sein Genick brechen. Es klang genau wie im Film, knapp, klar und endgültig, wie wenn man einen Hühnerknochen durchbricht. Als ich dieses Geräusch hörte und Francis' seltsam verdrehten Hals sah, wusste ich sofort, dass er tot war. Ich wusste es, noch ehe meine Mutter schrie, noch ehe mein Vater zu seinem schlaffen, fischköpfigen Sohn stürzte. Ich wusste, dass mein Bruder tot war, und in diesem Moment wusste ich noch etwas anderes, etwas, das weder lebenslange Albträume noch blödsinnige Therapien oder das Schmerzensgeld in Millionenhöhe, das mir die inzwischen nicht mehr existierende Guppington Estates Corporation zukommen ließ, auslöschen oder korrigieren konnten. Der Tod meines Bruders war absurd. Es war ein Unfall, gewiss, eine Abfolge unvorhergesehener, unglückseliger Sekundenbruchteile, und am Schluss lag mein Bruder tot da, mit einem Fischhelm auf dem Kopf, sein Hals war grotesk verdreht, wie Hälse es nicht sein dürften, und es war absurd.

Später, als ich Francis im Sarg liegen sah, weinte ich, weil ich begriff, dass er mich nie wieder schlagen würde. Heute lebe ich in Manhattan und setze täglich Millionen von Dollar in Form von Aktien um, und Francis wird Manhattan – den Glanz seines Geldes und den Duft seiner Frauen – nie kennen lernen. Wenn Sie sich jetzt versucht fühlen, *Wie tragisch* zu sagen, fühle ich mich versucht, Ihnen eine Pistole in den Rachen zu stecken und abzudrücken. Sie waren nicht dabei. Sie haben Francis' verdrehten Hals und seinen albernen Fischhelm nicht gesehen. Ihre Mutter ist nicht dieses verdrehten Halses und dieses Fischhelms wegen an Depressionen gestorben. Ihr Vater lebt vermutlich nicht als Einsiedler in seinem Heimatort in den Adirondacks, und Sie schicken ihm vermutlich nicht jeden Monat einen Scheck, damit er in seinem Schneckenhaus bleiben kann. Der Tod meines Bruders war nicht tragisch, er war lächerlich. Francis' Tod war die blanke

Absurdität, und er hat sich für immer um mein Leben gelegt wie eine Zwangsjacke mit schweren Schnallen.

Und so wache ich jeden Morgen auf, mit der Zwangsjacke – der Absurdität von Francis' Tod und der Absurdität von fast allem – direkt auf meiner Haut. Ich putze mir die Zähne, ich esse Kellog's Special K, ich verdiene Geld, ich trinke Whisky, und ich bin im Stande zu lachen. Doch nichts von alldem kann die Zwangsjacke lockern. Es gibt nur drei Dinge, die dieses Kunststück fertig bringen, drei Dinge, die ich ernst nehme, drei Dinge, die mir ein wenig Erleichterung verschaffen. Ich betreibe diese Dinge mit absoluter Regelmäßigkeit. Ich tue Folgendes: Ich trage jeden Tag eine Pistole bei mir, ich höre jeden Abend einem Pfarrer zu, und fast jeden Abend fessle ich in meinem Schlafzimmer schöne Frauen.

Die Pistole ist leicht zu erklären. Es ist eine zugelassene schwarze SIG, und ich trage sie stets in der linken Innentasche meines Anzugs. Meine Anzüge sind teuer, sie sind ausnahmslos schwarz oder anthrazitfarben, und ich sehe so gut aus, dass die Leute mich stets genauer in Augenschein nehmen. Sie bemerken die Ausbuchtung in meiner Jacke, die Beule über meinem Herzen. Sie wissen, dass es eine Pistole ist, und sie beobachten mich mit ängstlichem Interesse und fragen sich, ob ich die Pistole ziehen und schießen werde. Doch dass Fremde Angst vor mir haben oder meine Kollegen beunruhigt sind, weil ich bewaffnet bin, verschafft mir keinen Kick. Einen Kick verschafft mir, dass ich nicht bin, wofür die Leute mich halten. Sie glauben zu wissen, dass ich gefährlich bin – ich merke es an ihrem Händedruck, ihrem eilfertigen Nachgeben, wenn ich die Rechnung übernehme. Sie denken, ich bin ein starker, gut angezogener Typ, ein Mann mit einem gewissen Ehrenkodex. Ich bin ein höflicher Mensch mit Grundsätzen, denken sie. Sie meinen, ich bin wie Guppy oder irgendein Bandit und wende nur dann Gewalt an, wenn meine oder die Ehre eines mir teuren Menschen auf dem Spiel steht.

Meine Waffe, so glauben sie, ist ein Instrument, mit dem ich Gerechtigkeit übe.

Zu meinem Glück ist das Quatsch. Was mich auch weiterhin ein- und ausatmen lässt, ist das Bewusstsein, dass ich nicht Sklave irgendwelcher Prinzipien bin. Ich kann jederzeit meine SIG hervorholen und die vierzehn Leben in meiner nächsten Nähe auslöschen, und mir bleibt immer noch eine Kugel für mich selbst. Ich kann die Ukrainerin töten, die neben mir in der U-Bahn sitzt, oder Harrison Phelps, den schüchternen Mann in der Pfandbriefabteilung meiner Firma. Ich könnte ein Dutzend Rosen für niemanden kaufen und dann ein Loch in das Herz der Frau schießen, die mir die Rosen verkauft hat. Und wenn Gott oder irgendein Guppy je wieder versuchen sollte, mir das Leben unter den Füßen wegzuziehen, dann sind meine Pistole und ich bereit. Mit meiner SIG kann ich jeden Moment in den absurden Abgrund springen, der meinen Bruder verschluckt hat, und wenn Sie dann zu dicht neben mir stehen, könnte es passieren, dass ich Sie mitreiße.

Worauf Sie zweifellos erwidern werden, dass ich ein ziemlich verkorkster Typ bin. Na, und? Sollten Sie zu den Leuten gehören, die glauben, sie hätten ein Recht darauf, dass man ihnen reinen Wein einschenkt, die der Meinung sind, ich hätte eine Auf- oder Erklärungspflicht, dann können Sie mich mal. Was wissen Sie schon davon, wer ich bin, woran ich ersticke, was ich aushalten kann und was nicht? Sollte einmal ein Mann in einem riesigen Guppykostüm Ihrem besten Freund den Hals brechen, dann reden wir weiter. Bis dahin darf ich Sie ergebenst bitten, Ihr verdammtes Maul zu halten. Ich versuche von meiner Pistole zu reden, von dem Pfarrer und den Frauen, deren Handgelenke ich hinter ihrem Rücken festhalte. Ich versuche von Dingen zu reden, die potenziell absurd sind, das Absurde aber auch beseitigen können, es aufheben, und sei es nur für einen Augenblick.

Nehmen wir den Pfarrer. Sein Name ist Thomas Merchant. Er

ist Pfarrer an der St. Benedict's Catholic Church direkt an der Wall Street. Und jetzt kommt eine dicke, fette Überraschung: Ich bin katholisch. Ich weiß also, dass es einen Gott gibt, und habe meine ganze Kindheit hindurch jeden Sonntag unglaublich schlechte Gitarrenmusik gehört. Damit wir uns aber richtig verstehen: Ich weiß zwar, dass es einen Gott gibt, aber das ändert nichts daran, dass mein Bruder tot und die Welt voller Schmerz und Leid ist. Ja, Jesus ist unter uns gewandelt, ja, vielleicht werden Sie heute Nachmittag von einem Lieferwagen mit Windeln oder Cherry-Cola überfahren. Ich verschwende meine Zeit also nicht damit, Gott zu bitten, er möge mich im Lotto gewinnen lassen, Kinder vor Leid bewahren oder auf Erden Feuerwehr spielen. Gott hat längst gezeigt, dass er nichts dergleichen zu tun gedenkt. Folglich erlaube ich mir, das Wort »Scheiße« auszusprechen, wann immer es mir beliebt, und jeden Tag unanständig viel Geld zu verdienen und auszugeben. Ich trage Armani-Anzüge, ich lese den Börsenticker wie der Arzt ein EKG, und ich warte darauf, dass der Windeltransporter mich überfährt.

Und so kommt Pfarrer Merchant ins Spiel: Jeden Abend nach der Arbeit stehle ich mich in die St.-Benedict's-Kirche, wo er die Fünfuhrmesse hält. Ich komme rechtzeitig zum Evangelium und zur Predigt. Ich setze mich nie in eine Bank. Ich bleibe hinten stehen, im Schatten hinter den Kerzenständern, und nach der Predigt verlasse ich die Kirche wieder. Ich gehe nie zur Kommunion, weil ich nicht nur eine Pistole bei mir trage, sondern meine Pistole auch auf eine Weise liebe und brauche, die Gott nicht wohlgefällig ist. Ich gehe auch nie zur Beichte; der Grund dafür ist das, was Guppy Francis angetan hat. Ich kann mich nicht uneingeschränkt der nüchternen Betrachtung meiner Fehler widmen, solange es noch Männer in Fischkostümen gibt, die kleinen Jungen das Genick brechen.

Aber ich höre Pfarrer Merchant gern zu. Er ist keiner von den modernen Softies, die Friede, Freude, Eierkuchen predigen und moralische Hintertürchen offen lassen. Er hat zerzauste braune Haare und kräftige braune Zähne, als hätte er in der Wüste Sand gegessen.

»Die Gebote kommen als Erstes«, sagt Pfarrer Merchant. »Die Seligpreisungen als Zweites.«

Damit meint er, dass es sinnlos ist, sich über sanftmütige, barmherzige Friedensbemühungen den Kopf zu zerbrechen, wenn man seine Eltern hasst oder jemanden vögelt, mit dem man nicht verheiratet ist, oder wenn man den Leuten nicht die Wahrheit sagen kann. Pfarrer Merchant ist natürlich kein beliebter Prediger. Er hat einen Bauch, und seine Zähne sind vermutlich vom Rauchen so braun. Meistens bin ich in St. Benedict's der Einzige, der jünger ist als vierzig, und die paar alten Weiblein in den Bänken sind nicht gerade geeignet, die Jugend zu begeistern oder die Schwachen zu erbauen. Ich will damit sagen, dass es keinen Schnickschnack in St. Benedict's gibt, keine trauten Jugendgruppen, kein Flötenspiel, keine Offenbarungen. Pfarrer Merchant repräsentiert einen Gott, dem man eher gehorchen muss, als dass man ihn ins Herz schließt, und das ist nun zufällig die Art Gott, die ich verstehe, ein Gott, der eher Wahrheit ist – und sei es eine absurde Wahrheit – als Trost.

Flegel, werden Sie denken. Ich habe ja bereits erwähnt, dass ich jeden Abend Frauen fessle oder ihre Handgelenke hinter ihrem Rücken fest halte, also werden Sie denken: Es reicht, komm endlich zum erotischen Teil.

Okay, nur bin ich mir nicht sicher, ob Sie ihn überhaupt erotisch finden werden. Aber für mich ist er erotisch.

Also: Ich lerne fast täglich wirklich schöne junge Frauen kennen. Ich lerne sie in Bars kennen, in der U-Bahn, in Bodegas, auf der Straße. Ich bin jung, reich und unverheiratet, ich sehe gut aus und bin oft tief in Gedanken versunken, eine unwiderstehliche Mischung für den weiblichen Homo sapiens. Außerdem habe ich nicht die geringsten Hemmungen zu sagen, was ich will, und das finden die meisten Frauen toll. Entweder sie finden es toll, oder sie sind entsetzt, aber so fasziniert, dass sie mich unbedingt näher erforschen müssen und sich deshalb auf eine Verabredung mit mir einlassen. Ich gebe Ihnen ein Beispiel. Das folgende Gespräch fand vor drei Monaten zwischen mir und einem jungen deutschen Aupairmädchen namens Eva statt. Eva ist neunzehn, sie hat eine üppige schwarze Mähne und ebenso schwarze Augen. Ihre Haut ist sehr weiß. Sie ist nicht gerade dünn, aber sie hat eine Bombenfigur, und sie ist ungeheuer sinnlich. Als ich sie zum ersten Mal sah, stand sie vor der Auslage von *FAO Schwartz*, mit einem Jungen namens Rusty an der Hand, ihrem Schützling. Die beiden sahen sich zusammen einen riesigen Plüsch-Trizeratops an, und eine Junibrise wehte Evas kurzes Kleid gegen ihre Schenkel. Ich ging direkt auf sie zu.

»Ich heiße Patrick Rigg«, sagte ich.

Eva musterte mich von Kopf bis Fuß. Sie sah, dass ich gefährlich bin, aber sie gähnte. Ungeheuer sinnliche Frauen können auf Kommando gähnen.

»Wow«, sagte sie. »Super. Klasse. Spitze.«

»Ich heiße Rusty«, sagte Rusty.

Ich ignorierte das Kind.

»Sie sind nicht schlank«, sagte ich zu Eva, »aber Sie haben eine Bombenfigur.«

Eva hörte auf zu gähnen. Sie sah mich missbilligend an, versuchte naiv zu wirken.

»Bomben?«, fragte sie. »Figur?«

»Sie haben einen phantastischen Körper«, sagte ich.

Evas Lippen öffneten sich leicht. Jetzt hatte ich sie.

Rusty zerrte an Evas Hand, versuchte sich in Erinnerung zu bringen.

»Vor langer Zeit«, sagte er, »bewohnte der Trizeratops die Erde.«

Ich wandte den Blick nicht von Eva ab.

»Rusty«, sagte ich, »wenn du reingehst und uns in Ruhe lässt, kaufe ich dir den Dinosaurier.«

Rusty rannte hinein.

»Hey!«, rief Eva ihm nach.

»Lassen Sie ihn«, sagte ich.

Eva beobachtete ihren Schützling durch die Scheibe. Rusty stupste einen Verkäufer am Arm und deutete aufgeregt auf den Dinosaurier.

»Man soll Kinder nicht anlügen«, sagte Eva.

Gott, sind Frauen wunderbar. Wunderbar und hellsichtig. Evas schlichtes Baumwollkleid, der Mangel an Sonne auf ihrer Haut, die Art, wie der Wind ihr das Haar gegen die Zähne wehte, sagten mir, dass sie wusste, sie würde noch am selben Abend in meinem Schlafzimmer sein. Sie war erst neunzehn, aber sie verstand es bereits, das Gespräch von ihrer Person weg und auf etwas Neutrales, Unwichtiges wie Rusty zu lenken. Sie wusste, wenn sie das tat, wenn sie eine Weile so weiterplapperte, dann konnte sie durchatmen und mir die Möglichkeit geben, sie in Richtung Lust zu steuern.

»Ich habe nicht gelogen«, sagte ich. »Ich kaufe ihm den Dinosaurier.«

Eva schaute durch die Scheibe in den Laden. Mich sah sie wohlweislich nicht an. »Der kostet bestimmt ein paar hundert Dollar«, sagte sie. »Vielleicht sogar tausend.«

»Gut«, sagte ich.

Eva lächelte, und damit war alles klar. Wir trafen uns nach ihrer Arbeit bei *Saks Fifth Avenue.* Ich gab vier Riesen für ein Seidenkleid, hohe Schuhe und ihr Make-up aus, dann lud ich sie zum Abendessen ins *Duranigan's* ein, in das ich alle meine Frauen einlade. Um elf waren wir in meiner Wohnung, in meinem Schlafzimmer, im Dunkeln. Mit einem Taschenmesser schnitt ich Eva das Kleid vom Leib und legte es ihr wie einen Schal um den Hals. Sie stand in BH und Slip erwartungsvoll da, um den Hals die

Seide, und wartete darauf, dass ich sie vollends ausziehen, sie aufs Bett legen und sie nehmen würde. Aber das tat ich nicht. Stattdessen hielt ich ihre Handgelenke hinter ihrem Rücken fest und forderte sie auf, sich in meinem Ankleidespiegel zu betrachten. So hielt ich sie eine Stunde lang, bis sie heiß und frustriert war, dann zog ich ihr Sweatpants und ein T-Shirt an, rief ihr ein Taxi und schickte sie nach Hause.

Jetzt hätten Sie wohl gern, dass es eine sexuelle Notrufnummer gäbe, damit Sie dort anrufen und meine Psychose melden könnten. Wenn es so ist, dann haben Sie keine sexuelle Phantasie, und ich werde Sie Ihrer armseligen Missionarsstellung überlassen. Sollten Sie dagegen neugierig geworden sein, werde ich Ihnen ein paar Geheimnisse verraten. Zum Beispiel, dass ich Frauen nicht vögle, auf Gottes Befehl. Ich bin keine Jungfrau – ich hatte so meine Ausrutscher –, aber ich kenne die wahren Regeln so gut wie Sie. Ob Sie sich an diese Regeln halten oder nicht, ist ganz allein Ihre Sache, und wenn Sie Streit suchen, dann sollten Sie zu einem Jesuiten gehen. Wovon ich sprechen möchte, was ich würdigen möchte, das ist das Schönste, was es auf Erden gibt: der Frauenkörper. Wenn Sie eine Frau sind und nicht mehr hören können, wie hinreißend Sie sind, haben Sie Pech gehabt. Ich sage, was ich will, und wenn Sie es vorziehen, sich erniedrigen oder missachten zu lassen oder einfach nur ertragen zu werden, dann sollten Sie sich einen stumpfsinnigen Lover suchen, der Sie blind und nur zu seinem eigenen Vergnügen bumst, oder vielleicht einen Säufer, der Sie verprügelt. Meine Ästhetik ist eine andere, und zwar diese: Frauen bewahren mich vor dem Absurden. Denken Sie von mir, was Sie wollen, aber wenn ich in den Fernsehnachrichten höre, dass tausende von Ecuadorianern bei einem Orkan ums Leben gekommen sind, wenn ein Windeltransporter einen Fußgänger platt macht oder wenn der Gedanke an den Fischhals meines Bruders mich quält, dann muss ich ganz schnell zur nächsten schönen Frau laufen, die ich kenne, und sie mit so viel Geld und Aufmerksamkeit überhäufen, wie ich nur kann. Das ist das Einzige, was hilft, das Einzige, was die Zwangsjacke lockert.

Warum das so ist, weiß ich nicht so recht, und es interessiert mich auch nicht übermäßig. Irgendein zynischer Wissenschaftler würde mir zweifellos mit der Biologie kommen und behaupten, meine Bewunderung für Frauenbrüste, -hinterteile und -frisuren sei ektohormongesteuert und unbewusst. Nun, auch für den Typ habe ich eine Kugel. Ein Mann, dessen Verlangen nach Frauen nicht aus dem Kopf kommt, wird Frauen nie so würdigen können, wie ich es tue. Und eine Frau, die nicht lernen kann, ihren eigenen Körper in vollen Zügen zu genießen – der es zuwider ist, von sich selbst oder von einem Mann auf ein Podest gestellt zu werden –, ist meine Zeit nicht wert. Ohnehin stelle ich sie nur deshalb auf das Podest, damit ich mich da oben zu ihr gesellen kann. Wenn ich um Mitternacht in dem Zimmer, in dem ich schlafe, die Hände einer Frau hinter ihrem Rücken kreuze und sie in BH und Slip vor einem Spiegel festhalte, fordere ich sie auf, nicht nur die Macht zu spüren, die ich über sie habe, sondern umgekehrt auch die Macht, die sie über mich hat, zu sehen, zu verstehen und zu lieben. Ihrem Körper, ihren Gesten einfach nur nahe zu sein, erregt und befriedigt mich ebenso, vielleicht sogar noch mehr als simples Vögeln, und ich möchte, dass sie das weiß.

Die meisten Frauen brauchen ziemlich lange, bis sie sich meine Art von Intimität zu Eigen machen, wenn sie es überhaupt tun. Wie ein Maler seine Modelle behalte ich meine Frauen jeweils nur etwa eine Stunde bei mir, und nie habe ich dieselbe Frau öfter als einmal wöchentlich in meinem Schlafzimmer. Viele kommen nach dieser ersten Stunde – dieser ersten Nacht – nicht wieder, weil sie beleidigt sind, dass ich sie nicht gebumst habe. Glauben Sie mir, Frauen, die so schnell weglaufen, sind ohnehin verloren. Sie sind verurteilt zu einer Zukunft, zu einer Ehe ohne die lange, langsame Sinnlichkeit, die das Feuer zwischen Mann und Frau entfacht. Die Frauen aber, die in mein Schlafzimmer zurückkommen, sind die Phantastischen, jene, die bereit sind, den Schmerz des Getrenntseins zu ertragen. Ich halte diese Frauen vor meinem Spiegel fest, und sie lernen die Regeln schnell.

Die Regeln besagen, dass die Frau BH und Slip und das Kleid trägt, das ich ihr gekauft und das ich zerschnitten und ihr um den Hals geschlungen habe. Ich selbst habe einen Anzug an und ziehe ihn in diesem Stadium niemals aus. Es gibt keine Küsse oder Liebkosungen, keine Worte, kein Lachen, keine Musik. Ich halte die Handgelenke der Frau hinter ihrem Rücken gekreuzt, und mein Griff ist eisern. Die Frau weiß, dass sie hilflos ist. Sie weiß, dass ich sie nehmen kann, wenn ich will. Doch nach einiger Zeit – wenn sie begriffen hat, dass ich sie nicht nehmen werde, und trotzdem immer wiederkommt – geschieht etwas Erstaunliches. Die Frau vergisst allmählich, dass ich da bin. Sie betrachtet sich selbst, lernt ihren Körper kennen, lernt – hoffentlich – lieben, was sie sieht, begreift schließlich, dass das Geschöpf im Spiegel etwas ganz Besonderes, Schönes, mit Würde Ausgestattetes ist, etwas, das nicht leichtfertig genommen, angefasst und zu schnell entblößt werden darf.

Manchmal werden die Frauen ganz scharf auf sich selbst. Manche winden sich und versuchen eine Hand freizubekommen, um sie sich zwischen die Beine zu schieben. Aber das lasse ich nicht zu. Ich wünsche mir ebenso sehr, dass sie zum Höhepunkt kommen, wie sie selbst, aber ich möchte daran teilhaben, und ich möchte, dass unsere Lust überwältigend ist. Nach etwa einem Monat halb nackter Abende vor dem Spiegel erhöhe ich deshalb den Einsatz und führe die Frau zu meinem Bett. Oft glaubt sie, es geht endlich zur Sache, aber sie irrt sich. Ich erzähle Ihnen, wie es mit Eva war, vor ein paar Wochen erst.

»Geh zum Bett rüber«, sagte ich zu ihr.

Eva gehorchte. Es war ein warmer Augustdonnerstag – Eva kommt immer donnerstags –, und sie blieb am Fußende des Bettes stehen. Eine leichte Mitternachtsbrise vom offenen Fenster her wehte ihr den Seidenschal um die Schultern. Der Schal war hellgrau. Vor einer Stunde war er noch ein Kleid gewesen.

Ich ging zu ihr, blieb vor ihr stehen. Ich bin ein ganzes Stück größer als sie.

»Weißt du noch, wie viel das Kleid gekostet hat?«, fragte ich.

»Zweitausendzweihundertneun Dollar, siebzig Cent.«

Evas Parfüm, Serendipity, stieg mir schwer in die Nase. Alle meine Frauen benutzen Serendipity.

»Beeindruckt es dich«, fragte ich, »wie viel Geld ich für dich ausgebe?«

Eva nickte. Draußen lag das Mondlicht auf dem Hudson.

»Bist du's wert?«, fragte ich.

»Ja«, sagte Eva.

»Bist du schön?«, fragte ich.

»Ich bin atemberaubend.« Eva lächelte nicht, als sie das sagte, und sie hatte die Hände an den Seiten. Ihre Augen waren auf meine gerichtet. Sie war so weit.

»Zieh deinen Slip aus«, sagte ich, »und den BH. Lass den Schal an.«

Eva gehorchte rasch und stellte sich dann vor mich hin, die Hände an den Seiten. Evas Eltern sind beide Automechaniker, sodass ich also, nachdem Eva ihre Unterwäsche ausgezogen hatte, ein nacktes neunzehnjähriges deutsches Aupairmädchen mit vollen Brüsten vor mir hatte, ein Mädchen, das Kindern süße Lieder vorsingen und das Fahrgestell eines Autos schweißen konnte. Berauschend.

»Du bist hinreißend«, sagte ich und betrachtete sie.

Der graue Seidenschal wand sich im Luftzug um ihren Hals.

»Berührst du mich jetzt?«, fragte sie. Sie wusste inzwischen, dass es nichts gab, womit sie rechnen konnte.

Ich schüttelte den Kopf. »Ich fessle dich. Leg dich aufs Bett, auf den Rücken, den Kopf aufs Kissen.«

Viele Frauen lassen sich zwar ganz gern festhalten, wollen aber nicht an ein Bett gefesselt werden. Eva gehört nicht zu ihnen.

»Bring deine Fuß- und Handgelenke so nahe wie möglich an die vier Bettpfosten.«

Sie tat wie geheißen. Ich nahm ein paar alte Krawatten aus einer Schachtel unter dem Bett und fesselte sie damit.

»Und jetzt?«, fragte sie.

Ich lächelte auf sie hinab. »Jetzt rufe ich meine Freunde.«

Gruppenvergewaltiger!, werden Sie denken. Perversling!

Hören Sie auf zu glauben, Sie würden mich kennen. Ich habe Ihnen bereits gesagt, dass Sie keine Ahnung haben, weil Ihr Bruder nicht zu Tode geguppied worden ist. Wenn Sie also nicht jede Nacht Frauen an ein Bett fesseln, dann tun Sie auch nicht so, als wüssten Sie, wie ich dabei vorgehe und warum.

»Gib keinen Mucks von dir«, wies ich Eva an. »Egal, was passiert, wenn sie kommen – keinen Mucks!«

Eva sah zu mir auf. Die graue Seide war um ihren Hals geschlungen, ein Ende hatte sich auf ihren Bauch hinabgestohlen. In ihren Augen lag eine instinktive Angst, doch sie nickte zustimmend. Mein Gott, ist diese Frau sinnlich.

Ich ging sofort hinaus und machte die Tür hinter mir zu. Ich hängte mich ans Telefon und lud meine Freunde ein. Es ist seltsam, aber ich brauche nur etwa zwei Stunden Schlaf, gewöhnlich von sechs bis acht Uhr morgens. Das ist so seit dem Tag, als Guppy Francis getötet hat. Ich weiß nicht, ob mein Körper meint, er müsste vor mordgierigen Irren in Fischkostümen auf der Hut sein oder was, Tatsache ist jedenfalls, dass ich bei Einbruch der Nacht fast nie wie andere Leute erschöpft bin. Nachdem ich eine ausgezogene Frau vor meinem Spiegel festgehalten und dann nach Hause geschickt habe, langweile ich mich meist und muss ein ganzes Bataillon Leute zusammentrommeln, um mein Interesse am Leben wach zu halten.

Und das sind die Leute, die ich anrufe: Ich rufe Jeremy Jax an, der mein Zimmergenosse auf dem College war und zurzeit eine verdrossene Maus in einem Off-Broadway-Stück spielt. Ich habe das Stück nicht gesehen, und ich werde es mir auch nicht anschauen, denn als riesige Maus verkleidete Menschen würden mich an Guppy erinnern, und es könnte passieren, dass ich meine SIG ziehe und losballere. Aber Jeremys Missmut und sein Pech bei Frauen amüsieren mich. Es bereitet mir großes Vergnügen, in meinem Wohnzimmer mit ihm zu plaudern und zu trinken. Er erzählt mir von seinem nicht existenten Liebesleben und weiß nicht, dass nebenan eine gefesselte nackte, junge Frau auf mich wartet.

Ich rufe auch Nicole Bonner an, ein junges Mädchen, das etliche Stockwerke über mir wohnt, und Walter Glorybrook, einen Hotdogverkäufer, der eine Treppe tiefer wohnt. Unser Haus heißt Preemption Building, es gilt als ein gruselig-altmodischer nächtlicher Treffpunkt, und es ist hier ganz normal, dass mitten unter der Woche um Mitternacht eine Party steigt. Ich rufe diesen Checkers an, einen Headhunter, und manchmal wecke ich meinen Mitbewohner James Branch, der ein echter Sonderling ist, und zwinge ihn, sich zusammen mit anderen zu amüsieren. Ich rufe auch Frauen an, schöne Manhattaner Frauen, die alle wissen, dass nebenan eine ihrer Geschlechtsgenossinnen an mein Bett gefesselt ist. Jede von ihnen hat sich schon in genau der gleichen Lage befunden, stundenlang gefesselt, zum Schweigen verpflichtet, dazu verurteilt, dem Gläserklirren zu lauschen, während sie döst, den Mond betrachtet, mich verflucht, sich nach mir oder nach sich selbst verzehrt.

Es ist immer das Gleiche. Die Frauen wissen, wie sehr ich ihren Körper liebe und schätze, die Männer wissen nichts von mir, außer dass ich gern mit ihnen trinke und mir ihre Geschichten anhöre. Diese Männer sind nicht annähernd so reich wie ich, und mit ihrem konfusen Gerede über Sex und Politik offenbaren sie zwar ihr wahres Ich, doch sie teilen nicht meine Wachsamkeit, was Gott und das Absurde anbelangt. Aber das ist ganz in Ordnung so. Dass ich mich bemühe, die Zehn Gebote einzuhalten, heißt nicht, dass ich mich als Richter über den menschlichen Charakter oder als eine Art Sprachrohr Gottes betrachte. Ich bin viel zu eigen in meinen Obsessionen, und meine Freunde können ruhig Kokain schnupfen, plündern oder Jesus lieben, wenn ihr Gewissen ihnen das befiehlt. Ich lade sie sowieso nur ein, um mit ihnen zu trinken und Spaß zu haben. Wahrscheinlich halten sie mich für einen reichen, schlaflosen, sympathischen Vampir, einen, der möglicherweise Dunkles im Schilde führt, was aber zum Glück nicht einschließt, dass er sie vernichtet.

Was die Frauen betrifft, so haben sie es nicht nötig, sich aufreizend zu kleiden, aber sie tun es trotzdem. Ich lade, wie gesagt, nur Frauen ein, die ich in meinem Schlafzimmer festgehalten und gefesselt habe, und es verschafft mir einen mächtigen Kitzel, diese Veteraninnen um mich zu versammeln. Viele von ihnen kommen immer wieder, obwohl sie wissen, dass alle anderen Frauen das Gleiche mit mir erlebt haben wie sie. Jeden Moment könnten sich diese Frauen zusammentun, mein unverschlossenes Schlafzimmer stürmen und die Eva, Rally oder Justine, die sie dort gefesselt vorfinden, in bacchantischer Eifersucht in Stücke reißen. Aber das passiert nie. Stattdessen rede ich mit ihnen. Ich mache Konversation, was ich im Schlafzimmer nie getan habe und wonach sie mehr lechzen als nach Sex. Vielleicht berühre ich eine von ihnen am Handgelenk, während sie sich einen Gin einschenkt, und frage sie, ob sie Geschwister hat. Vielleicht setze ich mich neben eine von ihnen aufs Sofa, sodass unsere Knie sich leicht berühren, und frage sie, was für Musik sie mag. Diese – bei einem Rendezvous meist so trivialen – Fragen haben ihr Gewicht und ihren Reiz, weil ich die Frauen schon so lange kenne. Ich habe die Standardreihenfolge auf den Kopf gestellt. Die körperliche Erscheinung der Frau ist mir, obwohl ich sie nie gevögelt habe, so vertraut – und sie fühlt sich in meiner Gegenwart so wohl in ihrer Haut –, dass alles, was wir jetzt zueinander sagen, ein konzentriertes Vergnügen ist. Wir können frei reden, ohne Konventionen und Erwartungen, ich höre der Frau zu, die ja bereits bewiesen hat, wie offen und verletzlich sie sein kann, und in mir regt sich eine tiefe Zuneigung zu ihr.

Und so sieht der letzte Teil meiner Nacht aus: Nachdem ich meine Freunde weggeschickt habe und mein Mitbewohner schlafen gegangen ist, nachdem ich Eva oder wen auch immer losgebunden, angezogen und ohne auch nur einen Gutenachtkuss ebenfalls nach Hause geschickt habe, ist noch eine einzige Frau da. Es ist eine Frau, die ich im Laufe der Monate vor meinem Spiegel festgehalten, die ich nackt an mein Bett gefesselt und mit der ich mich auf meinen Partys unterhalten habe. Es ist eine Frau, die ich zu Beginn der Party ausgewählt habe. Bei ihrer Ankunft habe ich sie gebeten, nichts Alkoholisches zu trinken, sich den Kopf freizuhalten. Während ich die gefesselte Frau des Abends weggeschickt habe, hat sie sich im Bad versteckt. Um fünf Uhr morgens kommt also aus meinem Badezimmer eine Frau, die sich selbst so gut kennt und so sehr auf meine Zuneigung zu ihr vertraut, dass sie, wenn sie nackt und ungefesselt auf meinem Bett liegt und ich mich – zum ersten Mal nackt in ihrer Gegenwart – zu ihr lege, sie auf den Mund küsse und die Rippen über ihrem Herzen streife, fast sofort zum Orgasmus kommt, schon bei der leisesten Berührung. Das ist mein voller Ernst. Es folgen viele weitere Berührungen, deren Natur ich als Kavalier verschweige. Hier sei nur gesagt, dass die Frau und ich ohne perversen oder konventionellen Geschlechtsverkehr sexuelle Gipfel und Gefilde erreichen, für die sich Engel wünschen würden, Menschen zu sein. Sind wir dann satt und müde, umfangen mich meine zwei Stunden Schlaf, ich halte die Frau in den Armen und rieche ihr Haar, und der Schmerz in meiner Brust, der Tod meines Francis, verblasst für eine Weile.

Das Verhör kann beginnen. Warum? Warum? Warum?, werden Sie fragen. Warum kann ich mich nicht mit Francis' Tod abfinden? Was würde die Kirche zu meinen Weibergeschichten sagen? Und warum so viele Frauen? Warum nicht eine einzige nehmen, die mich glücklich machen kann, die mich zum Lachen bringt und die ich heiraten kann? Also, um ehrlich zu sein: Woher zum Teufel soll ich das wissen? Ich erzähle Ihnen nur, was für mich funktioniert, was mich davon abhält, mir eine Kugel ins Herz zu jagen. Was Francis betrifft, so werde ich mich nicht über jeden Teller Süßigkeiten, den ich je mit meinem Bruder geteilt habe, über jede meiner Erinnerungen an ihn auslassen, nur um Mitleid zu erregen oder einen ergreifenden Hintergrund für meine Motive zu zeichnen. Erstens würde mich das umbringen, und zweitens habe ich Ihnen bereits gesagt, dass ich Ihnen nichts schulde. Warum ich so viele Frauen liebe, erkläre ich mir so: Wenn ich der Frau begegne, die es fertig bringt, dass ich nur noch sie will und brauche, dann werde ich all die anderen nicht mehr wollen und brauchen. Vielleicht ist diese eine Frau, die für mich bestimmt ist, erwachsen und hinreißend und sogar hier in New York. Vielleicht ist sie kaum achtzehn und in Tahiti. Ich weiß nur eins: Wenn sie mir begegnet und vor meinem Spiegel steht, wird sie sich sehnsuchtsvoll in sich selbst verlieben wie keine vor ihr, und ich werde es sehen und zugreifen und sie nie wieder fortlassen.

Was mein Sexualleben und Mutter Kirche anbelangt, so würde ich sagen, dass Gott uns in den Zwischenräumen zwischen seinen Geboten alles zugesteht, was wir an Zärtlichkeit und Selbstständigkeit aufbieten können. Sollten Sie aber an der Pfarrer-Merchant-Front mehr charakterliche Reife suchen, dann haben Sie verdammtes Pech gehabt. Ich kenne den Mann ungefähr so gut wie meine männlichen Partygäste mich kennen, nämlich überhaupt nicht. Ich bin kein reguläres Gemeindeglied von St. Benedict's, und ich sehe Pfarrer Merchant nie woanders als auf der Kanzel, wenn ich hinter den Kerzen im Dunkeln stehe. Es ist besser so. Ich bin frei von jeglichem Mitgefühl, das Pfarrer Merchant für mich empfinden könnte, und er darf sich in seinem Job den Blick ohnehin nicht von solchem Mitgefühl trüben lassen. Wer gute Werke tut oder jemanden liebt, darf die Linke nicht wissen lassen, was die Rechte tut. Mit anderen Worten, es ist nicht Ihr Bier, wie viel Geld ich meinem Dad schicke oder kirchlichen Organisationen spende. Und es ist nicht mein Bier, Sie darüber aufzuklären. Wäre ich ein besserer Mensch, hätte ich Ihnen gar nicht erst gesagt, dass ich Geld spende. Das ist das Problem, wenn ich etwas beichte, ob einem Pfarrer oder jemand x-Beliebigem wie Ihnen. Ich muss hart mit mir sein und darf nicht zu viel davon preisgeben, wie ich küsse und mich an Frauen klammere, sonst fühlen Sie sich berufen, mich zu verstehen, zu bemitleiden oder umzulegen.

Ich bin schließlich auch nur ein Mensch, und möglicherweise werde ich gegen sämtliche Regeln verstoßen, von denen ich Ihnen gerade gesagt habe, dass ich sie befolge. Mit meiner Pistole und bei meiner Empfindlichkeit, was Francis' Tod anbelangt, könnte ich, sollte sich jemand ernsthaft mit mir anlegen, sehr schnell zum Mörder werden. Vermutlich denken Sie auch, dass ich bei all den schönen Frauen, die ich fessle, die Grenze zur Vergewaltigung jeden Moment überschreiten könnte. Ja, sicher. Ich bin stärker als jede Frau, die ich je festgehalten habe, und ich könnte einer Frau ohne weiteres Francis' Fischhelm – den ich unter meinem Bett aufbewahre – über den Kopf stülpen, sodass sie nichts mehr sieht und verwirrt und anonym ist. Dann könnte ich nach Herzenslust auf ihren Körper eindreschen. Ebenso leicht könnte ich meinen Mitbewohner erschießen, und ich würde damit Absurdität erzeugen. Die Frau würde mich vielleicht anflehen aufzuhören, aber angesichts ihres Großmaul-Barschkopfes hätte ich Schwierigkeiten, auf sie einzugehen.

Er ist ein Psychopath, werden Sie denken. Ein Perverser, ein Ungeheuer. Aber ich hab's ja noch nicht getan. Ich habe ja noch niemanden vergewaltigt oder umgebracht. Ich habe viele Frauen glücklich gemacht und mit manchen sogar gefrühstückt. Heute Morgen erst hatte ich Eva im Bett, und wir saßen nackt mit warmen Laken und Decken um die Schultern da wie ein König und eine Königin. Wir aßen Grapefruits und schauten aus dem Fenster, wo ein Vogel mit seinem Zwitschern die Morgenröte herbeirief. Der Himmel war silbern.

»Was ist das für ein Vogel?«, fragte Eva. »Ein Spatz?«

»Ein Pterodactylus«, sagte ich.

Eva grinste. »Der Pterodactylus ist ausgestorben. Vor langer Zeit bewohnte er die Erde, zusammen mit dem Trizeratops.«

Eva und ich hatten jeder unsere eigene Grapefruit. Jeder hatte seinen Teller und seinen Löffel.

»Dann ist es ein Phönix«, sagte ich.

Eva knuffte mich. »Der Phönix ist ein mythologisches Wesen. Er verbrennt sich selbst und ersteht dann aus der Asche neu.«

Der Vogel zwitscherte immer noch. Ich küsste Evas weiße, warme Schulter.

»Es ist nur ein kleiner Spatz«, sagte Eva.

»Nein«, sagte ich. »Es ist etwas Wunderbares.«

Der Boxer

Douglas Kerchek unterrichtete in der zwölften Klasse der St. Agnes Highschool an der Ecke West Ninety-seventh und Broadway den Leistungskurs Englisch, und Nicole Bonner war der Star unter seinen Schülerinnen. Sie war mit einem Meter achtundsiebzig die Größte, mit ihren neunzehn Jahren die Älteste und mit einer glatten Eins die Gescheiteste. Zwar war sie nicht die Hübscheste, fand Douglas – sie hatte weder Rhonda Phelps' kühne Nase noch Meredith Beckermanns herzförmiges Hinterteil –, aber sie war gefährlich verführerisch. Sie trug eine gerade abgeschnittene, schwarze Kleopatra-Frisur und hatte kluge blaue Augen, und neulich hatte unter ihrem Aufsatz über *Othello* Folgendes gestanden:

Lieber Mr. Kerchek,

gestern Abend im Bett habe ich Angst + Schrecken in L.V. *gelesen. Das ist infantiles, selbstverliebtes Zockergeschwätz. Wahrscheinlich habe ich nicht genug für Drogen übrig, obwohl ich jeden Abend mit meinen Eltern Brandy trinken muss. Sie sehen darin eine Geste der Zuneigung.*

Gestern, als Sie sich vor dem Umkleideraum Ihre Joggingschuhe angezogen haben, da habe ich gesehen, dass Ihr Knöchel ganz blau ist. Wo haben Sie sich den angestoßen?

Hochachtungsvoll
Nicole Bonner

Diese Zeilen bereiteten Douglas einiges Kopfzerbrechen. Er mochte Hunter S. Thompson ebenso wenig wie Nicole, aber sie hatte auch »im Bett« geschrieben und seinen Bluterguss erwähnt. So machte sie es immer. Sie posaunte irgendwelche privaten Dinge aus und lenkte Douglas' Aufmerksamkeit darauf. Das hatte sie auch an diesem Tag im Unterricht getan.

»Jago ist voller Begierde, Mr. Kerchek«, sagte Jill Eckhard.

»Er ist ein machiavellistisches Schwein«, sagte Rhonda Phelps.

»Wissen Sie, was für ein Wort man ganz toll mehrmals hintereinander laut aussprechen kann?« Nicole Bonner kaute an einer Haarsträhne. »Zins. Denken Sie mal darüber nach, Mr. Kerchek. Zins. Zins.«

Am Abend ging Douglas wie immer nach Hause in seine schäbige Einzimmerwohnung. Douglas war einunddreißig. Er lebte allein, fünf Straßen nördlich von St. Agnes, in einem Haus voller Mexikaner, die jeden Abend auf dem Flur vor seiner Wohnung im Erdgeschoss Pabst tranken und lärmende Pokerpartien veranstalteten. Ihr Spitzname für Douglas war »Uno«, weil er, wenn er sich zu ihnen setzte, immer nur still ein einziges Bier trank und sich dann wieder zurückzog.

»Uno«, schnatterten die Mexikaner. »Komm, Uno, hol dir unser Geld.«

Ein zwölfjähriger Junge namens Chiapas schüttelte eine Bierdose. »Komm, Uno, nimm deine Medizin.«

Douglas grinste matt, winkte ab und schloss seine Tür auf.

Zins, dachte er stirnrunzelnd. Zins. Zins.

Nach einem schnellen Sandwich korrigierte er Aufsätze. Er war ein strenger Benoter, und er hatte kurze schwarze Koteletten mit grauen Fäden darin. Außerdem hatte er den Körperbau eines Boxers, einen Doktor in englischer Literatur und weder Frau noch Freundin. Diese Eigenschaften machten ihn zu einem Quell der Faszination für die durchweg weibliche Population von St. Agnes – den weltlichen Lehrkörper ebenso wie die Schülerinnen –, dabei führte er ein ganz solides Leben. Er liebte Bücher, er war ein leidenschaftlicher, einsamer Kinogänger, und er ließ sich alle vier Wochen von Chiapas, dessen Vater ein Stück die Straße hinunter einen Frisiersalon betrieb, die Haare schneiden. Alles in allem war er ein ruhiger und, wie er fand, glücklicher Mensch. Cheryl, Audrey und Katya, die drei allein stehenden Lehrerinnen am St. Agnes, hätten durchaus die Mühe auf sich genommen, ihn zu umgarnen, aber er fühlte sich nicht zu seinen Kolleginnen hingezogen. Cheryl trug Wildleder in metallischen Farben, die ihn irritierten, Audrey hatte zwei Polizisten als Ex-Männer, und Katya war, ihren langen Beinen und ihrem litauischen Akzent zum Trotz, gemein zu den Mädchen. So verbrachte Douglas seine Abende allein, sah sich Filme an, korrigierte Aufsätze und plauderte ab und zu mit Chiapas und Co. An diesem Abend hatte er kaum den Aufsatzstapel in Angriff genommen, als das Telefon klingelte.

»Hallo?«, seufzte er. Er dachte, es sei seine Mutter, die jede Woche aus Pennsylvania anrief, um zu hören, ob ein Wunder geschehen und ihr Sohn inzwischen verlobt sei.

»Guten Abend, Mr. Kerchek.«

Douglas runzelte die Stirn. »Nicole?«

»Ja, Sir.«

»Woher haben Sie meine Nummer?«

»Aus der Drehkartei im Rektorat. Wie geht's Ihrem Knöchel?«

Douglas nieste, zweimal. Das tat er instinktiv, wenn er nicht wusste, was er sagen sollte.

»Gesundheit«, sagte Nicole.

»Danke.« Douglas sah sich um, als könnte jeden Moment eine Schar Schülerinnen hereinstürmen.

»Wie geht's Ihrem Knöchel?«

»Äh – gut. Ich hab mich an der Heizung gestoßen.«

»Wirklich?«

In Wahrheit war er wie ein Tattergreis in der Dusche ausgerutscht.

»Ja, wirklich. Nicole –«

»Möchten Sie wissen, was mit meinem Knöchel ist?«

»Nein.«

»John Stapleton leckt daran. Er knabbert auch gern an meinen Zehen.«

Douglas zwinkerte mehrmals.

»John Stapleton ist eine Hauskatze, ein Kurzhaar. Mal leckt er, mal knabbert er.«

»Aha.« Eine längere Pause trat ein.

»John Stapleton ist ein Kater«, sagte Nicole.

»Dachte ich mir.«

»Mögen Sie Gnocchi?«

Douglas legte die Aufsätze neben sich aufs Sofa. »Wie bitte?«

»Gnocchi. Italienische Kartoffelklöße. Die gab's heute bei uns zum Abendessen. Vater macht sie jeden Donnerstag selbst. Sie sind das Einzige, was er kochen kann, aber das kann er.«

Douglas legte den Fuß aufs Knie.

»Also mögen Sie sie?«, fragte Nicole.

»Gnocchi?«

»Ja.«

»Ja.«

»Ja, Sie mögen sie, oder ja, Sie haben meine Frage verstanden?«

»Ja. Ich meine, ja, ich mag sie.«

Nicole Bonner lachte.

»Ab wann müssten die Bescheide von den Universitäten kommen?«, fragte sie. »Es ist schon fast April.«

Douglas war froh über den Themenwechsel. »Das kann jetzt jede Woche sein. Aber Sie werden überall genommen. Die Frage ist nur, wohin Sie wollen.«

»Ich will nach Princeton.«

Douglas stellte sich Nicole vor, auf einem Wohnheimbett sitzend, lesend, Suppe löffelnd. Er stellte sich schlabbrige Pulloverärmel über ihren Handgelenken vor.

»Fitzgerald war auch in Princeton«, sagte sie.

»Ja.«

»Er war Berufsalkoholiker.«

»Ja.«

»Wussten Sie, dass John Stapleton toilettendressiert ist?«

Douglas lachte einmal laut auf. Das passierte sonst nur im Kino, wenn er allein und der Film albern war.

»Toilettendressiert. Das heißt?«

»Dass er auf die Toilette geht, wie ein Mensch. Er hockt sich auf den Rand und macht sein Geschäft, und dann drückt er mit der Pfote den Spülhebel runter. Er ist sehr sauber.«

»Nicole«, sagte Douglas.

»Ehrlich. Es hat Ewigkeiten gedauert, bis Vater ihn soweit hatte, aber er hat's geschafft. Wir haben nicht mal ein Katzenklo. Vater war bei der Marine.«

Douglas sah auf die Uhr. »John Stapleton ist ein ungewöhnlicher Name für einen Kater.«

»Er ist auch ein ungewöhnlicher Kater«, sagte Nicole.

»Ich glaube, ich muss jetzt Schluss machen, Nicole. Wir können morgen in der Schule weiterreden.«

»Gut. Ich möchte Sie so spät am Abend auch nicht weiter stören.«

»Schon gut.«

»Wirklich?«

»Kein Problem, meine ich«, sagte Douglas. »Aber, äh, wir reden morgen in der Schule.«

»Das wird sich nicht vermeiden lassen«, sagte Nicole und legte auf.

Douglas hatte Nicole eine Empfehlung für Princeton geschrieben. Darin hatte es geheißen:

Ob sie übers Hockeyfeld stürmt, Whitman vom Sockel stößt oder einen Vortrag über Woody-Allen-Filme hält – Nicole ist von unwiderstehlichem Elan und großzügiger, unbefangener Beharrlichkeit. Sie liest jeden Abend einen ganzen Roman, nicht um andere zu beeindrucken, sondern weil es ihr Freude macht. Sie ist diszipliniert, klug und warmherzig, und wenn sie sich etwas in den Kopf gesetzt hat, verfolgt sie ihr Ziel – eine Argumentation, einen Hockeyball, das Anheuern einer Band für den Abschlussball – mit bezaubernd eisernem Willen.

Douglas hielt sich etwas zugute auf seine Empfehlungsschreiben, sein Talent, Schüler auf Papier glänzen zu lassen. Es war eine der wenigen Eitelkeiten, die er sich erlaubte. Wenn er etwas zu formulieren hatte, ob in Wort oder Schrift, spürte er, dass er mit der Gabe gesegnet war, stets die richtigen Worte zu finden. Deshalb war er verwirrt, als er am Morgen nach Nicoles Anruf erwachte. Er hatte zehn Minuten mit einem neunzehnjährigen Mädchen telefoniert und sich die ganze Zeit verheddert. In der Nacht hatte er außerdem geträumt, er sei barfuß mit Nicole an einem Strand entlanggegangen. In dem Traum hatte sie einen knappen schwarzen Bikini getragen und im Haar ein hübsches blaues Tuch wie Jackie Kennedy. Douglas selbst hatte grüne Jeans und ein Leinenhemd angehabt. Jedes Mal, wenn ihnen die Wellen über die Füße schwappten, war er zur Seite gehüpft und hatte gerufen: »Vorsicht, die Seekühe!«

Lächerlich, dachte er. Peinlich. Er zog ein schickes Jackett und eine Krawatte an und beschloss, die Mädchen heute einen Stegreiftest schreiben zu lassen.

Im Lehrerzimmer zwang er sich, mit Cheryl, der wildledernen Mathematikerin, Smalltalk zu machen. Als es zu seinem Leistungskurs klingelte, schritt er zuversichtlich ins Klassenzimmer.

»Mr. Kerchek!« Meredith Beckermann sprang von ihrem Stuhl auf. »Jill will Sie zu dem Softballspiel heute Nachmittag einladen, aber Sie haben versprochen, zu unserem Kriminaltechnikmatch gegen Regis zu kommen, wissen Sie noch?«

»Ja, ich weiß«, sagte Douglas.

»Schleimerin«, sagte Jill zu Meredith.

Meredith sah Jill böse an. »Hinweg! Aus meinen Augen!«, sagte sie hochmütig.

Douglas' Blick wanderte durch den Raum. Sein Leistungskurs bestand aus sechs Mädchen, den größten Leuchten der Abschlussklasse von St. Agnes. Es waren Meredith und Jill, die Xanthippen, Rhonda Phelps, das attraktive Ass, Kelly DeMeer, die Agnostikerin, Nancy Huch, die ständig in Urlaub war, und Nicole Bonner, die am Fenster saß.

»Wo ist Nancy?«, fragte Douglas.

»Bermudas«, sagte Rhonda. »Schnorcheln, mit ihrer Tante.«

Jill klopfte auf ihren *Othello*-Text. »Können wir den letzten Akt besprechen?«

»Desdemona ist eine blöde Kuh«, sagte Meredith.

»Meredith«, sagte Douglas warnend. Er sah zu Nicole hin, dann zu Kelly. Die beiden redeten am wenigsten von den sechsen, Kelly, weil sie geistige Erschöpfung kultivierte, Nicole, weil... Na, dachte Douglas, weil sie eben Nicole ist. Der Ausdruck ihrer Augen, wenn sie aus dem Fenster sah, erinnerte ihn daran, wie er als Kind in den Spiegel im Ankleidezimmer seiner Mutter geschaut und sich gefragt hatte, wer auf der anderen Seite wohnte.

»Wortschatzübung«, sagte Douglas.

Die Mädchen zückten Stift und Papier.

»Drei Synonyme lateinischen Ursprungs für kriegerisch.« Douglas überlegte laut. »Zwei Antonyme für abstrus. Ein Beispiel für eine Synekdoche. Extrapunkte für vier Werke von Melville. Sie haben fünf Minuten.«

Die Mädchen machten sich sofort an die Arbeit. Douglas betrachtete sie wohlgefällig. Es waren begabte junge Frauen, und sie alle würden diesen und auch jeden künftigen Literaturkurs schaffen. Er ging zwischen ihnen hindurch und sah auf ihre gebeugten Köpfe hinab, ihren Haaransatz und ihre Ohrläppchen, und er fragte sich, wie viele von ihnen schon einen Partner für den Abschlussball hatten, wie viele Lehrerinnen werden würden, wie schnell Rhonda heiraten würde. Er verdrehte die Augen, als er auf Merediths und Jills Blatt sah. Beide hatten bereits sieben Synonyme für kriegerisch. Kelly war schon fertig und zeichnete jetzt Galgenstricke – ihr Markenzeichen – an alle ihre Ts. Dann schaute Douglas Nicole über die Schulter. Ihr Blatt lag in einem Sonnenstreifen, und es stand keine einzige Vokabel darauf. Trotzdem schrieb und schrieb sie. Douglas sah genauer hin und zog scharf die Luft ein. Nicole hatte wortwörtlich, aus dem Gedächtnis und ohne einen Fehler die ganze erste Seite von *Moby Dick* zu Papier gebracht, und sie schrieb immer noch weiter. Douglas wartete, ob ihr die Puste ausgehen oder sie sich zu ihm umdrehen würde, aber sie tat es nicht. Er versuchte sich zu erinnern, ob er selbst oder eine andere Lehrkraft am St. Agnes die Mädchen einmal aufgefordert hatte, Passagen aus Melville auswendig zu lernen und vorzutragen, aber er wusste, dass das nicht der Fall war.

Douglas beugte sich hinunter. Er roch den Duft von Nicoles Erdbeershampoo. Er kritzelte *Das war nicht verlangt* an den Rand der Seite.

Ohne aufzublicken, strich Nicole seine Worte durch und schrieb, *Was ich mache, ist viel, viel besser.*

»Stifte weg«, sagte Douglas.

Nach der Schule absolvierte er sein tägliches Fitnessprogramm, eine halbe Stunde Gewichtheben, gefolgt von einem Dreimeilenlauf im Central Park. Als er ins St. Agnes zurückkam, hatte er bis zum Kriminaltechnikmatch gerade noch Zeit genug zum Duschen. Vor dem Umkleideraum aber, auf einer Fensterbank in fast zwei Metern Höhe, lag Nicole Bonner auf dem Rücken.

»Wie sind Sie denn da raufgekommen?«, keuchte Douglas. Er war außer Atem vom Joggen.

»Geflogen.« Nicole setzte sich auf und musterte ihren Lehrer. Douglas genoss den Blick auf ihre gekreuzten und mitnichten blauen Knöchel. Sie trug ihre Schuluniform und schwarze Pumps.

»Was haben Sie gestern Abend gelesen?«, fragte er.

»Den *Kinogeher* von Walker Percy. Haben Sie gewusst, Mr. Kerchek, dass jeden Tag tausende von Joggern mitten im Laufen an einem Herzinfarkt sterben?«

»Ich glaube, für eine Herzattacke laufe ich nicht schnell genug, Nicole.«

Das Mädchen auf der Fensterbank baumelte nicht mit den Beinen.

»Attacke ist ein hervorragendes Wort zum laut Aussprechen. Attacke. Attacke.«

»Ich muss jetzt duschen«, sagte Douglas.

Nicole zeigte mit dem Finger auf ihn. »Nennen Sie mir einen einzigen vernünftigen Grund, warum ich überhaupt studieren soll.«

»Jede Menge Zeit zum Lesen.«

Nicole sprang von der Fensterbank herab und kam einen Meter vor ihm leichtfüßig auf.

»Genehmigt«, sagte sie und ging davon.

Drei Wochen später, Mitte April, erhielt Douglas eine Einladung. Es war an einem regnerischen Dienstagmorgen vor Unterrichtsbeginn. Kurz vor der Andacht streckte Nicole Bonner den Kopf durch die Tür des Lehrerzimmers, wo Douglas und Katya Zarov nebeneinander auf dem Sofa saßen. Douglas las Zeitung, Katya hatte gerade eine Laufmasche in ihrem Strumpf entdeckt.

»Mr. Kerchek«, sagte Nicole.

Douglas und Katya sahen auf.

»Für Schülerinnen kein Zutritt«, sagte Katya.

»Mr. Kerchek, ich muss Sie unter vier Augen sprechen.« Nicole stand mit den Händen hinter dem Rücken da. Sie trug ihre Uniform, wie immer, und ein silbernes Armband mit Jadedelphinen daran.

Douglas stand auf. Katya Zarov schnaubte leise.

Draußen im Flur schenkte ihm Nicole ein strahlendes Lächeln.

»Princeton nimmt mich«, sagte sie.

In einem flüchtigen Phantasiebild umarmte Douglas seine Schülerin. Er gab ihr einen Klaps auf die Schulter.

»Das ist ja schön«, sagte er. »Gratuliere.«

Nicole nickte heftig. Sie hatte eine Bibel unterm Arm, was Douglas in Erstaunen setzte.

»Als Dankeschön für Ihre Empfehlung möchten meine Eltern und ich Sie am Donnerstagabend zum Essen einladen, bei uns zu Hause.«

»Sehr freundlich«, sagte Douglas, »aber das ist doch nicht nötig.«

»Es gibt Gnocchi, von Vater selbst gemacht. Ich hab ihm gesagt, dass Sie Gnocchi mögen.«

»Nicole ...«, begann Douglas.

Es klingelte zur Andacht.

»Sie haben doch gesagt, Sie mögen Gnocchi, Mr. Kerchek.«

»Ja, schon«, sagte Douglas schnell, »aber ... Hören Sie Nicole, ich bin sehr stolz darauf, dass Sie einen Platz in Princeton bekommen haben, aber deswegen brauchen Sie doch nicht –«

»Ich lese die Offenbarung.« Nicole klopfte auf die Bibel. »Falls Sie sich gewundert haben.«

Mädchen auf dem Weg zur Andacht strömten an Douglas und Nicole vorbei.

»Komm, Nicky«, sagte Rhonda Phelps.

»Guten Morgen, Mr. Kerchek«, sagte Audrey Little, die geile Hygienelehrerin.

Nicole legte den Kopf schräg. »Haben Sie gewusst, dass es in der Offenbarung Wesen gibt, die vorne und hinten mit Augen bedeckt sind?«

Douglas schüttelte den Kopf. Er fühlte sich ein wenig benommen, als brauchte er Ibuprofen.

»Meine Eltern und ich erwarten Sie am Donnerstag um sieben.« Nicole ging rückwärts davon. »Wir wohnen im Preemption Building. West Eighty-second, Ecke Riverside.«

»Preemption?«, rief Douglas, aber Nicole Bonner hatte sich schon umgedreht.

Am Donnerstagnachmittag ließ Douglas sich in dem Frisiersalon an der Ecke die Haare schneiden. Chiapas, der keinen Meter fünfzig groß war, stand auf einem Milchkasten, fuhr mit einem elektrischen Haarschneider über Douglas' Koteletten und grinste ihn im Spiegel an.

»Eine Woche zu früh, Uno. Heißes Date heute Abend?«

Douglas schmunzelte. »Genau.«

Chiapas pfiff eine Melodie, die er nicht kannte. Da Chiapas noch Lehrling war, bekam Douglas seinen Haarschnitt umsonst.

»Ich wette, Sie haben ein Date, Uno. Ich wette, Sie gehen mit Grace Kelly Langustinos essen.«

»Mhm.«

Chiapas wusste von Douglas' Kinoleidenschaft.

»Au!« Douglas zuckte zusammen, und Chiapas nahm den Haarschneider fort. Douglas drehte den Kopf. Fünf Zentimeter unterhalb seines Scheitels hatte der Apparat das Haar bis auf die Kopfhaut abrasiert.

»Ups!« Chiapas zuckte die Schultern. »Sorry, Uno.«

Douglas befühlte die Kerbe. »Chiapas! Ausgerechnet heute!«

Die Augen des Jungen leuchteten auf. »Aha, also doch ein Date.«

Douglas errötete. »Nein.«

Chiapas inspizierte Douglas' Kopf. Die kahle Stelle hatte die Form eines Fragezeichens ohne den Punkt. »Keine Sorge, Uno. Das ist cool. Das wird ihr gefallen.«

»Es gibt keine Sie«, beharrte Douglas.

Um sieben kam Douglas ins Preemption Building. Er trug seine sportliche Kamelhaarjacke und hatte einen Dessertmandelkuchen aus dem *Café Mozart* dabei. Er hatte erst Wein mitbringen wollen, es dann aber, da Nicole seine Schülerin war, für unpassend befunden.

In der Lobby kam ihm ein baumlanger schwarzer Portier mit einer ovalen Narbe auf der Stirn entgegen. Ebenfalls in der Lobby saß mit zutiefst feindseliger Miene ein junger Mann in einem piekfeinen schwarzen Anzug in einem Sessel.

»Douglas Kerchek?«, fragte der Portier. »Hier entlang.«

Douglas folgte dem Portier zu einem alten Otis-Aufzug, der noch von Hand bedient wurde. Aus dem Augenwinkel beobachtete er den jungen Mann im Sessel. Sein Revers stand ein wenig ab. Wenn Douglas sich nicht irrte, hatte er eine Pistole in der Innentasche.

»Oberste Etage, Penthouse.« Der Portier geleitete Douglas in den Aufzug, legte einen Hebel um und trat zurück. *»Bonne chance.«*

Die Aufzugtüren schlossen sich, und Douglas war allein. Er sah sich um. Es war ein altmodischer Aufzug, dessen Mahagoniwände nach etwas Undefinierbarem rochen, nach einer mittelalterlichen Klosterbibliothek vielleicht oder dem Inneren eines schönen Sargs. Als Douglas den Aufzug verließ, stand die Tür des bonnerschen Penthouses bereits offen. Nicole lehnte am Türstock.

»Guten Abend, Mr. Kerchek.«

Douglas musste sich anstrengen, nicht die Augen aufzureißen. Nicole trug das exquisiteste schwarzseidene Abendkleid, das er je gesehen hatte. Es schmiegte sich den Linien und Kurven ihres Körpers so vollkommen an, dass man hätte meinen können, der

Stoff sei um sie herumgewoben worden, während sie dort in der Tür stand. Das Kleid war von genau dem gleichen Schwarz wie ihr Haar, und einen phantastischen Moment lang stellte Douglas sich vor, in die Seide seien schwarze Diamantsplitter und die Tinte mehrerer Tintenfische eingearbeitet worden. Am Handgelenk trug Nicole das Armband mit den Jadedelphinen.

»Hallo, Nicole«, sagte Douglas. »Sie sehen … Wirklich schön.«

»Sie haben ein Fragezeichen am Kopf«, sagte Nicole.

Douglas nieste, zweimal. Nicole wünschte ihm Gesundheit. Ein Mann und eine Frau tauchten hinter ihr auf.

»Meine Eltern«, sagte Nicole, ohne sich umzudrehen.

»Samson«, verkündete der Mann.

»Paulette«, lächelte die Frau.

»Douglas Kerchek«, sagte Douglas.

Samson Bonner sah aus wie ein riesiger Kontrabass. Er war weit über einen Meter achtzig groß und wirkte trotz seines Bauchs enorm muskulös. Seine Stimme war tief und volltönend, fast ein Rufen, und seine Augen waren schwarz. Er war ein namhafter Anwalt von unerschütterlich konservativen politischen Ansichten.

Seine Frau Paulette war dünn und gerade wie eine Flöte.

»Der Lehrer, der Lehrer!«, zwitscherte Paulette. »Treten Sie ein, treten Sie ein!«

Sie gingen hinein. Samson Bonner schloss die Tür. Paulette trug Douglas' Kuchenschachtel rasch in ein anderes Zimmer.

»Cocktails!«, dröhnte Samson.

Douglas sah sich um. Das bonnersche Penthouse war ein Domizil, wie es im Film Großstadtbösewichte vom Schlag eines Lex Luthor bewohnen. Das riesige Wohnzimmer hatte eine hohe Decke und einen Marmorfußboden. Eine ganze Wand war von Regalen mit ledergebundenen Folianten bedeckt. Die Bände hätten aus der Klosterbibliothek stammen können, deren Geruch Douglas im Aufzug wahrgenommen hatte. Außerdem gab es in dem Raum zwei dunkelgrüne Sofas, einen offenen Kamin, in dem ein Feuer brannte, einen fürs Abendessen gedeckten Glastisch, eine offen stehende Eichentür, die in ein Arbeitszimmer führte, und drei hohe Fenster. Durch sie sah man Manhattan, ausgebreitet wie eine Landkarte mit eingezeichneten Grundrissen. Douglas vermutete Wasserspeier an den Dachgauben draußen, und er hatte Recht.

Paulette Bonner kam wieder hereingerauscht, mit einem Tablett, auf dem Gläser und ein Cocktailshaker standen. »Die Side Cars, die Side Cars!« Sie setzte das Tablett auf einem Beistelltisch neben den Sofas ab.

»Wir sind eine Brandyfamilie«, sagte Samson. »Wir haben ein Faible für Brandy.«

»Hoho«, machte Douglas. Es sollte frisch und munter klingen, aber das tat es nicht.

Die Drinks wurden verteilt. Die Frauen setzten sich auf das eine Sofa, die Männer auf das andere. Samson Bonner trug einen eleganten hellbeigen Anzug, seine Frau, deren Haar so schwarz war wie das von Nicole, ein graues Kleid. Das Feuer knisterte. Douglas nahm einen Schluck von seinem Drink, der nach Limonen schmeckte. In seinem Heimatort Allentown, Pennsylvania, bekam man selten Drinks mit Limone.

»Ich bin so stolz auf Nicole«, sagte Douglas. »Äh … Sie sicher auch.«

»O ja, o ja «, hauchte Paulette.

»Verflucht!« Samson Bonner schlug Douglas auf die Schulter. »Dass die in Princeton eine weiße Basketballmannschaft haben, heißt noch lange nicht, dass sie nicht mithalten können. Oder seh ich das falsch?«

»Nein«, sagte Douglas mit schmerzender Schulter.

»Wir freuen uns so, dass Sie gekommen sind«, sagte Paulette.

Douglas' Blick wanderte zwischen den Eltern hin und her. Trotz der Bücherregale wusste er noch nicht, ob sie wie ihre Tochter literarisch interessiert waren.

»Wie schmeckt Ihnen der Side Car, Mr. Kerchek?«, fragte Nicole.

»Das ist Brandy mit Cointreau«, erläuterte Paulette.

»Und Limonen!«, rief Samson.

Douglas lächelte und nickte.

»So«, sagte Samson. »Jetzt wollen wir aber was von dem Mann hören.« Er klopfte Douglas auf den Rücken.

Stille trat ein. Douglas grinste dümmlich, dann begriff er.

»Wie – Sie meinen mich?«

»Aber sicher«, brüllte Samson. »Wen sonst?«

Die Bonners sahen Douglas erwartungsvoll an.

»Ja, also …« Douglas kratzte sich den frisch verpfuschten Kopf. »Was möchten Sie denn hören?«

»Verflucht, woher sollen wir das wissen?« Samson lachte dröhnend.

»Etwas über mich? Dass ich aus Pennsylvania komme und dergleichen?« Douglas sah Nicole an.

»Nein, nein«, sagte Samson. »Bringen Sie uns was bei.«

»Ja.« Paulettes Augen blitzten.

»Bringen Sie uns was bei«, sagte Samson, »sonst kriegen Sie keine Gnocchi.«

Douglas lachte. Niemand stimmte ein.

Nicole räusperte sich. »Vater meint es ernst, Mr. Kerchek.«

Douglas hörte auf zu lachen. »Wie?«

»Das ist bei ihm so«, sagte Nicole. »Sie müssen ihm und meiner Mutter etwas beibringen, sonst kann der Abend nicht weitergehen.«

Douglas starrte seine Schülerin an. Als er sah, dass es ihr Ernst war, schaute er schnell weg. Nicoles Haar war heute straff nach hinten gekämmt, und Douglas fürchtete, ihr Vater, der ehemalige Marineangehörige, könnte es merken, wenn er die Linie ihrer Schläfen betrachtete.

»Äh. Was möchten Sie denn lernen?«

»Wir sind nicht wählerisch, zum Teufel.« Samson knuffte Douglas erneut.

»Bringen Sie Ihnen ein Wort bei«, schlug Nicole vor. »Aber machen Sie schnell. Ich hab Hunger.«

Douglas rutschte an den Rand des Sofas vor, außer Reichweite von Samsons Faust. Er dachte an Dinge, von denen er etwas verstand. Er dachte an Bücher.

»Ich … Ich könnte Ihnen ja sagen, warum Shakespeare seinen König Lear König Lear genannt hat.«

Paulette machte ein ängstliches Gesicht, als wäre Douglas in Gefahr.

»Lear kommt von dem deutschen Wort ›leer‹. Und *König Lear* ist ein existenzielles Stück. Die Hauptfigur verfällt dem Wahnsinn und lebt in einer armseligen Hütte in der Wildnis, wie Hiob. Nichts ist ihm geblieben, er ist ein Mann, der ganz allein ist mit der Wahrheit über sich selbst.« Douglas zog die Brauen hoch. »Ein leerer Mann.«

»Bravo!«, rief Samson. Er stieß nach Douglas' Schulter, aber Douglas stand schnell auf. Er schenkte sich noch einen Side Car ein.

»Leer, leer«, sagte Paulette. Es klang erfreut.

Nicoles Augen wurden schmal. »Davon haben Sie uns gar nichts gesagt.«

»Wovon?«, fragte Douglas.

»Wir haben *König Lear* letztes Jahr im November gelesen. Aber von dem deutschen Wort haben Sie uns gar nichts gesagt. Von dem Namen.«

Douglas zuckte die Schultern. Er stellte den Shaker wieder hin. »Das ist nur eine Theorie von mir. Nichts, was bewiesen wäre.«

»Falsch.« Samson zeigte auf Douglas. »Es stimmt. Ich merk's genau, wenn etwas stimmt.«

»Nun ja«, sagte der Lehrer.

»Es stimmt, und Sie sind draufgekommen.« Samson streckte anerkennend den Daumen hoch. »Der Abend kann weitergehen.«

Nicole erhob sich. »Ich finde das verdammt egoistisch, damit Sie's wissen.« Sie sah Douglas böse an.

»Was denn?«, fragte Douglas.

»Sie«, sagte Nicole verächtlich. »Sie, weil Sie Ihre kostbare kleine Theorie vor uns geheim gehalten haben.«

»Also, Moment mal«, sagte Douglas.

»Nein.« Nicole verschränkte die Arme unter den Brüsten, und zwar so, dass Douglas es nicht ignorieren konnte. »Sie sind unser Lehrer, Mr. Kerchek. Im Interesse Ihrer Schülerinnen müssen Sie Ihre Gedanken offen legen.«

»Da hat er wohl ein paar Gedanken für sich behalten.« Samson zwinkerte.

»Es ist doch nur eine Theorie«, betonte Douglas.

»Pff.« Nicole warf den Kopf zurück, sodass Douglas ihren Hals sah, den schattigen Spalt in ihrem Dekolletee. »Ich bin bitter enttäuscht«, sagte sie eisig. »Ab jetzt sage ich nichts mehr, bis zum Salat.«

»Nicole«, sagte Douglas.

Aber Nicole erhob sich und nahm ihren Platz am Tisch ein.

Samson rieb sich die Hände. »Dann wollen wir mal!«, rief er.

Während der Vorspeise – es gab Krabbencocktail – erzählte Douglas den Bonners einiges aus seinem Leben. Er war nervös, weil Nicole verdrossen schwieg, und schließlich platzte er mit den Geschichten von seinem Aufbaustudium in Japan, seinem Pfeifferschen Drüsenfieber und dem katastrophalen Abschlussball mit Heather Angelona heraus.

»Und jetzt fühlen Sie sich wieder wohl?«, fragte Samson.

Douglas sah von seinem Salat auf. »Sir?«

»Ob Sie wieder gesund sind. Nach dem Drüsenfieber.«

»Ach so. Ja, Sir. Das war vor dreizehn Jahren.«

»Bravo.« Samson schlang ein Stück Gurke hinunter. »Aber jetzt Schluss mit dem ›Sir‹. Ich heiße Samson, verflucht noch mal.«

»Okay.« Douglas versuchte Nicoles Blick einzufangen. Sie saß ihm gegenüber, Samson und Paulette saßen an den Längsseiten des Tisches. Doch Nicole sah beharrlich auf ihren Salat hinab, und Douglas' Blick glitt zu der Bücherwand hinter ihr.

»Sagen Sie, Samson«, sagte er. »Und Paulette. Sie haben da ein paar wunderschön gebundene Bücher. Haben Sie die meisten davon gelesen?«

Samson starrte Douglas an. Er ließ zehn Sekunden verstreichen.

»Douglas«, sagte er schließlich. »Ich habe jedes Einzelne gelesen, von der ersten bis zur letzten Seite.«

»Wirklich?«

Douglas' Blick wanderte erneut über die Regale. »Das ist ja unglaublich.«

Samsons Miene verfinsterte sich. »So, finden Sie, Mr. Harvard? Unglaublich finden Sie das?«

»Tut mir Leid«, sagte Douglas schnell.

»Sie sind ein streitbarer junger Mann«, erklärte Samson.

Douglas bekam ein flaues Gefühl im Magen, wie früher als Schüler vor seinen Boxkämpfen. »Samson. Mr. Bonner. Ich wollte Sie ganz bestimmt nicht beleidigen.«

»Ha!«, rief Samson. »Reingefallen!«

Douglas sah die Bonner-Frauen an, die ein feines und wissendes, süffisantes Lächeln zeigten.

»Wie?«, fragte Douglas.

Samson schlug ihm auf die Schulter.«

»Ich hab Sie reingelegt, Doug. Musste Ihre Courage testen.

»Ach so.« Douglas trank einen Schluck Wein. »Ha, ha«, sagte er matt.

»Ich nehme jetzt wieder am Gespräch teil«, verkündete Nicole.

»Verflucht.« Samson zeigte mit seiner Gabel auf die Bücher. »Ich habe kein Einziges von den Dingern gelesen, Doug. Es ist eine Sammlung von unschätzbarem Wert.«

»Es sind Erbstücke«, sagte Paulette.

»Genau, Erbstücke.« Samson kaute und schluckte. »Nicole liest sie. Sie haben einem Vorfahren von mir gehört, Vladimir Bonner. Er war ein Prinz aus den Karpaten oder weiß der Geier, woher.« Samson machte eine wegwerfende Handbewegung. »Jedenfalls war er ein Prinz, und das sind seine Bücher.«

»Jedenfalls sind die Bonners von königlicher Abkunft«, sagte Nicole.

Samson schlug auf den Tisch. »Die Gnocchi«, brüllte er. »Ich hab sie selbst gemacht.« Er blickte in die Runde, als erwartete er Widerspruch.

Paulette servierte den Hauptgang, der köstlich war, wie Douglas zugeben musste. Er nippte an seinem Wein, und das Gespräch gelangte in ruhigere Bahnen. Samson redete von allgemeinen Dingen, dem Bürgermeister, dem Wetter, der Börse. Douglas machte Samson ein Kompliment zu seinen Gnocchi. Als Samson ihn nach seiner Kindheit in Allentown fragte, erzählte er, dass er Pfadfinder bei den Eagle Scouts gewesen war, verschwieg aber, dass er mit Feuerwerkskörpern Backenhörnchen getötet hatte. Paulette fragte ihn nach seinen Lieblingsfilmen, und er gab Auskunft. Jedes Mal wenn er Nicole ansah, erwiderte sie seinen Blick. Alles in allem fühlte er sich wohl. Der Chardonnay stieg ihm ein wenig zu Kopf, und er ertappte sich dabei, dass er wahllos Überlegungen anstellte, etwa wie die Yankees in dieser Saison spielen würden, wie kalt es draußen war, wie in aller Welt die kurvenreiche Nicole aus der Bohnenstange Paulette hatte hervorkommen können. Die Gnocchiteller wurden abgeräumt.

»So, meine Lieben«, sagte Samson, »kommen wir zur Sache.«

Paulette stellte jedem einen Brandy hin.

»Und welche Sache wäre das?«, fragte Douglas lächelnd. Er wischte sich mit seiner Serviette den Mund ab.

»Wir sind der Meinung, Sie sollten Nicole heiraten«, sagte Samson.

Douglas nieste viermal hintereinander. Alle wünschten ihm Gesundheit.

»Wie bitte?«, fragte er.

»Paulette und ich möchten eine Ehe zwischen Ihnen und unserer Tochter arrangieren. Unserem einzigen Kind.«

Douglas starrte die Bonners an. Sie saßen auf ihren Stühlen und lächelten höflich. Nicoles Gesicht zeigte den Ausdruck, den es immer zeigte, bevor sie eine Prüfung mit Bravour bestand. Niemand lachte.

»Das soll natürlich ein Witz sein«, sagte Douglas.

»Nein, nein.« Samson Bonner trank von seinem Brandy. »Diesmal leg ich Sie nicht rein, Doug.«

»Nein, Mr. Kerchek.«

Douglas bekam wieder das Boxgefühl im Magen. Als Junge hatte er an den Friday Night Smokers teilgenommen, den wöchentlich stattfindenden Veranstaltungen der Society of Gentlemen. Die Gentlemen waren rechtschaffene Allentowner, die freitagabends in einem alten Lagerhaus, das sie sich als Vereinsheim eingerichtet hatten, Whisky tranken und Karten spielten. Jedes Wochenende nahmen sie eine ausgewählte Gruppe Jungen von den Highschools der Gegend dorthin mit. Um sich ein dickes Roastbeef zu verdienen, zogen die Jungen Boxhandschuhe an und traten in einem erleuchteten, mit Segeltuch bespannten Ring in der Mitte des Raumes gegeneinander an, während die Männer tranken und sie anfeuerten. Freitagabends dort boxen zu dürfen, war die höchste Ehre, die einem Jungen in Allentown zuteil werden konnte, und Douglas war in seiner Gewichtsklasse vierzehnmal aufgestellt worden. Zwölf dieser Kämpfe hatte er gewonnen, einen davon durch k. o., und nie hatte er sich das Nasenbein gebrochen. Noch jetzt dachte er manchmal kurz vor dem Einschlafen daran zurück, wie er im Ring gestanden und gegen Heather Angelonas Bruder Carmine gekämpft hatte. Carmine war zehn Pfund schwerer als er, und bis zur dritten Runde sah es so aus, als würde er Douglas nach Punkten schlagen. Dann aber versetzte Douglas ihm einen solchen Aufwärtshaken, dass er in die Luft flog und bewusstlos liegen blieb. Die Männer ringsum brüllten wie die Löwen. Die Glocke ertönte. Douglas erinnerte sich an den Zigarrenrauch in seiner Nase und das Blut in seinem Gesicht und daran, dass Carmine seltsamerweise kein Blut im Gesicht hatte. Als er sah, wie Mr. Angelona seinen Sohn mit Riechsalz wieder belebte, hätte er am liebsten gleichzeitig gekotzt und Heather Angelona die Zunge in den Mund geschoben.

Douglas schüttelte den Kopf, um ihn frei zu bekommen. Er stand auf.

»Nicole«, sagte er streng, »was soll das? Ist das ein Scherz, ein etwas eigenartiger Familienstreich?«

»Nein.« Nicoles Fingerspitzen lagen ruhig auf der Tischdecke. »Meine Eltern möchten wirklich, dass Sie mich heiraten. Und ich auch.«

»Bitte setzen Sie sich, Douglas«, sagte Paulette.

Diesmal hatte ihr Ton nichts Leichtes. Douglas nahm wieder Platz.

»Das … Das ist verrückt«, sagte er. »Wir essen hier doch nur zu Abend.«

Samson Bonner trommelte mit den Knöcheln auf den Tisch. »Zum Teufel, Junge, Paulette und ich sind seit fünfundzwanzig Jahren glücklich verheiratet, und wissen Sie was? Mein Vater hat das Ganze arrangiert. Er und Paulettes Vater waren Partner in einer Anwaltskanzlei.«

»Mein Mädchenname ist Depompis«, erklärte Paulette.

»Genau«, sagte Samson. »Depompis. Also jedenfalls, unsere Väter haben gesehen, dass Paulette und ich gut zusammenpassen würden. Ja, und wir meinen, dass Sie und Nicole auch gut zusammenpassen würden.«

In Douglas' Kopf drehte sich alles. »Das haben Sie alles schon besprochen? Untereinander?«

»Natürlich«, sagte Samson. »Eine Woche lang jeden Abend.«

»Entschuldigen Sie, Mr.... Entschuldigen Sie, Samson, aber Sie kennen mich doch gar nicht.«

»Ach, zum Teufel.« Samson schlug in die Luft, als wären dort Mücken. »Nicole kennt Sie. Sie sagt, Sie sehen sich jeden Abend einen Film an, so wie Nicole jeden Abend ein Buch liest.«

»Das ist ja so bezaubernd«, sagte Paulette.

Douglas starrte seine Schülerin an.

»Nicole«, sagte er. »Sie sind doch erst neunzehn.«

»Im September zwanzig«, sagte Nicole.

»Wir haben sie zurückstellen lassen«, sagte Paulette. »In der dritten Klasse.«

»Dann eben zwanzig«, sagte Douglas.

»Sie hatte Probleme mit der Phonetik«, sagte Paulette.

»Entschuldigen Sie.« Douglas räusperte sich geräuschvoll. Die Bonners brachten einander zum Schweigen.

»Hören Sie zu«, sagte Douglas, »Sie haben... Ich habe... Das war ein wunderbares Essen, aber... Das ist doch alles völlig absurd. Ich habe bereits zu erklären versucht –«

»Junger Mann«, sagte Samson, »finden Sie Nicole attraktiv?«

Douglas machte den Mund zu. Er hatte die ganze Zeit das Gefühl, jeden Moment müsse ein Gameshowmoderator hinter einem Vorhang hervorspringen, aber nichts dergleichen geschah. Nicole saß ihm in ihrem unwahrscheinlich schwarzen Kleid direkt gegenüber und sah ihn aus ihren unerbittlichen blauen Augen an. Erst jetzt begann Douglas ernsthaft darüber nachzudenken, wie es wäre, wenn sie ihm gehören würde. Er dachte an Lillian Marx, seine letzte Freundin, eine leidenschaftliche Jazz-Liebhaberin. Er stellte sich vor, wie er Nicoles Hand hielt, mit ihr in einem Kabriolett nach Montauk fuhr, während im Radio die bizarren Punk-Bands spielten, die sie so mochte. Er errötete.

»Die Konfession ist kein Thema«, tönte Samson. »Nicole hat mir gesagt, dass Sie der Episkopalkirche angehören, wie wir. Sie bewundert Ihren Intellekt, und Sie geben ihr lauter Einsen. Also, wo liegt das Problem, Doug?«

Douglas presste die Daumen auf seine Augenwinkel. »Es... Es kommt nur ein bisschen plötzlich, Sir.«

Samson schnaubte.

»Douglas«, sagte Paulette. »Wir sind wirklich sehr beeindruckt von Ihnen. Jetzt, wo wir Sie kennen gelernt haben, erst recht.«

Douglas straffte sich. »Ja. Hm. Was ich sagen wollte... Nicole ist elf Jahre jünger als ich. Ist das nicht... problematisch?«

»Nein«, sagte Samson. »Ich bin zwölf Jahre älter als Paulette.«

»Mr. Kerchek«, sagte Nicole. »Haben Sie gewusst, Mr. Kerchek, dass die Mädchen in früheren Jahrhunderten oft mit vierzehn verheiratet wurden und Kinder bekamen?«

»Na, mit dem Kinderkriegen hat es ja noch etwas Zeit«, kicherte Samson.

»Wir leben nicht im Mittelalter, Nicole.« Douglas trank von seinem Brandy. »Sie haben ja noch nicht mal mit Ihrem Studium angefangen.«

»Aber ich fang bald an, nicht wahr?«

»Selbstverständlich«, sagte Paulette. Es klang gekränkt. »Ich werde meiner Tochter ganz bestimmt nicht ihres Mannes wegen eine Ausbildung vorenthalten.«

»Moment mal«, sagte Douglas.

»Hey«, knurrte Samson. »Sie können die Hand meiner Tochter haben, und Sie werden auch ein gewisses Startkapital bekommen, aber Princeton steht nicht zur Disposition. Versuchen Sie nicht, sie davon abzubringen.«

»Das tu ich doch gar nicht.«

»Keine Tricks«, sagte Nicole.

Douglas seufzte schwer. »Ich muss mal verschwinden«, sagte er.

»Teufel auch«, sagte Samson. »Wer nicht?«

Paulette zeigte auf einen Flur. »Dritte Tür rechts.«

Douglas ging rasch hinaus. In seinem Kopf verschwamm alles. Er dachte an seinen unservierten, ungegessenen Mandelkuchen. Er erinnerte sich an ein Pädagogikseminar, in dem der Dozent ihm gesagt hatte, er solle sich vor Schülerinnen und ihren Schwärmereien in Acht nehmen.

Ist es das?, dachte Douglas. Eine Schwärmerei?

Die Tür zum Badezimmer stand einen Spalt offen. Douglas wollte sie gerade ganz aufmachen, als drinnen die Toilettenspülung rauschte.

»Verzeihung«, sagte er mechanisch. Er trat überrascht zurück. Gleich darauf wurde die Tür aufgestupst, und eine schwarze Katze kam zum Vorschein. Sie blieb vor Douglas' Füßen stehen und sah ihm gerade in die Augen.

»John Stapleton«, flüsterte Douglas.

»Mrrau«, machte John Stapleton.

Douglas war sprachlos. Er erinnerte sich an das Telefongespräch mit Nicole und blieb ganz still stehen. John Stapleton knabberte einen Moment an Douglas' linker Schuhspitze, als wollte er ihren Geschmack prüfen. Dann ging er den Flur hinunter und verschwand im Schatten.

Das ist verrückt, dachte Douglas. Der Abend, die Familie, der Kater – das alles war völlig verrückt. Doch der Kater war eine Art Omen, und während er sich am Waschbecken Gesicht und Hände wusch, während er seine verschnittenen Haare musterte und tiefe Gewichtheber-Atemzüge tat, um sich zu sammeln, dachte er an Nicole. Er dachte an die schlichten silbernen Ohrstecker, die sie stets trug. Er dachte an den Melville-Text, den sie auswendig gewusst hatte, an ihre Wertschätzung der Romane Graham Greenes, den eisernen Griff, mit dem sie beim Hockey den Schläger hielt. Ihr Lieblingsfilm war *Die Nacht vor der Hoch-*

zeit, ein Lieblingsfilm, gegen den sich schwer etwas vorbringen ließ. In einer Diskussion im Ethikunterricht war sie einmal leidenschaftlich gegen die Todesstrafe zu Felde gezogen, und einmal hatte er sie mit dem Baby einer Kollegin auf dem Arm gesehen.

»Ich würde gern mit Nicole allein reden«, sagte er, als er wieder ins Zimmer kam.

»Aber natürlich«, sagte Samson.

»Allein, allein.« Paulette lächelte Douglas matt an.

»Ihr könnt in mein Arbeitszimmer.« Samson erhob sich und schüttelte Douglas die Hand.

Sie waren allein. Die Tür des Arbeitszimmers war geschlossen. Nicole hatte die Schuhe ausgezogen und saß mit hochgezogenen Beinen auf einer Chaiselongue. Auf der anderen Seite des Zimmers saß Douglas auf der Kante eines Stuhls, in dessen obere Querleiste ein Wappen eingeschnitzt war. Douglas dachte, es könnte das bonnersche Familienwappen sein, aber er fragte nicht.

Nicole ließ ihre Knöchel knacken. »In einer Minute fange ich an, Sie Douglas zu nennen statt Mr. Kerchek.«

»Ach, ja?«

Nicole seufzte. »Mr. Kerchek, bitte hören Sie zu. Ich möchte Ihnen ein paar Dinge sagen.«

Douglas nahm seine Gedanken zusammen. Auf der anderen Seite der Tür saß ein Ehepaar auf einem grünen Sofa, trank Brandy und streichelte möglicherweise John Stapleton. Mit ihm im Arbeitszimmer befand sich eine willensstarke junge Frau.

»Mr. Kerchek«, sagte Nicole. »Sie wissen, dass ich Köpfchen habe. Dass ich gut denken und lernen kann, so wie Sie, als Sie neunzehn waren. Aber ich kenne auch die Welt, Mr. Kerchek.«

Douglas beobachtete Nicole. Sie meint es ernst, dachte er. Sie meint es todernst.

»Ich weiß«, sagte Nicole. »Ich weiß, wie lange man in dieser

Stadt braucht, bis man jemanden findet, den man lieben kann. Ich bin noch jung, aber ich weiß, was Einsamkeit ist und wie traurig sie ist.« Nicole rieb sich die Füße. »Ich kenne einen hier im Haus, der fesselt Mädchen an sein Bett, weil er glaubt, dass ihn das von seiner Einsamkeit kuriert. Das meine ich mit traurig.«

»Schön, Nicole. Aber was hat das mit uns zu tun?«

Nicole legte den Finger an die Lippen. »Hör zu. Ich weiß, dass ich irrational sein kann, Douglas.«

Douglas atmete tief ein. Er spürte etwas in der Wirbelsäule, Angst vielleicht.

»Vorhin zum Beispiel«, sagte Nicole. »Bei der Sache mit *König Lear.* Aber jetzt sag ich dir was, das weißt du wahrscheinlich gar nicht. Ich hab dich letzte Woche im Film-Forum gesehen.«

Douglas errötete von neuem.

»*Der Scharfschütze* mit Gregory Peck lief. Letzten Dienstag, in der Neunuhrvorstellung. Ich hab die Ankündigung in der Zeitung gelesen, und ich wusste, du würdest da sein. Also bin ich auch hin.«

Douglas versuchte sich zu erinnern, was er an dem Abend getragen, was für Süßigkeiten er dabeigehabt hatte. Ein Flanellhemd? Gummibärchen?

»Ich hab fünf Reihen hinter dir gesessen und deine Silhouette beobachtet. Ich hab gesehen, wie du den Schauspieler bewundert hast, der den Barkeeper spielt. Du weißt schon, den aus *Die Faust im Nacken.*«

Douglas schloss die Augen. Sie hat Recht, dachte er. Sie ist neunzehn und sie hat Recht.

»Aber egal. Ich wollte dir was sagen, Douglas, egal, ob du mich heiratest oder nicht.« Nicole stieß die Luft aus. »Es ist nicht gut.«

Douglas hielt die Augen geschlossen. Er hörte zu.

»Es ist nicht gut, wie du lebst. Diese ganzen Gewichte, die du hebst, und die Meilen, die du läufst, und die Filme, die du dir anschaust. Es ist nicht in Ordnung. Es ist einsam.«

Da sah Douglas sie an. Er sah ihre Kurven und ihre Schläfen, und auch noch etwas anderes, etwas, das hinter ihren Augen wohnte.

»Du bist ein guter Lehrer und alles, aber du schlägst die Zeit tot, Douglas. Ich merke das.«

Quatsch, dachte Douglas. Dann dachte er, Wieso? Wieso schlage ich die Zeit tot?

»Ich merke es an den Büchern, die du uns lesen lässt, an den Krawatten, die du trägst, an allem.« Nicole kaute nicht an einer Haarsträhne. »Du bist bereit, Douglas. Für eine Frau, für die, die du heiraten solltest.« Nicole zuckte die Schultern, ganz leicht nur. »Und ich glaube, dass ich es bin. Ich hab schon mehrere Freunde gehabt, ich weiß Bescheid, und ... Na, ich weiß eben, was ich will.«

»Na, hör mal!«, platzte Douglas heraus. Seine Hände, die den Kognakschwenker hielten, zitterten, und er stellte ihn hin. Er fühlte sich den Tränen nahe, aber er kämpfte dagegen an. »Wie ... Wie kannst du das alles sagen?«

»Einfach so.« Nicole sah ihren Lehrer an.

»Bist du in mich –«, Douglas formulierte es anders. »Liebst du mich denn?«

Nicole strich sich über den Hals und trank von ihrem Brandy. »Sieh mal. Ich kann nach Princeton. Und ich hab diese riesige geerbte Bibliothek da draußen, die ich lesen kann. Ich meine nur, du solltest eine Frau haben, mit der du ins Kino kannst, und diese Frau sollte ich sein. Ich bin jedenfalls bereit.«

Douglas konnte nicht länger still sitzen. Er stand auf und begann auf und ab zu gehen, wie früher vor seinen Boxkämpfen im Umkleideraum. Er wollte schreien oder zuschlagen oder geschlagen werden. Er wollte etwas Verlässliches, etwas, von dem er wusste, wie es sich anfühlte. Steifbeinig ging er zu Nicole hinüber, ohne zu wissen, was er tun würde.

»Langsam, Douglas.« Nicole wich auf der Chaiselongue zurück.

»Nein.« Douglas schüttelte den Kopf und fuhr fort, auf und ab zu gehen. »Nichts ›Langsam, Douglas‹. Du musst mir etwas sagen, jetzt sofort. Ich bin einunddreißig und ich bin ... Ich bin dein Lehrer, um Himmels willen. Ist das ... Du musst mir antworten, Nicole.«

»Okay«, flüsterte sie.

»Ist das alles wirklich wahr? Ich meine, bist du ... in mich verliebt?«

»Ich bin dazu bereit«, sagte Nicole. »Und das meine ich als Kompliment, allerdings hab ich auch nichts Besseres zu tun.«

Douglas hielt inne. »Ich werde wahnsinnig«, sagte er leise. »Ich stehe hier, fest auf meinen beiden Beinen, und ich werde wahnsinnig.«

Nicole lächelte. Sie nahm seine Hand.

»Hör zu«, sagte sie. »In vier Wochen ist der Abschlussball, da begleitet mich mein Cousin Fred, und zwei Wochen später ist die Abschlussfeier in der Schule. Es wird also noch eine Weile hektisch zugehen, aber in der ersten Juniwoche bin ich dann bereit, mich total in dich zu verknallen.«

Douglas lachte einmal laut auf, als er diese pragmatischen Worte hörte. Er dachte an seine Mutter, an Chiapas und die Mexikaner, an die ununterbrochene Kette von Aufsätzen, die er in den letzten sechs Jahren korrigiert hatte. Es mochten tausend sein. Und es mochte einmal eine Zeit gegeben haben, in der alle Leute so geredet hatten wie Nicole Bonner.

»Ich kann ja zwischen Princeton und hier pendeln«, erklärte Nicole, »oder ich komme an den Wochenenden zu dir. Meine Eltern sind ein bisschen exzentrisch und ich auch, aber – na ja. Was sagst du dazu?«

Douglas zog Nicole von der Chaiselongue hoch. Ihm war schwindlig, und er kam sich schäbig vor. Er wusste nicht, was er empfand. Wie ein Tier machte er sich bereit zu einem letzten Verteidigungsversuch.

»Nicole.« Seine Stimme klang tief, fast böse.

»Ja?«

»Ich… Ich frage dich das jetzt zum letzten Mal.«

»Okay.«

»Wenn das alles ein Spaß ist und du mir morgen sagst, dass es nur ein Spaß war, dann – dann…« Douglas ballte die Fäuste und öffnete sie wieder.

»Das ist kein Spaß«, sagte Nicole.

Douglas sah aus dem Fenster auf New York City. Dann schaute er wieder Nicole an.

»Ganz bestimmt nicht?«

Nicole hob die Hand und fuhr Douglas leicht übers Haar.

»Kurzhaar«, flüsterte sie.

Douglas nahm ihre Hände. Er strahlte. Ihm war ein wenig übel. »Gut. Gut, wenn es dir ernst ist, dann möchte ich, dass du etwas für mich tust.«

Nicole runzelte die Stirn. »Kein Sex, bis wir verheiratet sind. Ein Kuss vielleicht.«

»Sei still und hör zu.« Douglas' Stimme zitterte vor Freude. »Du sollst mich nicht küssen. Du sollst mich boxen.«

»Was?«

Douglas konnte ein freches, triumphierendes Grinsen nicht unterdrücken.

»Ich möchte, dass du mich in die Magengrube boxt, so fest du kannst.«

Nicole trat zurück. »Bist du verrückt?«

»Nein.« Douglas fasste sie an den Schultern, pflanzte sie vor sich auf. »Vertrau mir«. Wenn du's tust, dann weiß ich, dass wir… Dann weiß ich eben Bescheid.«

Nicole lachte, ein klein wenig nur. »Du bist ein Spinner.«

»Schlag mich.«

Nicole legte den Kopf schräg. »Du meinst es ernst.«

»Gib mir die Hand.«

Nicole streckte ihm die rechte Hand hin.

»Mach eine Faust. Nein, so, mit dem Daumen nach außen. Okay.«

»Woher weißt du, wie –«

»Sei still und box mich.« Douglas grinste spöttisch. »Komm schon! Zeig, was du kannst!«

Ein boshaftes Lächeln huschte über Nicoles Gesicht. »Nimm dich in Acht.«

»Box mich.«

»Ich tu's, Douglas«, warnte sie ihn.

»Los!«

Nicole führte die Faust an die Hüfte. Sie warf einen Blick zur Tür, die ihre Eltern verbarg. Douglas fand, sie sah aus, als würde sie im nächsten Moment losprusten oder irgendetwas anderes tun, etwas Unvorhersehbares.

»Komm schon, du Flasche«, forderte er sie heraus, und dann geschah es. Nicoles Faust schnellte vor und zeigte ihm, was ihnen beiden bevorstand.

Serendipity

Leonard Bunce wollte die eine Frau, gedachte aber die andere zu benutzen. Leonard arbeitete in Manhattan, als Anwalt in der Kanzlei Spuck und Hardison. Die beiden Frauen waren dort Rechtsanwaltsgehilfinnen. Die Frau, die Leonard wollte, war Hannah Glorybrook. Alison Shippers gedachte er zu benutzen.

Alison war einen Meter achtundfünfzig groß und fünfunddreißig Jahre alt. Sie war rundlich, vollbusig und kräftig, aber Männern gegenüber schüchtern. Sie war in Maine aufgewachsen, und so wie sie aussah, schien sie eher für ein Leben als Leuchtturmwärterin oder als Arbeiterin in einer Konservenfabrik geschaffen. Sie hatte eine Wohnung am Gramercy Park, und im Büro trug sie Kostüme, die aus ihrer Weiblichkeit nicht eben Kapital schlugen. Donnerstagabends gönnte sie sich Sushi, ihren einzigen Großstadtluxus, dann machte sie sich eine Schlammpackung und sah fern. An den Samstagabenden weinte sie sich in den Schlaf.

Hannah Glorybrook hatte ihren Schreibtisch zwei Nischen weiter. Sie war blond und elegante einsachtundsiebzig groß, mit hohen Wangenknochen und einer einladenden Lücke zwischen den Vorderzähnen. Sie war sechsundzwanzig und Einzelkind. Ihre Mutter war tot, ihre Haut makellos, und ihr Vater besaß Glorybrook-Kosmetik, eine Firma, deren teure, erfolgreiche Produkte in New York und Paris verkauft wurden. Hannah hatte den Körper, für den solche Produkte kreiert werden. Ob mit Wuschelkopf oder Zöpfen, ob im Abendkleid oder im Regenmantel – sie bezauberte ganz Manhattan. Sie war mit ihrer betörenden Wirkung auch durchaus einverstanden und putzte sich täglich in verführerischem Schwarz heraus: Baskenmützen, Kleider, Strümpfe statt Strumpfhosen, zugeknöpfte Westen. Sie hatte an der Tufts University Politikwissenschaft studiert, und sie war reich, dank Serendipity, dem bekanntesten Parfüm ihres Vaters, das sie täglich benutzte. Seit sechs Monaten war sie bei Spuck und Hardison, und nach getaner Arbeit las sie in der Mittagspause Romane. Abends und an den Wochenenden trank sie Bier und trug schwarze Sechzigerjahre-Sonnenbrillen, mit denen sie gelehrt und katzenhaft wirkte.

Leonard Bunce war ein verbitterter Junggeselle. Er war dreiundvierzig. Auf der Highschool hatte er Siegestrophäen von Quizwettbewerben gesammelt. Er hatte sein Studium mit Bravour absolviert, war Rhodes-Stipendiat gewesen und jetzt einer der führenden Prozessanwälte bei Spuck und Hardison. Seine Verbitterung aber entsprang nicht intellektuellem Hochmut. Sie rührte von einem riesigen Muttermal an seiner rechten Schläfe her. Es war ein erhabener roter Hautfleck, der aussah, als bräche Leonards Gehirn aus seinem Kopf hervor und liefe ihm ins rechte Auge. Leonard hasste das Muttermal und auch die Frauen und Freundschaften, die es ihn seiner Überzeugung nach gekostet hatte, ebenso wie die Privilegien und Herausforderungen, die es ihm verschaffte. Ihm wurde übel, wenn er sah, wie als Folge seines Aussehens in den Augen eines Geschworenen Mitleid für seinen Mandanten erwachte oder erlosch. Es machte ihn krank, wenn er daran dachte, dass Hannah Glorybrook, die Klassefrau aus dem vierten Stock, ihn niemals mit ihren Wonnen überschütten würde, einer Entstellung wegen, an der er nichts ändern konnte. Ob die Welt, und die Frauen im Besonderen, sein Misstrauen rechtfertigten oder nicht, änderte nichts an seiner Haltung. Angesichts von Schönheit und Wahrheit verzog er verächtlich den Mund. Stets wollte er sie erobern und benutzen, aber nie glaubte er daran, dass es ihm gelingen würde.

Jeden Abend strich Leonard, die Hände tief in den Taschen vergraben, durch die Straßen von Midtown Manhattan und lechzte nach jeder zweiten Frau, die an ihm vorüberging. Er gierte nach jungen Müttern mit kräftigen Hüften, Studentinnen in Miniröcken, dünnen Models auf Plakatwänden. Abends saß er mit geballten Fäusten allein in seiner Wohnung und sah sich Filme mit Ann-Margret, Raquel Welch und Katherine Ross an. Gott, so schien es ihm, hatte die Frauen dazu geschaffen, dass man sie drückte und Geld für sie ausgab, und wenn ein Mann gut verdiente und ohne Makel war, dann konnte er ihre Reize nach Herzenslust jagen und sammeln. Die Frau, die Leonard am liebsten gedrückt hätte, die, deren Reize er am liebsten genossen hätte, war Hannah Glorybrook. Die Frau aber, deren Schreibtisch er sich im wütenden Bewusstsein seiner Mängel und dem elementaren Wunsch zu vögeln näherte, war Alison Shippers.

»Miss Shippers«, sagte er, »haben Sie den Kowalski-Brief fertig?«

Alison sah auf. Sie hatte ein rundes Gesicht mit klaren Zügen, wie eine Mann-im-Mond-Karikatur. Außerdem trug sie eine weiße Bluse mit einer Goldbrosche am Busen. Die Brosche hatte die Form eines aufgespießten Herzens.

»Fast, Mr. Bunce.«

Leonard vergewisserte sich mit einem Blick nach links und rechts, dass niemand zuhörte.

»Miss Shippers«, sagte er, »würden Sie heute Abend mit mir essen gehen?«

Alison errötete. »Aber Mr. Bunce ...«

Sie hat eine aufgestaute Ostküstenlibido, dachte Leonard. Sie wird rammeln wie ein sexhungriges Kaninchen.

»Im *Duranigan's*, um neun«, sagte er. Zwei Nischen weiter sah er Hannah Glorybrooks Kopf und Schultern. Ein indigoblauer BH-Träger spitzte unter ihrem Kleid hervor.

Pünktlich um neun aßen Alison und Leonard im *Duranigan's* an der Madison Avenue zu Abend. Alisons Parfüm roch nach Beeren, und sie trug ein geschmackvolles, wadenlanges weißes Kleid. Über ihrem Hummercocktail und dem Ossobucco lächelte sie bescheiden, während Leonard ihre kräftigen Oberarme beäugte.

»Haben Sie auf dem College Sport getrieben?«, riet er. »In der Rudermannschaft vielleicht?«

»Sie müssen hellsehen können, Mr. Bunce!«

Um halb zwölf hatte Leonard sie allein in ihrer Wohnung, wo er sie mit Wein abfüllte und ihr Fragen stellte. Um halb eins hatte er sein Gesicht zwischen ihren Schenkeln.

»Aber Mr. Bunce«, hauchte Alison. Sie fragte sich, ob sie bei dem Kowalski-Brief besonders gute Arbeit geleistet hatte.

Leonard blieb eingekeilt, wo er war, und ließ seine Zunge wie eine Schlange vorschnellen. Er sah zu Alisons Oberkörper auf, zu ihrem rosa BH. Wenn er eine Frau auf diese Art befriedigte, erübrigte sich das Reden. Alison konnte sein Muttermal nicht sehen, und er konnte ihr Gesicht nicht sehen und sich deshalb einbilden, sie sei eine schlanke, von ihm eroberte Barbarella.

Am nächsten Tag im Büro machte Alison ihm schöne Augen. Sie brachte ihm Kaffee und berührte sein Handgelenk.

»Heute Abend koche ich für dich«, flüsterte sie.

Naive Kuh, dachte Leonard.

Hannah Glorybrook schlenderte vorbei, in hohen Schuhen und einem karierten Minirock.

Leonard lächelte schwach. Er hatte noch Alisons grauenvollen Beerengeruch in der Nase.

»Dann bis heute Abend«, sagte er.

So ging es vier Wochen. Tagsüber versuchte Leonard sich an Hannah Glorybrook heranzumachen und dachte sich Vorwände aus, um sie anzusprechen. Doch sobald er sich ihrem Schreibtisch näherte, vollführte sie irgendeine unbewusste weibliche Geste – sie strich sich den Rock glatt oder schob sich das Haar hinters Ohr –, und Leonards Herz setzte aus, er berührte sein Muttermal und ging wieder weg. Nach solchen Augenblicken unternahm er alles nur Mögliche, um die Energien, die Hannah in ihm aufgerührt hatte, zu verausgaben. Bei Gericht zerriss er seine Gegner in der Luft, und dann führte er Krieg gegen Alisons Körper.

An einem warmen Donnerstagabend im August saß Leonard Bunce im *Cherrywood's Lounge* in der Forty-second Street und nahm sich den Abend frei von Alisons Hackbraten und ihren dicken Fesseln. Das *Cherrywood's* war eine gemütliche Kneipe, in der es feinen Scotch und Geschichtenerzähler gab. Für Leonard war es eines jener Lokale mit gedämpfter Beleuchtung, in denen ein Mann für sich allein trinken und seine Ruhe haben konnte.

Er bestellte einen Glenfiddich mit Eis und setzte sich mit der Muttermalseite zur Wand an einen Tisch. Er war bereits seit längerem bei seinem zweiten Scotch, als ihm ein Duft in die Nase stieg, der keine Spur von Beeren enthielt. Er blickte auf.

»Sieh einer an«, sagte Hannah Glorybrook. »Lenny Bunce.«

Leonard strahlte übers ganze Gesicht. Hannah hatte ein Pint Guinness und eine Zigarette in der Hand, und ihr schwarzes Shift-Kleid war seitlich bis zur Taille geschlitzt. Ihr blondes Haar hatte sie zu einer wuscheligen Hochfrisur toupiert, und sie trug eine schwarze Schmetterlingssonnenbrille, die Leonard noch nie an ihr gesehen hatte. Seltsamer- und für Leonard aufregenderweise war sie barfuß und ohne Schmuck oder Make-up. Und das Beste von allem: Sie war allein.

Sie zog an ihrer Zigarette und stieß den Rauch aus. »Hallo, Hannah«, soufflierte sie. »Guten Abend, Miss Glorybrook.«

Leonard stand verwirrt auf, wobei er sich das Knie am Tisch anstieß. »Verzeihung. Au. Verzeihung, hallo.«

Hannah setzte sich ihm gegenüber. Leonard nahm wieder Platz. Seine rechte Hand wanderte instinktiv an die Stirn, um mit einem Kratzen sein Muttermal zu verdecken.

»Eigentlich werde ich nicht Lenny genannt«, sagte er.

Hannah hielt sein Glas ans Licht. »Scotch«, sagte sie. »Igitt.« Sie trank von ihrem Guinness.

Leonard sah sich um. Mehrere Männer an der Bar hatten von ihrem Whisky aufgeblickt und beobachteten Hannah. Das Gleiche taten zwei Ehefrauen, drei Freundinnen und die sechs einzelnen Frauen, die in lässiger Haltung in der Nähe des Billardtisches saßen. Sie hatten sich Broadway-Theaterstücke oder -Musicals angesehen und waren mit Perlen, Brillanten, Lippenstift und eine wie die andere mit hohen Absätzen geschmückt.

»Es überrascht mich, Sie hier zu sehen«, sagte Leonard.

Hannah blies den Rauch durch ihre Zahnlücke. »Ich bin sechsundzwanzig«, sagte sie.

»Sie sind barfuß«, sagte Leonard.

»Tja.«

»Sind Sie hier mit jemandem verabredet?«

»Wäre Ihnen das lieber?«

Leonard wurde rot und kratzte sich eines Phantomjuckens wegen erneut.

»Aber Sie, Sie sind doch bestimmt mit jemandem verabredet, Lenny«, lächelte Hannah. »Bestimmt mit einer kleinen sexy Schlampe. Einem Flittchen.«

Leonard stellte sich Alison mit dem Gesicht nach unten im Rinnstein vor.

»Einem Vamp.«

»Sie gebrauchen ja eine Menge starke Worte.«

»Nur bis ein Mann mich bezwingt. Dann bin ich sanftmütig. Fügsam. Zurückhaltend.«

Leonard errötete noch tiefer.

Hannah hielt ihr leeres Glas hoch. »Ich brauch noch ein Pint.«

Leonard eilte zur Bar und bestellte ein Guinness und einen weiteren Glenfiddich. Im Geiste ging er mit Lichtgeschwindigkeit den Tag durch, um zu ergründen, womit er Hannahs Gesellschaft verdient hatte. Als er an den Tisch zurückkam, zündete sie sich gerade eine neue Zigarette an.

Sie bleibt, frohlockte er. Trotz des Rauchs nahm er den Duft ihres Parfüms wahr. Es roch ganz leicht nach Alkohol oder einer Mitternachtsbrise.

Hannah wies mit dem Kinn in die Runde. »Die Frauen da starren mich so an. Denen gefällt meine Aufmachung nicht. Die denken, bei mir dreht sich alles um Sex. Die sind neidisch.«

»Laufen Sie immer ohne Schuhe in der Stadt herum?«

Hannah trank von ihrem Stout. »Reden wir von was anderem als von meinen Füßen, Lenny.«

»Okay.« Leonard suchte verzweifelt nach einem Gesprächsthema. Er dachte an das Certs-Atembonbon, das er auf dem Weg ins *Cherrywood's* zerkaut hatte.

»Glauben Sie an Gott?«, fragte Hannah.

»Ja.«

»Was ist der coolste Ort, an dem Sie je gewesen sind?«

»Neuseeland.«

»Was ist der beste Sport der Welt?«

»Fußball.«

»Falsch«, sagte Hannah. »Hockey. Wer ist die schönste Frau der Welt?«

Leonard dachte an Schauspielerinnen, die er bewunderte, an ein Cheerleader-Girl, nach dem er sich einmal verzehrt hatte, an die Mutter seines Kindheitsfreundes Johnny Wuggs. Er fragte sich, ob Alison Shippers in einem Film hätte mitspielen können, und sei es nur in einer Nebenrolle. Als Kassiererin an einer Mautstelle vielleicht. Als Schülerlotsin.

»Die Zeit ist um«, sagte Hannah.

»Wonder Woman?«, sagte Leonard.

Hannah lachte. Unter dem Tisch berührte ihr Fuß Leonards Wade.

»Ich, Dummkopf«, sagte sie.

Leonard errötete. Seine Hand flatterte über sein Muttermal.

Hannah trank ihr Pint aus und rückte mit ihrem Stuhl neben Leonard. »Seh ich nicht aus wie eine lasterhafte Bibliothekarin, Lenny?« Sie sprach leise. »Wie eine Frau mit Köpfchen, die sich aber gern vögeln lässt?«

Leonard traute seinen Ohren nicht. Doch er wagte nicht zu sprechen, aus Angst, den psychedelischen Trip zu unterbrechen, auf dem er sich befand.

Hannah legte ihm die Hand aufs Knie. »Wer ist die schönste Frau der Welt?«

Seine Zunge fiel ihm wieder ein, diese Schlange, die in seinem Mund wohnte.

»Sie«, zischte er.

Hannah drückte sein Knie. »Und würden Sie nicht furchtbar gern mit mir in meine Wohnung kommen und mich vögeln?«

Leonards Lenden fingen Feuer. »O Gott, ja.«

»Dann kommen Sie«, sagte die Anwaltsgehilfin. Sie zog den verhexten Leonard Bunce von seinem Stuhl hoch.

Hannahs Wohnung lag im sechsten Stock des Preemption Building. Das Gebäude war ein Turm voller dunkler Geheimnisse an der Ecke West Eighty-second und Riverside Drive. Es hatte einen luxuriösen, von Hand zu bedienenden Aufzug, und die Flure wurden von Öllampen erleuchtet, die an den Wänden hingen. Hannahs Wohnung war ähnlich pompös. Ihr Vater, Gerhard Glorybrook, finanzierte mit seinem olfaktorischen Reichtum Großwildexpeditionen auf der ganzen Welt, und oft überließ er die Beute dieser Freizeitaktivitäten seiner Tochter. In Hannahs Wohnzimmer lauerten daher zwei riesige, von Präparatorhänden gebändigte Bestien. Von der Decke hing an Drähten ein gigantischer Raubvogel herab, und neben einer Chaiselongue kauerte sprungbereit ein ausgewachsener schwarzer Panther.

»Donnerwetter!«, sagte Leonard Bunce.

Hannah schaltete keine Lampen an, sondern entzündete vier lange Kerzen, eine in jeder Ecke des Raumes. Sie trat zu dem Panther und streichelte seinen Kopf.

Leonard schielte nervös zu den Kerzen hin. Er machte sich auf tantrischen Sex gefasst, mit Voodoo-Ambiente. Er zeigte auf den Vogel, dessen Flügelspannweite fast zwei Meter betrug.

»Ein Kondor?«, riet er.

»Das ist eine Harpyie.« Hannah rauchte jetzt nicht. »Mein Vater hat sie im Amazonasgebiet erlegt.«

»Donnerwetter!«

»Verwandt mit dem Affenadler der Philippinen, einem Waldadler.«

»Ah«, sagte Leonard.

»Zieh dich aus.« Hannah öffnete den Reißverschluss ihres Kleides.

Leonard bekam eine Erektion. »Wie bitte?«

Hannahs Kleid fiel auf ihre Knöchel herab. »Wir vögeln im Aufzug.«

Leonards Mund wurde trocken. Vor ihm stand in einem schwarzen BH und einem knappen schwarzen Slip die Göttin, die er ein halbes Jahr lang angebetet hatte. Ich werde sie erlegen, dachte er, sie wird meine Beute sein. Er zog sich bis auf die Unterhose aus.

Hannah verschränkte die Arme und wies mit dem Kinn auf seine Boxershorts. »Die auch.«

Leonard zögerte, seiner Erektion wegen. Na, los, sagte er zu sich selbst. Du bist ein Raubtier. Er holte tief Luft und streifte die Hose ab. Er war nackt.

»Gut«, sagte Hannah, »gehen wir.« Sie führte ihn zur Wohnungstür und hielt sie auf.

Leonard berührte die Rückseite ihres Armes, schaute auf ihre Taille. Er atmete sie förmlich ein.

»Nach dir.« Hannah gab ihm einen Klaps auf den Hintern und schob ihn in Richtung Flur. »Hopp, hopp!«

Zum Teufel, dachte Leonard. Er sprang in den Flur hinaus und landete auf allen vieren. Er schaute zu Hannah zurück, grinste und brüllte wie ein Tier.

»Komm her, Baby«, knurrte er.

Hannah schlug ihm die Tür vor der Nase zu. Leonard hörte den Riegel einrasten. Der Mund blieb ihm offen stehen.

»Hey!«, rief er, noch auf allen vieren. Er hatte noch immer eine Erektion. »Hannah?«

Die Tür blieb zu. »Ja?«

»Ich dachte, wir wollten … uns im Aufzug lieben?«

»Ich hab gesagt, wir vögeln im Aufzug.«

»Stimmt.« Leonard grinste, wartete. Nach einer Weile hörte er auf zu grinsen.

»Hannah?«

»Ja.«

»Vögeln wir nicht im Aufzug?«

»Ha.«

Leonard kroch nah an die Tür heran. Wie ein Safeknacker drückte er Hände und Ohr dagegen. »Hannah? Ich bin nackt.«

Keine Antwort. Leonard hörte etwas über den Boden schleifen. Er rüttelte am Türgriff, aber vergeblich. Ein schmaler Lichtstreifen drang unter der Tür durch, und als Leonard das Auge an den Spalt hielt, glaubte er, Hannahs Füße zu sehen.

»Ich hab den schwarzen Panther an die Tür geschleppt«, erklärte Hannah. »Er steht mit dem Gesicht zu dir. Ich habe mich ganz ausgezogen und reite jetzt auf ihm wie auf einem Pferd.«

Das ist ein Scherz, dachte Leonard. Das ist das Vorspiel.

»Mein Schamhaar vermischt sich mit dem Fell auf seinem Rücken. Das fühlt sich gut an.«

»Hannah«, begann Leonard. »Soll das ein Scherz sein?«

»Stell dir vor, wie sexy ich aussehe, Lenny, auf diesem steifen ausgestopften Panther, wo ein Mann mir ohne weiteres an meine perfekten nackten Titten fassen könnte.«

»Lass mich rein«, flehte Leonard.

»Ich bin auch nicht weiß«, plauderte Hannah weiter. »Wenn du geglaubt hast, ich bin weiß unter meinem BH und dem Slip, dann hast du dich geirrt, Sportsfreund. Ich bin am ganzen Körper gleichmäßig braun. Ich sonne mich nackt auf dem Dach.«

»Hannah.« Leonard bemühte sich trotz seiner Nacktheit um einen verbindlichen Ton. »Das ist das Vorspiel, nicht wahr?«

»Mitnichten. Das ist ein offenes Gespräch.«

Leonard schlug mit der Faust gegen die Tür. »Mach die verdammte Tür auf!«

»Lenny? Lenny.« Es klang ruhig, vernünftig. »Wenn du nicht nackt durch den Central Park nach Hause gehen willst, musst du deine fünf Sinne zusammennehmen und zuhören.«

Leonard stand auf und begann mit schlenkerndem Penis vor Hannahs Tür auf und ab zu wandern. Er sah die Tür finster an. Sobald sie aufging, und sei es nur einen Spalt, würde er hineinstürzen und Hannah besteigen.

»Lenny? Hast du jetzt deine fünf Sinne beisammen?«

»Hure!«, zischte Leonard.

Hannah schnalzte laut mit der Zunge. »Du brauchst offenbar noch einen Moment. Inzwischen wiege ich mich auf meinem Panther hin und her, und seine steifen Rückenmuskeln bringen meine nackten Lenden in Aufruhr.«

Leonard nahm seine Wanderung wieder auf. Er blickte den Flur hinauf und hinunter, um nach einem Teppich Ausschau zu halten, in den er sich hätte hüllen können, aber es gab keinen. Er sah auf die Uhr, das Einzige, was er noch am Leib trug. Es war fast Mitternacht. Am nächsten Morgen um halb neun hatte er eine Besprechung mit Joanna Krickmire, einer reichen, wichtigen Mandantin. Mrs. Krickmire, Generaldirektorin von Krickmire Stocks, ließ sich nach einundzwanzigjähriger Ehe von ihrem Mann scheiden und gedachte ihm keinen Penny zu zahlen. Sie hatte Spuck und Hardison gebeten, den Mann mit dem blutroten Muttermal für sie abzustellen, denn der Prozess würde hässlich und brutal werden und sie wünschte, angemessen vertreten zu sein.

»Mmmm.« Hannahs Stimme hatte ein sinnliches Timbre. »Mmm. Ooh.«

Leonard dachte an die Wege im Central Park. In einer warmen Sommernacht würde es dort nur so von Liebespaaren und Räubern wimmeln.

»Ja«, wimmerte Hannah. »Gut, ja.«

Leonard blieb vor der Tür stehen und legte das Ohr daran. Er hörte ein Schleifen und Kratzen wie von Krallen auf Linoleum.

»Hannah? Bist du wirklich dabei, dich selbst –«

»Mmm«, stöhnte Hannah. »Jetzt nicht, Lenny, ich hab zu tun.«

Wieder hörte Leonard das Kratzen. Er stellte sich Hannahs an den Panther gepresste Schenkel vor. Er klopfte an die Tür.

»Hannah«, flüsterte er. »Lass mich rein, Hannah. Lass mich … das machen. Bitte.«

Das Kratzen hörte auf. »Hast du jetzt deine fünf Sinne beisammen?«

»Ja.«

»Bist du noch angeschwollen? Erigiert, meine ich?«

Leonard wurde rot.

»Das ist nichts, wofür man sich schämen muss, Lenny. So was passiert eben, wenn ein Mann eine Frau im Fieber der Leidenschaft hört.«

»Ich würde dich lieber sehen als hören«, flüsterte Leonard. »Lass mich rein.«

»Nein.«

»Warum nicht?«

»Weil du unter den gegebenen Umständen ein offeneres Gespräch mit mir führen wirst. Es ist grausam, aber notwendig.«

»Ich kann doch auch drinnen ein offenes Gespräch mit dir führen.«

»Lenny.« Hannahs Stimme klang lasziv. »Denk mal an die Demütigung, die ich dir zufüge. Wenn ich aufmachen würde und du würdest mich nackt sehen, würdest du dann ein Gespräch mit mir führen oder mich vögeln?«

Leonard betrachtete die Öllampen im Flur und überlegte, ob er sie ausblasen sollte. »Ich würde vielleicht versuchen … den Abend zum Höhepunkt zu bringen.«

Hannah kicherte. »A-ha.«

Leonards Miene verfinsterte sich. Sein Penis pochte. »Ich würde dich vögeln. Und wie.«

Er hörte ein Händeklatschen.

»Bravo«, lachte Hannah. »Übrigens, wahrscheinlich denkst du daran, die Lampen auszublasen, um deine Nacktheit zu verhüllen. Ich warne dich dringend: Blas sie nicht aus. Wenn du's tust, kommt Sender, der Portier, und das wirst du ja wohl nicht wollen.«

Leonards Miene verfinsterte sich von neuem, aber er blieb sitzen, die Arme auf den Knien gekreuzt. Er hatte von den Gerüchten um den Portier des Preemption gehört.

»Und«, sagte Hannah, »versuch auch nicht den Aufzug zu holen. Der ist von zwölf bis eins außer Betrieb.«

»Was willst du eigentlich?«, fragte Leonard.

»Was meine Forderungen sind, meinst du. Bei einer Geiselnahme erwartet man Forderungen.«

»Ich bin nicht deine Geisel. Ich könnte jederzeit aufstehen und gehen.«

Hannah lachte wieder. »Lenny, Lenny, Lenny.«

Leonard schloss die Augen. Er hatte nicht die Kraft, gegen Straßenräuber zu kämpfen. Unter der Tür durch roch er Hannahs Parfüm.

»Okay«, murrte er. »Dann bin ich eben deine Geisel.«

Drinnen ritt Hannah tatsächlich nackt auf dem schwarzen Panther. Das Tier zwischen ihren Beinen verschaffte ihr tatsächlich Lust. Was sie aber noch mehr erregte, was nicht nur ihren Schoß, sondern auch ihren Kopf kribbeln ließ, das war das Tier, das sie draußen gefangen hielt.

»Ich möchte Informationen weitergeben«, sagte sie. »Ich möchte Fragen stellen.«

Leonards Erektion war abgeklungen. Jetzt musste er auf die Toilette.

»Als Erstes möchte ich dir etwas Interessantes mitteilen. Mein Vater, Gerhard Glorybrook, hat die beiden Tiere, die Harpyie und den Panther, auf Großwildsafaris erlegt.«

»Faszinierend«, seufzte Leonard.

»Nicht, wie du denkst. Das Faszinierende daran ist Folgendes: In beiden Fällen hatte er es gar nicht auf diese Tiere abgesehen. Als er den Panther getötet hat, war er auf Löwenjagd in Afrika, als er die Harpyie erlegt hat, auf Krokodiljagd am Amazonas.«

Leonard kam der Gedanke, dass Hannah möglicherweise ein Rätsel für ihn vorbereitete und dass sie ihm gehören würde, wenn er es löste. »Soll ich jetzt fragen, warum dein Vater sich's anders überlegt hat?«

Wieder klatschte Hannah in die Hände. »Gute Schlussfolgerung, Lenny.«

Leonard tat der Hintern weh, doch zwischen seinen Beinen erwachte neue Hoffnung.

»Die Sache ist die, Lenny. Mein Vater, Gerhard Glorybrook, hat es sich gar nicht anders überlegt. Er war hinter Löwen beziehungsweise Krokodilen her, als der Panther und die Harpyie ihn angegriffen haben. Was sagst du dazu?«

Leonard versuchte zu verstehen. »Also hat er den Panther und die Harpyie in Notwehr getötet?«

»Genau!«, rief Hannah.

Leonard sprang auf. »Hat das was zu bedeuten? Ist das die Moral von der Geschicht?«

»Ja!«, schrie Hannah.

Leonard lächelte, atemlos. »Machst du jetzt auf?«

»Nein, verdammt.« Hannah räusperte sich. »Wir fangen doch erst an, ein Gespräch zu führen.«

Leonard fluchte leise. Er setzte sich wieder auf den Boden.

»Lenny?«

Er antwortete nicht. Er erwog, an Hannahs Tür zu urinieren.

»Lenny? Hallo! Ist da irgendwo ein nackter Anwalt im Haus?«

»Was ist?«, fragte Leonard resigniert.

»Ich würde dir gern eine Frage stellen.«

Leonard hörte, wie der Panther näher an die Tür gerückt wurde.

»Ich und meine Nacktheit, wir sind jetzt nur noch einen halben Meter von dir entfernt, Lenny.«

»Ich muss auf die Toilette«, sagte Leonard.

»Verkneif's dir, Sportsfreund. Und jetzt meine Frage. Weißt du, in welcher Branche mein Vater tätig ist?«

Leonard betrachtete die Lampen an den Wänden. Er überlegte, ob er nicht, statt sie auszublasen, das Öl in den Flur schütten und ein Inferno entfesseln sollte. Nackte Ehemänner und Ehefrauen würden aus ihren Wohnungen gerannt kommen, und er würde nicht mehr allein sein.

»Möchtest du's vielleicht riskieren, einmal zu raten?«

Leonard seufzte. »Er ist Metzger. Er verkauft Pantherfleisch.«

Hannah lachte. »Sarkasmus. Billiger Sarkasmus. Ich wusste doch, Alison kann dich nicht ohne Grund rangelassen haben.«

Leonard holte tief Luft.

»Ja, ja, Lenny. Ich weiß von deinen Nümmerchen. Und ich weiß auch, dass Miss Shippers in dich verliebt ist und dass sie dir piepegal ist.«

Die Tür der Wohnung nebenan ging auf. Ein Mann in Bluejeans trat heraus.

»Uh«, quiekte Leonard. Er legte eine Hand auf sein Geschlecht, die andere auf sein Muttermal. Sein Gesicht pulsierte.

Der Mann gähnte und schaute den Flur hinauf und hinunter. Als er Leonard sah, lachte er.

»Nicht schon wieder.« Der Mann schüttelte den Kopf.

Leonard blieb sitzen, hämmerte aber von neuem gegen die Tür. »Um Gottes willen, Hannah, lass mich rein! Da ist ein Mann.«

»Onkel Walter?«, rief Hannah.

Der Mann zwinkerte Leonard zu. »Hallo, Liebes«, rief er.

»Das ist mein Onkel Walter, Lenny«, erklärte Hannah. »Er wohnt nebenan.«

»Du lieber Himmel«, sagte Leonard.

»Bis später«, gähnte Walter. Er zog seine Jeans hoch, ging wieder hinein und machte die Tür zu.

Leonard schloss die Augen. »Hannah, bitte lass mich rein. Es tut mir Leid, wenn ich was falsch gemacht habe und du mich deswegen nicht leiden kannst, aber bitte lass mich rein. Dann zieh ich mich an und gehe.«

»Walter ist Hotdogverkäufer«, sagte Hannah. »Er hat mir die Wohnung hier supergünstig verschafft.«

Leonard hielt die Augen geschlossen. Inzwischen war ihm klar, dass er keine Gnade zu erwarten hatte. Er fragte sich, ob Hannah alle Männer so behandelte, oder ob sich ihr Zorn nur gegen muttermalgesichtige Ungeheuer richtete. Leonard beobachtete die paprikaroten Funken hinter seinen Augen und versuchte den Frauenduft zu ignorieren, der ihm unter der Tür durch in die Nase stieg.

»Was hat dein Onkel denn mit ›Nicht schon wieder‹ gemeint, Hannah?«

»Kommen wir auf meinen Vater zurück. Dreimal darfst du raten, womit er sein Geld verdient. Wenn du's errätst, kannst du reinkommen und mich vögeln.«

»Ja, ja.«

»Ich mein's ernst. Großes Tittenehrenwort.«

Leonards Blut geriet in Wallung. »Wirklich?«

»Ja. Aber du errätst es nie.«

Leonard kreuzte wie ein Guru die Beine und dachte angestrengt nach.

»Er ist Anwalt«, sagte er.

»O Gott, nein. Mein Vater ist doch kein Waschlappen.«

»Wie bitte?«

Hannah hustete. »Es ist kalt hier drin, von der Klimaanlage. Meine Brustwarzen werden hart. Kannst du dir vorstellen, wie hart sie werden, Lenny?«

Hinter Walter Glorybrooks Wohnungstür hörte man eine Frau kichern. Leonard sah sich um und dachte von neuem an Brandstiftung.

»Aber egal«, sagte Hannah. »Wo war ich stehen geblieben?«

Leonard verschränkte die Arme. »Anwälte sind Waschlappen?«

»Na, du bist jedenfalls einer.«

»Was du nicht sagst.«

»Vor Gericht sollst du ja ungeheuer mutig sein, aber mir spionierst du nach wie ein kleiner Junge.«

»Stimmt gar nicht.«

Hannah schnaubte. »Ich spür doch deine Augen, Lenny. Wie sie mir folgen, mir die Kleider vom Leib reißen.«

Leonard blickte finster drein. Im Film vollbrachten Männer das Unmögliche und brachen mit der Schulter verschlossene Türen auf.

»Du bist ein Waschlappen, Lenny. Weil du nicht den Mumm hast, mich anzusprechen, bumst du die arme Alison.«

Leonard dachte an Alisons Zehennägel, die sie lackiert hatte, um ihm zu gefallen. Er zuckte zusammen.

»Vielleicht gefällt's ihr ja.«

»Warum sprichst du mich nie an? Hältst du mich für ein blondes Dummchen?«

»Nein.«

»Ich hab bei der Aufnahmeprüfung fürs College tausendvierhundertfünfzig Punkte gemacht. Im Mündlichen siebenhundertfünfzig.«

Leonard seufzte. Mit etwas Glück würde er Joanna Krickmire morgen früh helfen, ihren Mann in ungefähr die gleiche Lage zu manövrieren, in der er selbst sich im Moment befand.

»Gratuliere«, sagte er.

»Meine Theorie ist, dass du unsicher bist, wegen deiner Narbe.«

Leonards Schultern versteiften sich. »Das ist keine Narbe. Das ist ein Muttermal.«

»Du siehst aus wie Frankensteins Monster«, sagte Hannah, »und du fühlst dich mies deswegen.«

Leonard war schockiert. Aus Gründen der politischen Korrektheit hatte ihn seit der Highschool niemand mehr wegen des Muttermals direkt beleidigt.

»Miss Glorybrook«, begann er, »es kränkt mich zutiefst, dass –«

»Ach, halt die Klappe. Warum schlägst du nicht Kapital aus deiner Entstellung? Du weißt schon, das verkannte Monster. Frauen mögen so was. Probieren wir's mal, Lenny.«

Leonard dachte an Hannahs Titten, ihre Hüften, ihre Knie, die den Panther umspannten. Er setzte sich anders hin, damit sein Penis nicht den Boden berührte.

»Was probieren?«

»Wir sind in einer Bar. Ich bin die schärfste Mieze weit und breit. Du hast dich gerade zu mir gestellt. Ich fang an.« Hannah gab einen überraschten Laut von sich. »Huuuu, was ist denn mit Ihrem Gesicht passiert?« Ihr Tonfall hatte jetzt etwas Dramatisches, betont Schulmädchenhaftes.

Leonards Hand flog an seine Schläfe. »Das ist ein Muttermal.«

»Nicht so.« Es klang wütend. »Cleverer, Lenny. Wenn du eine Frau aufreißen willst, musst du's cleverer anfangen. Du musst die richtigen Sachen sagen. Und nimm die Hand von der Stirn.«

Leonard drehte sich um, starrte auf die Tür. Er hatte Hannahs Duft in der Nase. Das hat nichts mit Magie zu tun, sagte er sich. Und doch hatte sie irgendwie gewusst, hatte gespürt, was er tat.

»Huuuu!«, wiederholte Hannah, »was ist denn mit Ihrem Gesicht passiert?«

Leonards Gedanken wirbelten durcheinander. »Motorradunfall.«

»Huuuu!«, säuselte Hannah. »Und wo ist das passiert?«

»In Pittsburgh.«

»Langweilig.« Hannah fiel in ihren normalen Tonfall zurück.

»In Irland.«

»Huuuu!«

»Die Straßen da sind so schmal. Jede Menge unübersichtliche Kurven.« Leonard hatte die Augen geschlossen. »Ich bin an der Küste entlang, nicht weit von den Kliffs, da hat mich ein Wohnmobil voll erwischt.«

»Das ist ja schrecklich!« Es klang fasziniert.

Leonard durchstreifte das Schwarze hinter seinen Augen. Das Lügen war erotisch.

»Ein Kind in dem Wohnmobil ist ums Leben gekommen«, phantasierte er.

»O nein!«

»Ein kleiner Junge, Seamus. Er war nicht angeschnallt.«

»O Gott!«

»Die haben da keine so strenge Gurtpflicht.«

»Langweilig«, sagte die normale Hannah. »Unwichtig.«

»Ich war auf seiner Beerdigung. In Kilkenny.«

»Wie lieb von Ihnen.«

»Die Familie war freundlich zu mir. Sie wussten, dass ich nicht schuld war. Seamus' kleine Schwester hat ein Trauerlied gesungen.«

»Armer kleiner Seamus.«

Leonard öffnete die Augen wieder. Ihm fiel nichts mehr ein.

»Siehst du, Lenny?«, sagte Hannah. »So einfach ist das.«

Leonard biss sich auf die Lippe. »Du findest also, ich bin gemein zu Alison?«

»Allerdings. Aber irgendwann wird sie schon merken, was für ein Tier du bist.«

»So, ein Tier bin ich?«

»Ja, sicher. Aber mach dir nichts draus, Lenny.« Hannahs Stimme war jetzt eine Oktave tiefer. »Das ist Sex. Animalisch, grausam und notwendig.«

Leonard hatte wieder eine Erektion. Er drehte sich um und kniete sich nah an die Tür.

»Und das hier«, flüsterte er. »Ist das auch Sex?«

»Ich hab's dir doch gesagt«, sagte Hannah ausweichend. »Nur wenn du errätst, was mein Vater macht.«

Leonards Gemüt verdüsterte sich. Er war frustriert und hatte das Geplänkel satt. Er dachte an Gollum und Rumpelstilzchen, an Ratespiele mit hohem Einsatz.

»Waffen«, stieß er hervor. »Dein Vater verkauft Waffen. Jagdwaffen.«

»Nein.« Hannah sog die Luft ein. Sie schien plötzlich erregt. »Oder warte mal. Moment mal. Im übertragenen Sinne schon.«

Leonard schlug gegen die Tür. Sein Herz hämmerte.

»Lass mich rein«, zischte er. »Ich hab gewonnen.«

»M-m. Du hast noch einen Versuch.« Hannahs Stimme klang aufgeregt, aber entschieden. »Du musst genau sagen, was mein Vater macht und verkauft. Es muss genau stimmen.«

Leonards Schwanz schmerzte. »Und du hältst dein Versprechen?«

Stille trat ein. Der Spaß war vorbei.

»Ja«, flüsterte Hannah. »Das tu ich. Aber du kommst nie drauf.«

Leonard erhob sich und begann wieder auf und ab zu gehen. Er wollte keinen Streit. Er wollte wissen, was Hannah dachte, ob sie Angst hatte, inwieweit sie sich überhaupt zu ihm hingezogen fühlte. Er war nackt, er befand sich in einer Notlage, und in dieser Nacht musste er eine unbekannte, furchtbare Übermacht besiegen. Er starrte auf die Tür.

»Du meinst es wirklich ernst?«, fragte er.

Hannah kicherte. »Monster, Monster an der Tür.«

Leonard wanderte auf und ab. Seine Begierde war grenzenlos, sein schlenkernder Penis lächerlich. Er dachte an Hannahs Kindheit, an rosa Zuckerguss und Eifersüchteleien, und er fragte sich, was ihr Vater getan haben mochte, um sie das alles heil überstehen zu lassen, sie zu dem zu machen, was sie heute war. Er strich sich übers Gesicht, spürte, wie die Nacht auf ihn einstürmte, sich zuspitzte.

»Los, Sportsfreund«, sagte Hannah. »Rate. Was verkauft er?«

Leonard Bunce blieb vor der Tür stehen. Etwas in Hannahs Tonfall ließ ihn aufhorchen, ein Hauch von boshafter Kühnheit. Aber er spürte auch noch etwas anderes, und zum ersten Mal in dieser Nacht blendete er alles andere aus und konzentrierte sich auf dieses eine: Hannahs Duft. Doch es war mehr als ein Duft. Es war Moschus, ein Angriff auf die Sinne. Es war die ganze Nacht um ihn herumgeschwebt, hatte ihn umgeben wie Honigdämpfe oder warme Glieder oder süßer Atem. Ihm wurde bewusst, dass Hannah diesen Duft immer an sich hatte, dass sie ihn auftrug, verströmte und wie ein Erbe an ihre Umgebung weitergab. Leonard stand still und atmete dieses Süße ein, das da – ob geschenkt oder nicht – zu ihm drang. Er begriff, dass der Moschus, das Element, das ihn umgab, etwas Konkretes, Teures war. Er sog sich damit voll, bis er sein Büro, seine Wohnung, das *Cherrywood's*, den Central Park, all die traurigen Orte, an denen er heute Nacht nicht enden wollte, vergaß. Sein Muttermal kribbelte wie ein sechster Sinn, eine schlummernde Gabe, die endlich erwachte. Triumphierend sog er die Luft ein.

»Parfüm«, sagte er.

Gespräche mit Otis

Am Ende eines Jahrhunderts lebte in der Stadt New York ein junger Mann namens James Branch. Er war schlank und ruhig, hatte schläfrige blaue Augen und gerade Zähne und wohnte im Preemption Building. James arbeitete an der Wall Street, als Buchhalter bei Harrow East, einer großen Investmentbank. Dort und auch anderswo sprach er tagsüber praktisch mit niemandem. Nachts aber redete er mit Otis, dem Aufzug im Preemption. Er redete nicht mit einem Fahrstuhlführer oder mit anderen Fahrgästen, die im Aufzug fuhren, er redete mit dem Aufzug selbst.

Schon als Kind hatte James guten Grund gehabt, in Gegenwart anderer zu schweigen. Er war als Einzelkind im Norden Minnesotas aufgewachsen, in einer Kleinstadt namens Morris, wo er täglich die Wahl zwischen zwei Alternativen gehabt hatte: Hockey oder Hausaufgaben. Gnadenlos schüchtern und mit einem schweren Stottern behaftet, hatte er sein Zimmer und seine Bücher der Gesellschaft Gleichaltriger vorgezogen. Seine ganze Kindheit hindurch hatte er einen privaten Sprecherzieher nach dem anderen gehabt – alles Männer, alles Amerikaner –, doch keinem war es gelungen, seine hoffnungslos blockierte Zunge zu lösen. Sie waren jeweils etwa ein halbes Jahr geblieben und dann wieder weggeschickt worden. James trauerte ihnen nicht nach. Auf der Highschool, als andere Jungen in Morris Bier, Sex und

Angeln studierten, saß James im Schneidersitz in seinem Zimmer auf dem Boden, wiegte sich hin und her, meisterte die Differenzialrechnung und lernte Steuergesetze auswendig, um seinem Vater bei der Steuererklärung helfen zu können.

James' Eltern wohnten in einer zugigen, baufälligen Villa, dem einstigen Landhaus eines reichen Industriellen aus Chicago. Als sie das Haus kauften, war es schon fast abbruchreif gewesen – schlecht isoliert und mit wenig vertrauenswürdigen Dielen –, aber James' Vater liebte es über alles, und wenn er zur Weihnachtszeit Kerzen in die Fenster stellte, wirkte es geradezu hochherrschaftlich. James selbst machte sich nicht viel aus Weihnachten und Festlichkeiten überhaupt. Doch den alten, aber noch funktionierenden Speiseaufzug, der mit Zwischenstationen in mehreren Räumen einschließlich James' Zimmer vom Dachboden bis zum Keller fuhr, liebte er. Der Aufzug – so groß, dass ein erwachsener Mann darin Platz hatte, und von innen zu bedienen – war ihm in seiner Kindheit Festung, Kuschelhöhle für ein Schläfchen und Versteck für gewagte Bücher. Als Heranwachsender, als sein Stottern ihn immer weiter von möglichen Freunden entfernte, benutzte er ihn gleichsam als Mönchszelle. Er nahm eine Laterne mit hinein, beförderte sich per Flaschenzug auf den Dachboden und hielt sich stundenlang darin auf. Beim Licht der Laterne saß er dann über seinen Mathematikbüchern, denn er liebte die Zahlen, auf die im Gegensatz zu den Menschen und seiner Zunge Verlass war und die ihm niemals grausame Streiche spielten. Manchmal schloss er auch die Augen und wiegte sich hin und her, atmete den Geruch der hölzernen Aufzugwände ein und sagte sich, dass er glücklich sei.

Mit vierzehn wurde James verpflichtet, sich dreimal wöchentlich mit einer jungen Frau namens Anamaria zu treffen. Sie war Sprachheiltherapeutin, und James' Eltern stellten sie wegen ihres, wie es hieß, geschickten Umgangs mit Introvertierten und ihrer klassischen lateinamerikanischen Schönheit ein. Mr. und Mrs.

Branch hofften, ihren Sohn in einem Aufwasch von seiner verwirrten Zunge, seiner Isolierung, was Mädchen anbelangte, und seiner Fixiertheit auf den klapprigen Speiseaufzug zu kurieren.

Bis zu einem gewissen Grad ging der Plan auf. Trotz ihrer venezolanischen Herkunft sprach Anamaria ein klares, schönes Englisch. Anders als James' männliche Lehrer, die ihre Stunden am Küchentisch oder im Wohnzimmer abgehalten hatten, ließ sie sich von James in sein Zimmer führen und schloss die Tür. Sie saß im Schneidersitz auf dem Boden, während James im Schneidersitz mehrere Meter von ihr entfernt in der offenen Tür des Speiseaufzugs hockte. Wenn Anamaria die Wörter in ihrem Mund abrundete oder sie von der Zunge rollen ließ, hörte James Spuren ihrer Kindheit heraus, die Mühen und Rückschläge, die sie beim Erlernen des Englischen durchgemacht hatte. Mit der Zeit fasste er Vertrauen zu den Lauten, die von ihren Lippen kamen. Er verließ den Speiseaufzug und setzte sich auf dem Boden seines Zimmers ihr gegenüber, sodass seine Knie ihre berührten.

Wie nicht anders zu erwarten, verliebte sich James in Anamaria. Sie trug weiße Blusen mit offenem Kragen und ein Halskettchen mit einem Kruzifix, und wenn sie sich vorbeugte, spürte James eine leise, versteckte Wärme, die von ihrem kohlschwarzen Haar aufstieg. Sprach er korrekt, freute sich Anamaria, lächelte, legte die Hand an seine Wange und sagte: »Ja, Señor James. Ja.«

Zum Kummer seiner Eltern redete James in der Öffentlichkeit nicht mehr als vorher. Er redete sogar weniger, nickte nur auf Fragen seiner Lehrer und beschränkte sich Verwandten gegenüber auf ein paar gemurmelte Silben. In seinem dritten Jahr auf der Highschool – dem dritten auch mit Anamaria – war sein Stottern fast besiegt, aber niemand wusste davon. James registrierte die mitleidigen Blicke der Erwachsenen, doch sie kümmerten ihn nicht. Sein Sprechen war ein Geheimnis, eine Kunst, eine verborgene Gabe, die er nur mit Anamaria teilen wollte. Er sah gut aus, und es gab Mädchen in der Schule, die sich gern mit seinen ruhigen blauen Augen zusammengetan hätten. Aber es waren einfache Mädchen, fand James, Mädchen, die aufgeregt kicherten, den Dialekt des Mittleren Westens sprachen und sich um ihre Figur sorgten. Anamaria war anders. Sie war eine Frau. Sie hatte wunderbar volle Hüften, eine gewisse Lässigkeit, was ihren Körper anbelangte, und in ihren Blicken und Worten lag etwas Dunkles, Ehrfurchtsvolles, das in James den Wunsch weckte, mit ihr zu reisen, in Städte weit weg von Minnesota, wo er und sie eine atemberaubende, hoffnungslose Romanze durchleben würden.

Nachts in seinem Zimmer, viele Stunden nachdem Anamaria ihren Unterricht beendet und das Haus verlassen hatte, stand James auf und kletterte in den Aufzug, schloss die Tür und blieb zwischen den Stockwerken des Hauses in der Schwebe. In dieser äußersten Abgeschiedenheit saß er im Schneidersitz da, schlang die Arme um sich, wiegte sich hin und her und stellte sich vor, Anamaria säße vor ihm. Dann öffnete er den Mund, und mit einer Geläufigkeit, die niemand ihm zugetraut hätte, redete er sich mit lauter Stimme seine geheimen Sehnsüchte von der Seele. Er flüsterte Anamaria auch Scherze oder Klatschgeschichten aus der Schule zu, oder er dankte ihr dafür, dass sie ihn von seinem Stottern befreit hatte. Meist aber sagte er seiner fiktiven Geliebten, wie viel ihm an ihr liege und dass der Klang ihrer Stimme und die Rundung ihrer Schulter ihm das Gefühl gäben, Klippen erklettern oder in flüssiger Lava schwimmen zu können.

»Ich könnte ja eine Arbeit annehmen«, flüsterte er. »Ich verstehe was von Zahlen. Ich könnte Geld für dich verdienen und dir alles kaufen, was du willst. Du könntest Flanellnachthemden haben, Reese's Erdnussbutter oder Brillanten oder Bier und Tamales.«

Auf dem Höhepunkt dieser Geständnisse sagte James zu Anamaria, dass er sie umschlingen wolle, nackt, sich mit ihr über die

Gipfel des Himalaja wälzen – den James' Geschichtslehrer, Mr. Fenwick, das Dach der Welt nannte –, sie von sich erfüllen und sich von ihr erfüllen lassen und so über die Maßen glücklich und erschöpft sein, dass keiner von ihnen je wieder zu sprechen bräuchte.

Eine Woche vor James' achtzehntem Geburtstag ereilte ihn die Tragödie. Eines Nachmittags verkündete Anamaria, dass sie nach Venezuela zurückkehren werde. Ramón, ein lange verschollener Freund, sei wieder aufgetaucht, er habe ihr einen Heiratsantrag gemacht, und sie werde zu ihm gehen. Sie liebte diesen Ramón. Glücklich und aufgeregt erzählte sie James, wie sehr sie sich darauf freue, bald Braut zu sein. Sie sprach von Liebe, tiefer, leidenschaftlicher Liebe und sagte, wenn das Feuer zwischen zwei Menschen auflodere, müsse man ihm folgen. Durch ihre Worte ermutigt und in dem verzweifelten Versuch, sie in Morris zu halten, gestand ihr James seine Liebe. Er atmete richtig, kämpfte gegen das Stottern an und erzählte ihr vom Himalaja und davon, was in seinem eigenen Innern aufloderte. Anamarias Lächeln erlosch. Sie legte die Hand an seine Wange, tätschelte sie, küsste ihn einmal fest auf die Stirn.

»O Señor James«, sagte sie. »Irgendwann wird es auch bei Ihnen soweit sein.«

Von diesem Tag an versteckte sich James Branch sieben Jahre lang in seinem Kopf. Er studierte an der Pratt School of Business in Manhattan Finanzwissenschaft und internationale Wirtschaftsbeziehungen und schloss mit *summa cum laude* ab. Harrow East engagierte ihn vom Fleck weg und zahlte ihm ein fürstliches Gehalt dafür, dass er das Geld der Firma vor Uncle Sam in Sicherheit brachte. Mit fünfundzwanzig war James ein Einsiedler von der Sorte, wie sie nur in New York City gedeiht. Zum Frühstück holte er sich morgens in einer nahe gelegenen Bodega Kaffee und Maismuffins. Er arbeitete Tag für Tag allein in seiner Nische, hielt den Kopf gesenkt und ließ das Mittagessen aus. Abends nahm er ein Taxi zum *Flat Michael's*, einem spartanisch eingerichteten Restaurant im East Village.

Für den Nachhauseweg zum Preemption benutzte James die U-Bahn. Aus dem Fenster sah er verschwiegene Orte vorbeihuschen, dunkle Betonhöhlen, Tore, die nirgendwohin führten. Streifte er andere Fahrgäste am Arm, konnte er ihren Knochenbau erahnen. Am besten aber gefiel ihm, dass er diesen Menschen gleichgültig war, dass sie nichts von ihm wussten. Die Männer im Wagen hatten den Tag über die Welt beherrscht und fuhren nun nach Hause. Sie trugen olivfarbene Anzüge und hatten grimmige Gesichter. Die einzige Ausnahme unter ihnen und ihrem brütenden Schweigen war ein Straßenmusikant namens Morality John, ein schlaksiges, schwarzäugiges Gespenst, das dieselben Strecken fuhr wie James und für Geld sang. James gab Morality John mindestens einmal in der Woche einen Fünfdollarschein.

Die Frauen in der U-Bahn trugen das ganze Jahr über schwarze Kleider, bunte Schals und Stiefel. Es waren Lektorinnen, befand James, Frauen, die sich mit dem menschlichen Charakter befassten. Er betrachtete diese Frauen gern und stellte sich die schönen Opalohrringe, die er in der Tasche trug wie andere einen Rosenkranz, an ihren Ohrläppchen vor. Ein seltsamer Juwelier hatte ihm die Ohrringe einst geschenkt, und wenn er sie in der Hand hielt, musste er an Aschenputtels Schuh denken oder daran, wie König Artus das Schwert Excalibur aus dem Amboss zieht. Mit anderen Worten, James wusste, dass es nur eine Frau gab, für die die Opale bestimmt waren, und er hielt scheuen, ruhigen Herzens nach ihr Ausschau.

Zu Hause im Preemption wohnte er mit Patrick Rigg zusammen, einem Starbroker bei Harrow East. Sie hatten sich auf einer Cocktailparty kennen gelernt, ihrem Einstand in der Firma, und zufällig hatten sie damals beide eine Wohnung gesucht. James hatte sich auf die Wohngemeinschaft eingelassen, um Geld zu sparen – das Preemption war alt, berühmt und teuer – und weil

Patrick, der von Frauen besessen war, ihn völlig in Ruhe ließ. Doch Patricks wegen hatte er angefangen, mit Otis, dem Aufzug, zu reden.

Das kam so. Gegen Ende seines Studiums, als er im Wohnheim schon ein Einzelzimmer hatte, war James eines Tages zu seiner alten Gewohnheit zurückgekehrt, nachts aufzustehen, sich auf den Boden zu setzen und sich hin und her zu wiegen. Vielleicht war es der Prüfungsstress, vielleicht die bedrohlich näher rückende Notwendigkeit, in Manhattan Geld zu verdienen – jedenfalls merkte er, dass er das Tröstliche dieses alten Rituals, seine bedingungslose Verlässlichkeit brauchte. Neu war nur, dass er zwar wie früher die Geheimnisse seines Herzens aussprach, dass aber keine fiktive Anamaria mehr erschien – oder besser gesagt, er ließ sie nicht erscheinen –, der er sich hätte anvertrauen können. Und es gab auch keinen Speisenaufzug mehr, der ihn in einen warmen, dunklen Schwebezustand entführte, ihn in den Ritzen des täglichen Lebens verharren ließ. Er versuchte mit Gott zu reden, kam sich dabei aber sentimental vor und schämte sich dafür. Schließlich sprach er leise und halbherzig mit sich selbst und war von seiner Zuhörerschaft tief enttäuscht.

Das alles änderte sich, nachdem er mit Patrick Rigg zusammengezogen war. Denn Patrick hatte eine seltsame Tageseinteilung und noch merkwürdigere nächtliche Gewohnheiten als James. Er kam um elf mit einer sensationell angezogenen Frau am Arm nach Hause, führte sie rasch in sein Zimmer und schloss die Tür. Manchmal lauschte James, horchte auf Sexgestöhn oder Gespräche. Aber er hörte nichts, und Patricks Tür blieb stets geschlossen. Nach etwa einer Stunde tauchte die Frau in Sweatpants, einem T-Shirt und mit einem Ausdruck tiefer Verwirrung oder aber tiefen Friedens wieder auf. Sie ging, und danach, um Mitternacht, füllte sich die Wohnung mit dubiosen Gestalten: Rausschmeißern in Muskelshirts, schlaksigen, grinsenden Männern mit Zip-Loc-Haschischpäckchen, hoch gewachsenen, aufgedonnerten Frauen. Es waren Bekannte von Patrick oder seine Trabanten, und sie blieben stundenlang, tranken Gin und Whisky und flüsterten in den Ecken. James wurde nicht schlau aus ihnen. Die Männer waren ein Haufen Exzentriker, die mit Drogen handelten und Fremdsprachen konnten. Die Frauen waren alle schön, aber auf eine unheimliche Art. Sie hatten Grübchen, Leberflecke oder Sommersprossen wie jede andere auch, doch sie beobachteten Patrick so intensiv oder hielten sich so dicht bei ihm, dass James sich fragte, ob sein Mitbewohner nicht ein Zuhälter oder ein Held sei. Eines Morgens hatte er sich vorgenommen, Patrick nach seinen Privatangelegenheiten zu fragen, doch an diesem Morgen hatte Patricks Tür einen Spalt offen gestanden, und Patrick hatte nackt an seinem Mansardenfenster gekauert, eine Pistole poliert und sie dann geladen. Dieser Anblick hatte genügt, um in James Umzugsgedanken aufkommen zu lassen. Aber irgendwie war nichts daraus geworden, vielleicht weil Patrick stets tadellos freundlich zu ihm war. Oft lud er ihn sogar ein, an dem dunklen Treiben seiner Partys teilzunehmen.

Doch James blieb in seinem Zimmer und schlief. Überkam ihn der Drang aufzustehen, sich auf dem Boden zu wiegen und Selbstgespräche zu führen, sah er sich dazu oft außer Stande. Nebenan ging es zwar selten laut zu, aber James spürte, was dort im Gange war. Die Bosheit der Männer – ihr leises Lachen – und der Duft der Frauen drangen durch seine Tür und störten seine Ruhe. So kam es, dass er die Gewohnheit annahm, die bald seine Nächte bestimmen sollte.

Es begann ganz normal, an einem Mittwoch. Um Mitternacht wachte James in seinem Bett auf, bereit, sich zu wiegen und ins Dunkel zu sprechen. Doch da er nebenan Gläserklirren und Gelächter hörte, beschloss er, das Preemption zu verlassen und einen Spaziergang zu machen. Er zog sich an, schlich sich aus seinem Zimmer, an der Party vorbei und aus der Wohnung. Draußen im Flur betrat er den Aufzug des Preemption, um in die Lobby hinunterzufahren und in die Stadt zu marschieren. Er fasste den Hebel und wollte ihn gerade zu dem Buchstaben L herunterdrücken, da hielt er inne. Vielleicht weil es so spät und still, vielleicht auch weil er allein war, stand er reglos da und betrachtete das Innere des Aufzugs. Er wohnte seit knapp vier Wochen im Preemption, war aber nie allein oder ruhig genug gewesen, um sich den Aufzug genauer anzusehen.

Es war ein wunderbarer Aufzug mit gedämpfter, festlicher Beleuchtung. Der Boden war mit einem rechteckigen kastanienbraunen Teppich belegt, dessen Dicke sich unter den Füßen genau richtig anfühlte. Die Metallteile waren aus Messing, die Wände aus feinem Mahagoni, und der Steuerungshebel sah aus wie der Fahrtregler eines eleganten Klippers. Stellte man ihn auf die gewünschte Etage, seufzte der Aufzug einmal leise, und dann schwebte man geschmeidig in Richtung Dach oder Erdboden. Neben dem Hebel steckte ein Metallschlüssel in der Aufzugwand. Er konnte nicht herausgezogen werden, auch von den hartnäckigsten Kinderhänden nicht, er konnte nur nach rechts oder links gedreht werden. Wurde er, wie es das Übliche war, nach rechts gedreht, glitt der Aufzug ruhig dahin. Drehte man ihn aber nach links, verstummte der Aufzug und kam sanft und unverzüglich, ohne Knirschen oder Alarmschrillen zum Stehen.

Alles an dem Aufzug zeugte von alter Handwerkskunst und Zierde, den Qualitäten eines anderen Zeitalters. Jetzt, da James es bedachte, fiel ihm ein, dass die Hausbewohner im Aufzug nie miteinander sprachen. Doch nicht aus Verlegenheit oder Schüchternheit schienen sie zu schweigen – James wusste, dass einige von ihnen Freunde oder Geschwister waren –, sondern aus einem unbewussten Respekt, den sie dem Preemption oder dem Aufzug selbst zollten.

Und der Aufzug hatte Respekt verdient. Es war der älteste noch in Betrieb befindliche Aufzug Manhattans. 1890 eingebaut, hatte man ihn niemals zu erneuern brauchen. Der Mechanismus, der ihn bewegte, war für die Ewigkeit gemacht, und der Einzige im Haus, der überhaupt wusste, wie man an das Innenleben des Aufzugs gelangte, war Sender, der Portier des Preemption. Vielleicht kannte auch Johann Rook, der derzeitige Eigentümer des Gebäudes, die Geheimnisse des Aufzugs, doch Johann Rook lebte im Ausland. Er war ein jovialer deutscher Arzt, der sich, wie es hieß, überwiegend in Paris, Ghana und den Regenwäldern Brasiliens aufhielt. Als Bewohner des Preemption konnte man sich glücklich schätzen, wenn man Dr. Rook auch nur einmal im Leben zu Gesicht bekam, und James Branch kannte ihn nur von dem Porträt in der Eingangshalle. Es zeigte einen streng dreinblickenden Herrn mit schlohweißem Haar, der halb im Schatten stand und einen schwarzen Smoking trug.

Den Einbau des Aufzugs hatte jedenfalls Elias Rook beaufsichtigt, Johanns Vorfahr und der erste Eigentümer des Preemption, und als James das Gehäuse betrachtete, in dem er schwebte, bedachte er Elias Rooks guten Geschmack mit einem beifälligen Nicken. Es gab weder Spiegel noch Bänke in dem Aufzug. Ein schwacher Holzduft hing in der Luft, aber es war ein solider, anheimelnder Geruch wie in einer Tischlerwerkstatt. Der Teppich wies weder Flecken noch Kaugummifossilien auf. Es war überhaupt nichts darauf, von einer Messingplakette mit dem Namen Otis vorn in der Mitte abgesehen.

James betrachtete die Plakette. Die Nachmittage und Abende seiner Kindheit kamen ihm in den Sinn, wenn er sich in seinem Speiseaufzug von der Welt zurückgezogen hatte. Als er um Mitternacht so dastand, auf die Plakette am Boden schaute und an die gemaserten Wände seines Kindheitsverstecks zurückdachte, hatte James Branch plötzlich eine seltsame Vision. Er stellte sich – oder sein Geist stellte sich für ihn – den Handwerker vor, der den Aufzug eingebaut hatte. Es war ein hoch gewachsener, kräftiger und schweigsamer Mann. Es war ein Mann aus einem anderen Jahrhundert, aber er hatte ein geduldiges Gesicht und trug ein blaues Arbeitshemd und dunkelblaue Hosen. Außerdem hatte er tiefbraune Augen und braunes Haar, und seine Ärmel waren bis über die Ellenbogen hochgekrempelt. Aus einer Laune heraus und in Ermangelung anders lautender Angaben entschied James, dass sein Name Otis gewesen sei.

Was er als Nächstes tat, war noch absonderlicher oder, an objektiven Maßstäben gemessen, vielleicht auch schlicht verrückt. Er betätigte den Hebel und fuhr abwärts, bis der Aufzug zwischen seinem – dem siebten – und dem Stockwerk darunter angelangt war. Dann drehte er den Messingschlüssel nach links, und der Aufzug blieb stehen. Von dieser Weltabgeschiedenheit beflügelt, setzte er sich im Schneidersitz in die Mitte des Teppichs, schloss die Augen und begann sich zu wiegen und zu sprechen.

»Hallo, Otis«, sagte er leise. »Ich heiße James Branch. Ich komme aus Morris, Minnesota, und ich habe heute Abend im *Flat Michael's* Eier gegessen.«

James verstummte. Seine Verrücktheit ging nicht soweit, dass er eine Antwort aus dem Dunkel erwartet hätte. Er wollte nur abwarten, was er selbst als Nächstes sagen würde.

»Ich führe die Bücher bei Harrow East«, erklärte er. »Ich arbeite dort mit einem gewissen Patrick Rigg zusammen. Wir wohnen auch in derselben Wohnung. Manchmal muss ich einfach weg von ihm. Deshalb bin ich hier, Otis.« James wiegte sich und flüsterte. »In der U-Bahn ist oft dieser Typ, Otis. Ein Straßensänger. Du weißt schon, ein Stadtstreicher mit Gitarre. Morality John nennt er sich. Er schaut mich immer an, wenn er seine Lieder singt. Ziemlich gute Lieder sind das, und ich glaube, er schreibt sie selbst.« James schaukelte und dachte nach. »Morality John ist mir unheimlich, aber ich gebe ihm trotzdem Geld.«

So ging es eine Stunde. Wäre es mitten am Tag oder am frühen Abend gewesen, hätten andere Leute den Aufzug gerufen, und James' Weltferne wäre zerronnen. Doch irgendwie hielt entweder die späte Stunde oder ein sechster Sinn die Bewohner des

Preemption fern. Um halb eins kam eine junge Frau namens Hannah Glorybrook in die Lobby gestürmt, mit einem gierigen Verehrer, der mit ihr ins Bett wollte. Doch Sender, der Portier, der stets zu wissen schien, was im Preemption vorging, winkte das Paar vom Aufzug fort und sagte, sie müssten die Treppe benutzen.

»Otis«, sagte James, »ich freue mich, dich kennen gelernt zu haben. Ich wohne gleich hier im siebten Stock. Ich komme bestimmt mal wieder.«

James öffnete die Augen, zwinkerte. Um ihn herum waren Holz und Messing und der warme Abdruck seines Körpers auf dem Teppich. Er errötete, stand auf und drehte den Messingschlüssel nach rechts. Er fuhr in den siebten Stock zurück und betrat leise die Wohnung. Auf dem Couchtisch im Wohnzimmer stand eine Frau namens Donna. Sie trug Hosen und eine Samtweste und sang einen Billie-Holiday-Song für Patrick und die anderen Männer. James eilte an ihr vorbei in sein Zimmer und schlüpfte unter die Decke. Er grinste und war ein wenig außer Atem, wie ein kleiner Junge, der etwas Verbotenes getan hat. Er hatte vergessen, Schuhe und Jeans auszuziehen, und so schlief er ein.

Nun hatte James Branch einen neuen Vertrauten: Otis, den Aufzug. Jede Nacht, um Mitternacht, schlich James sich in den Aufzug, brachte sich zwischen dem sechsten und dem siebten Stock in die Schwebe, öffnete den Mund und redete. Er sprach von seinen Nebenhöhlenproblemen, von den New York Knicks, von der erdrückenden Einsamkeit in seinem Innern und davon, wie gern er in die Cloisters ging.

»Da war heute eine Frau in der U-Bahn, Otis«, sagte er eines Nachts, »in einem getupften Kleid. Sie war mindestens vierzig. Das Kleid sah aus wie aus einem Comicstrip. Es war knallrot mit riesigen weißen Punkten, wie ein Kleinmädchenkleid, wie Little

Orphan Annie.« James hielt die Augen geschlossen und dachte daran zurück. »Die Frau war schön, Otis. Bis auf das Kleid war alles an ihr sehr erwachsen, ihre Jacke und ihre Schuhe, und sie hatte Falten im Gesicht und sah so traurig aus. Sie hatte Augen wie jemand, der völlig am Ende ist, aber sie war weder eine Prostituierte noch eine Fixerin, da bin ich mir sicher. Ich hätte gar nicht gemerkt, wie schön sie ist, wenn sie nicht dieses alberne Kleid angehabt hätte. Ich weiß« – James wiegte sich hin und her –, »ich weiß nicht mal, ob sie ohne das Kleid überhaupt so schön und traurig ausgesehen hätte. Verstehst du?« James machte eine Pause. »Ist das nicht komisch?«

Es spielte sich folgendermaßen ab: Manchmal blieb James, nachdem er den Schlüssel nach links gedreht hatte, nur zehn Minuten im Aufzug, in anderen Nächten eine ganze Stunde. Er erzählte Otis von seinen Eltern, von seinem Frust bei Harrow East, von »Never love another«, einem Lied, das Morality John in der U-Bahn sang und das für ihn, James, und Anamaria geschrieben zu sein schien. Er redete offen und sachlich mit Otis, so wie Frauen mit ihrem Tagebuch reden. Oft holte er die Opalohrringe hervor, die er stets bei sich trug. Er rieb sie zwischen Daumen und Zeigefinger, als wären es Kaninchenpfoten oder sonst irgendein Talisman. Ob ihm das alles half oder nicht, kümmerte ihn nicht. Er folgte einfach jede Nacht dem Impuls, mit Otis zu sprechen, so wie andere Alkohol trinken, pfundweise Schokolade verschlingen oder sich mit Rasierklingen die Pulsadern aufschneiden.

Im Laufe eines Jahres, von November bis November, nahm James' Gewohnheit feste Formen an. Er hütete seine nächtlichen Bekenntnisse und ihren Schauplatz wie ein Superheld sein Versteck. Sender, der Portier, warf ihm neugierige Blicke zu, hielt aber den Mund und sagte den Bewohnern des Preemption, ohne mit James darüber gesprochen zu haben, dass der Aufzug zwischen zwölf und eins außer Betrieb sei. Phillip, James' Chef, bemerkte einen neuen, radikal in sich gekehrten Ausdruck in den Augen seines ohnehin so asketischen Buchhalters. Aber er hatte James schon immer komisch gefunden und vermied es, sich mit ihm zu unterhalten. Nicht einmal Patrick Rigg wusste, wohin James sich jeden Abend davonschlich, so wenig wie James wusste, was sich zwischen Patrick und den Frauen in seinem Zimmer abspielte. Alles in allem waren James' Ritual und der geschützte Raum seines Denkens durch nichts bedroht – bis zum 21. Dezember 1999.

An diesem Abend startete Patrick seine von ihm so genannte Millenniumsorgie. Es sollte ein zehn Nächte währendes rauschendes Fest werden, dessen Hauptquartier Patricks und James' Wohnung war. Für einige der Abende hatte Patrick, der außergewöhnlich reich war, zudem seine Lieblingslokale in Manhattan gemietet. Am dreiundzwanzigsten sollte für hundert seiner Bekannten im *Duranigan's Restaurant* an der Madison Avenue ein Dinner stattfinden, am sechsundzwanzigsten im *Cherrywood's Lounge* eine Cocktail- und Geschichtenerzählernacht, am neunundzwanzigsten ein Abend im *Lucas Theater* und an Silvester eine Fete im *Minotaur's Nightclub.* Dazwischen sollte die Tür des Preemption all jenen unter Patricks Kumpanen und seinen *Femmes fatales* offen stehen, die sich in seiner und James' Wohnung treffen wollten. Durch Mundpropaganda oder vielleicht auch auf telepathischem Wege hatte Patrick diesen Männern und Frauen zehn Tage der besten Gesellschaft, des erlesensten Champagners und der köstlichsten fleischlichen Genüsse versprochen, die die Stadt zu bieten hatte.

Am einundzwanzigsten um elf Uhr abends kam Patrick aus seinem Zimmer und forderte James auf, sich mit ihm in die Küche zu setzen.

»Möchtest du ein Bier?«, fragte er.

»Eigentlich nicht«, sagte James.

»Nimm trotzdem eins.«

Patrick holte eine Flasche aus dem Kühlschrank und gab sie seinem Mitbewohner. Er selbst trank, was er immer trank, einen Old Fashioned mit Granddad-Whisky und zwei Löffeln Zucker. Er trug einen gut geschnittenen schwarzen Anzug, und er grinste, fand James, wie eine Hyäne hätte grinsen können.

»Die Sache ist die, Branch«, sagte Patrick. »Hier steigen größere Festivitäten, ab heute Abend.«

»Okay«, sagte James.

Patricks Miene verfinsterte sich. Er mochte es nicht, wenn man ihn unterbrach. »Und da möchte ich dich dabeihaben.«

James nickte unverbindlich.

»Ich möchte, dass du aufhörst zu grübeln. Ich möchte, dass du mit Miezen redest und Alkohol trinkst.«

James nahm einen Schluck von seinem Bier.

Patrick gab ihm vier Tickets, jedes ein wenig größer als eine Visitenkarte. Sie waren identisch, alle einfarbig schwarz mit dem Wort *Orgie* in silbern glänzender Kursivschrift auf der Vorderseite.

»Fürs *Duranigan's*, fürs *Cherrywood's,* fürs *Lucas* und fürs *Minotaur's*«, sagte er.

»Hm.« James steckte die Tickets ein.

»Die Dinger sind einiges wert, mein Freund.«

»Okay. Äh, danke.«

Patrick klopfte James väterlich auf die Schulter. »Die nächsten vierzehn Tage gehörst du zu meiner Crew. Klar? Du weißt, wie lange vierzehn Tage sind, Branchman?«

»Vierzehn Tage sind zwei Wochen«, seufzte James.

Patrick stieß sein unheimliches blechernes Lachen aus. »Stimmt«, sagte er.

Ein Rumms und ein Quietschen kamen aus Patricks Schlafzimmer. Das Quietschen hörte sich an wie von einer Sprungfeder.

»Was war das?«, fragte James.

»Nichts«, sagte Patrick.

Die Gäste kamen um Mitternacht. Es war ein normaler Dienstag und noch gar nicht Weihnachten, aber alle waren in Hochstimmung. Die meisten der Männer hatten sich wie Patrick in einen Anzug geworfen und kamen mit Old-Granddad-Flaschen für den Gastgeber hereingerauscht. James saß auf dem Sofa, noch mit demselben Bier wie vor einer Stunde, und schaute zu, wie sich die Mannschaft der nächsten zwei Wochen formierte. Da war Henry Shaker, der bei *FAO Schwartz* arbeitete und dessen Augenbrauen zu einer einzigen Riesenbraue zusammengewachsen waren. In einen weißen Schal gehüllt, den er partout nicht ablegen wollte, erschien Tony DiPreschetto, der erstaunlich pragmatische Cellist, und mit ihm kam Jeremy Jax, ein griesgrämiger Schauspieler. Neben James auf dem Sofa saßen zwei iranische Herren. Sie aßen Toblerone-Schokolade und wollten ihre Namen nicht verraten.

James registrierte, dass keiner von Patricks Bekannten in weiblicher Begleitung kam, ausgenommen ein Mann namens Checkers, der zu Checkers und Donna gehörte, einem berühmt-berüchtigten Paar. Aber es kamen jede Menge einzelne Frauen. Ein junges Kindermädchen aus München namens Eva beispielsweise und Crispin, eine Barfrau mit einer scharfen, schnabelartigen Nase. Marcy Conner, eine dunkelhäutige, ungewöhnlich große Bewohnerin des Preemption, trank den Champagner direkt aus der Flasche. Sarah Wolf, ein ruhiges jüdisches Mädchen, postierte sich neben dem Aquarium, und auch die schöne Hannah Glorybrook schaute herein. Hannah brauchte nur dazustehen, und schon wurden alle Frauen eifersüchtig, mit Ausnahme von Liza McMannus, die eine prachtvolle schwarze Haut und mit ihren achtundzwanzig Jahren schon drei Drehbücher an Paramount Pictures verkauft hatte.

Das einzige andere Paar außer Checkers und Donna waren die junge Nicole Bonner, ein Teenager aus dem Penthouse des Preemption, und der wesentlich ältere Mann an ihrem Arm. Eine Rocksängerin – eine Lokalberühmtheit namens Freida – rauchte eine Nelkenzigarette. Sie trug schwarze Stiefel und ein rot-weiß geringeltes Schlauchkleid, das wie eine Zuckerstange aussah, und sagte zu den iranischen Herren, die sich an sie heranmachten, sie möchten doch bitte so freundlich sein und sich verpissen. Der eigentliche Hit des Abends aber war Walter Glorybrook, ein stämmiger Hotdogverkäufer, der im sechsten Stock wohnte und Eisenhower, sein dressiertes Frettchen, mitgebracht hatte. Sowohl Walter als auch Eisenhower waren unverbesserliche Angeber, und es machte Walter einen Riesenspaß, das Frettchen Eierlikör aus einem Schnapsglas lecken und um die Knöchel der Rocksängerin herumtollen zu lassen.

»Pfeifen Sie das Vieh zurück!«, kreischte Freida, aber Walter tat es nicht, und alle lachten. Aus der Anlage säuselte Frank Sinatra.

»Spielen wir doch was«, sagte Nicole. »Scharaden.«

»Oder Mindfuck«, schlug Hannah vor.

»Oder Scrabble?«, fragte Marcy Conner. Marcy schrieb für die Zeitschrift *Powergirl* und liebte Wörter von ganzem Herzen.

»Machen wir einen drauf«, sagte Henry.

»Knallen wir uns einen in die Birne«, sagte Tony.

Eva runzelte die Stirn. »Machen wir was?«

Nicole schnippte mit den Fingern. »Wie wär's mit Twister?«

Die Iraner hoben ihre Gläser und zwinkerten Freida zu.

James Branch saß zwischen den aufgekratzten, lärmenden Gästen. Er wollte nicht gehen, um Patrick nicht zu kränken, aber er fühlte sich entschieden fehl am Platze, besonders, als Crispin, die Barfrau, und Walter Glorybrook anfingen, sich auf dem Couchtisch im Armdrücken zu messen. Noch mehr irritierte es ihn, als Sarah Wolf, die einen so schüchternen, angenehmen Eindruck gemacht hatte, drei von Patricks Goldfischen verschluckte, als Mutprobe. Als sich kurz darauf Crispin und Walter vom Armdrücken auf eine hitzige Debatte über Kryogenik verlegten, stand

James auf, um zu gehen. Er zwängte sich zwischen den Leuten in der Küche durch. Ein betrunkenes Mädchen fasste ihn am Arm.

»Wo ist der Whirlpool?«, überschrie sie die Musik.

James zeigte nirgendwohin und ging weiter. Er wollte durch die überfüllte Diele auf den Flur hinaus, zu Otis. Doch an der Tür zu Patricks Zimmer standen ihm Hannah Glorybrook, Freida und das deutsche Aupairmädchen im Weg. Sie grinsten und gackerten, und Hannah hielt das zappelnde Frettchen Eisenhower in den Händen. Freida öffnete Patricks Tür einen Spalt, und Hannah schob das Tier hinein.

»Hey!«, sagte James.

Die Frauen wirbelten herum. Freida schloss die Tür wieder.

»Was machen Sie denn da?«, fragte James.

Hannah zeigte ihm ihre Zähne. »Nichts«, sagte sie sanft.

Ein Quieken ertönte hinter Patricks Tür.

»In Patricks Zimmer darf niemand rein«, sagte James.

Freida verschränkte die Arme. Sie war groß, und ihr Haar lag sichelförmig über einem Auge.

»Und wer sind Sie?«, fragte sie.

»Patricks Mitbewohner.«

Die Frauen wichen zurück. Noch immer gackernd, mischten sie sich wieder unter die anderen Partygäste.

James biss sich auf die Lippe und schaute auf die geschlossene Tür. In kryogenischer Entfernung hörte er Patrick lachen, aber so viel er wusste, konnte ein Frettchen ein Schlafzimmer innerhalb von sechzig Sekunden kurz und klein nagen. Und so betrat er, zum ersten Mal überhaupt, Patricks Zimmer und machte die Tür hinter sich zu.

»Eisenhower?«, flüsterte er. Keine Lampe brannte, kein Schalter war an der Wand. »Eisenhower?«

Er hörte das Frettchen fiepen.

»Hierher, Eisenhower.« Er klopfte sich auf den Schenkel. »Komm hierher.«

»Patrick?«, ertönte eine Stimme. »Patrick, bist du's?«

James erstarrte. Es war eine menschliche, eine weibliche Stimme. Sie war mit ihm im gleichen Zimmer.

»Hallo?« Es klang beunruhigt.

»Ich bin nicht Patrick«, sagte James ins Dunkel. »Ich bin James. James Branch. Patricks Mitbewohner.«

»Ach so.« Die Stimme räusperte sich. »Na gut, Patricks Mitbewohner, könnten Sie bitte das Nagetier da von meinem Bauch runternehmen?«

James tat drei Schritte vorwärts. Seine Augen gewöhnten sich an die Dunkelheit, und im Mondlicht, das durchs Fenster kam, konnte er sehen, was auf Patricks Bett lag. Es war eine nackte junge Frau. Sie lag auf der Decke, alle viere von sich gestreckt, Fuß- und Handgelenke mit schwarzen Krawatten an den Bettpfosten festgebunden. Ihr honigfarbenes Haar hatte einen militärischen Bürstenschnitt, ihr Körper hatte Kurven, die Männer erfreuten und Frauen ärgerten, und auf ihrem nackten Oberkörper flitzte Eisenhower hin und her.

»Oh!« James sah zu Boden. Sein Gesicht glühte. »Hallo ... Tut mir Leid, wenn ich ... Äh ... Ich geh besser wieder.«

»Bitte nicht«, sagte die junge Frau. »Mir ist so langweilig.«

James konnte nicht widerstehen und blickte auf.

»Schon gut. Sie können mich ruhig anschauen. Das macht mir nichts aus, ich liege schon stundenlang so da. Nehmen Sie nur das Frettchen weg.«

James holte tief Luft. Er hatte praktisch keine Erfahrung mit nackten jungen Frauen. Er hatte nur einmal eine richtige Freundin gehabt, eine Kommilitonin namens Eleanor, mit der er einige schüchterne Male geschlafen hatte. Doch Eleanor hatte nie nackt vor ihm gestanden oder gelegen. Beim Sex hatte sie immer ein weites, kunstvoll gearbeitetes Nachthemd angehabt. Es war lila und bauschig gewesen wie das Gewand einer Hohepriesterin, und irgendwie hatte sich in James die Vorstellung festgesetzt,

Frauen bekämen solche Nachthemden auf der Highschool ausgehändigt, für ihr späteres Liebesleben.

»Komm, Eisenhower.« James schluckte schwer, trat an Patricks Bett und streckte vorsichtig die Hände aus. »Komm her, Eisenhower, raus mit dir.« Das Frettchen quiekte und versuchte davonzuhuschen, aber James erwischte es. Seine Finger streiften den nackten Brustkorb, sonst berührte er die junge Frau nicht. Er hielt das Frettchen hoch, damit sie es sehen konnte, als hätte sie es zur Welt gebracht.

Die junge Frau verdrehte die Augen. »Kleines Miststück. Also ehrlich, wer nennt denn ein Frettchen Eisenhower?«

»Walter Glorybrook«, sagte James. »Wohnung sechs F.«

»Das war eine rhetorische Frage.«

»Ach so.«

James versuchte, nicht auf die prachtvollen Schenkel zu starren. Sein Gesicht glühte noch immer.

Die junge Frau seufzte. »Schmeißen Sie's raus. Aber kommen Sie dann wieder und unterhalten Sie sich mit mir.«

»O-okay.«

James schaffte Eisenhower hinaus. Er schloss sorgfältig die Tür und wandte sich dann wieder dem Bett zu. Er hob eine blaue Flanelldecke vom Boden auf und breitete sie über die nackte Fremde. Sie reichte ihr von den Zehen bis zum Hals.

»Das ist nicht nötig«, sagte sie. »Ich bin zu alt, um noch schamhaft zu sein.«

James begann die Krawatte am linken Handgelenk des Mädchens aufzuknoten.

»Lassen Sie das lieber. Sonst wird er womöglich sauer. Ich heiße Rally.«

James ließ die Hände sinken. Er blinzelte auf die junge Frau hinab. »Sie meinen, Patrick wird womöglich sauer?«

Rally seufzte erneut. »Holen Sie sich doch einen Stuhl.«

James sah sich in dem dunklen Zimmer um. Er schaute aus

dem Fenster auf den mondbeschienenen Hudson und drehte sich zur Tür um. Dann nahm er all seinen Mut zusammen und tat wie geheißen. Er zog einen Stuhl heran. Er setzte sich.

»Das, äh«, sagte James, »das ist alles sehr merkwürdig.«

»Erzählen Sie mir was.«

»Sind Sie Patricks Freundin?«

»Ich weiß nicht, was ich bin.«

James betrachtete Rallys Hand- und Fußgelenke.

»Soll ich Sie wirklich nicht losbinden?«

»Nein.«

»Ist das … eine Strafe für irgendetwas?«

Rally zuckte die Schultern. Eine Weile sprach keiner von beiden.

»Ich kann mich nicht besonders gut mit Frauen unterhalten«, erklärte James.

»Keine Sorge. Im Moment könnten Sie das Alphabet hersagen, und ich fände es immer noch spannend.«

James schüttelte den Kopf. Er betrachtete Patricks Zimmer, in dem außer der gefesselten nackten Frau nichts Ungewöhnliches zu sehen war. Neben dem Bett lagen ein schwarzer BH und andere Spitzenwäsche auf dem Boden.

»Sehr seltsam«, sagte James.

»Sie klingen spanisch.« Zum ersten Mal lächelte Rally ihn an. »Sind Sie Spanier?«

»Nein. Ich, äh …« James rieb sich den Hals. »Ich hatte als Schüler eine Sprecherzieherin aus Venezuela. Sie hat mir geholfen, mein Stottern abzulegen, und ich habe ihren Akzent angenommen.«

»Tatsächlich? Wie hat sich das denn vorher angehört? Als Sie noch gestottert haben?«

James wurde wieder rot. Die Decke war dünn, und Rallys Hüften und Brustwarzen zeichneten sich darunter ab.

»Kommen Sie, sagen Sie's mir.«

»Okay.« James sprach ein paar Sätze wie früher.

»Wow! Das war ja richtig schlimm.«

»Ja.«

»Und jetzt ist es ganz weg?«

»Sieht so aus.«

»Und ich bin splitternackt.« Rally schaute nach links und rechts. »Ich dachte, in Patricks Zimmer darf keiner rein. Was suchen Sie hier überhaupt, James Branch?«

»Eisenhower. Ein paar Mädchen haben ihn hier reingesetzt, und ich dachte, er könnte ... Sachen kaputtbeißen.«

»Was für Mädchen?«

»Hannah und Eva. Und eine, die wie eine Zuckerstange aussieht.«

»Gänse«, sagte Rally verächtlich.

Wieder trat eine Pause ein. James dachte an Eleanor, die sich nach dem Sex immer sofort hatte anziehen und Rommee spielen wollen.

»Und was machen Sie so, James?«

James gab keine Antwort. Sein Geschlecht war bereits einmal an- und wieder abgeschwollen. Er sah aus dem Fenster, fixierte den Fluss.

»Hören Sie«, sagte er. »Ich sollte Sie doch besser losbinden. Ist das nicht ... unbequem?«

»Nein«, fuhr Rally ihn an. »Dass ich hier gefesselt liege, geht Sie nichts an.«

»Tut mir Leid.«

Rally hatte den Kopf gedreht, sodass er auf der Seite lag, das Gesicht James zugewandt.

»Schon gut«, sagte sie. »Mich geht es anscheinend auch nichts an. Er sagt mir nie, warum er das macht.«

»Das ist also nicht das erste Mal?«

»Neugierig sind Sie ja gar nicht.«

James ertappte sich dabei, dass er fast gelacht hätte. Er verschluckte das Lachen.

»Soll ich rausgehen?«, fragte er.

»Sie sollen sich mit mir unterhalten. Erzählen Sie mir, was Sie so machen.«

James betrachtete Rally. Sie hatte hohe, gerundete Wangenknochen und ein fein gezeichnetes Kinn. Die Farbe ihrer Augen konnte er nicht erkennen, aber er spürte, dass Kraft in ihnen lag, eine Direktheit und Intensität, die zur Form ihrer Wangen passte. Ohne zu wissen, wie, erriet er auch, dass der kurze Haarschnitt für die junge Frau ungewohnt war. Ihr Gesicht war zwar hübsch, wirkte aber erschrocken, als sei es so nackt wie ihr Körper und nicht gewöhnt, ganz entblößt zu sein.

»Hallo? Erde an James?«

James zwinkerte. »Ja. Verzeihung. Äh … Ich bin Buchhalter bei Harrow East.«

»Ein Zahlenmensch.« Rally nickte. »Dann wohnen *und* arbeiten Sie also mit Patrick zusammen. Da müssen Sie ihn ja sehr gut kennen.«

»Ich kenne ihn überhaupt nicht.«

»Aber Sie feiern doch mit ihm. Heute Abend feiern Sie mit ihm.«

»Nicht direkt. Ich wollte eigentlich … gerade weg.« James trug ein schlabbriges Flanellhemd und Jeans. Er ließ seine Arm- und Wadenmuskeln unter dem Stoff spielen und stellte sich vor, wie es sein musste, wenn diese Muskeln so wie Rallys eingeengt und festgezurrt waren. Sein Blick wanderte erneut über die verhüllte Frau.

Rally folgte seinen Augen. «Hab ich nicht einen schönen Körper?«

James zog den Kopf ein. »Verzeihung.«

»Stimmt's nicht?«

James nickte, ohne den Blick abzuwenden.

»Patrick will, dass ich meinen Körper anschaue. Er will, dass ich nackt vor seinem Spiegel stehe und meinen Körper anschaue.«

James saß ganz still. Noch nie hatte er eine Frau so reden gehört. Er verstand nicht, warum sie ihn nicht hinausgeschickt hatte.

»Ich soll begreifen, dass ich sexy bin, glaube ich. Na gut, ich bin sexy. Stimmt's?«

James inspizierte die Nagelhaut an seinen Fingern. »Ich geh jetzt besser.«

»Moment noch. Wenn ich sexy bin, und er lässt mich nackt und hilflos hier liegen, während er da draußen mit anderen Frauen flirtet, ist das dann so was wie ein Mega-Antörner?«

»Ich –«

»Ist das so ein Männerding?«

James betrachtete die Füße der jungen Frau, die unter der Decke hervorsahen. Sie waren schlank und zierlich. »Ich weiß nicht. Ich hab noch nie … jemanden gefesselt.«

»Und könnten Sie sich's vorstellen?« Rally bewegte die Schultern, stützte den Kopf auf ein Kissen. Sie sah James an, als wären sie Studienkollegen, als hätten sie ein Referat zu schreiben. »Könnten Sie sich vorstellen, dass Sie's mal probieren und dass Ihre Libido dann verrückt spielt? Sie wissen schon, Ihr Sexualtrieb.«

»Das ist wirklich sehr merkwürdig«, sagte James leise.

»Ach, lassen Sie das doch.«

»Aber … Ich kenne Sie doch gar nicht.«

Rally verdrehte die Augen. »Ich heiße Rally McWilliams, ich bin einunddreißig, ich bin Reisejournalistin, ich geh oft ins *Minotaur's*. Zufrieden?«

»Reisejournalistin?« James straffte sich ein wenig. »Tatsächlich?«

»O Gott«, seufzte Rally.

»Tut mir Leid, ich …« James verstummte. Er dachte an Venezuela, an das Essen, das Anamaria für ihren Mann kochen mochte. Er sah der jungen Frau gerade in die Augen.

»Das muss ein schönes Leben sein«, sagte er.

Rally öffnete den Mund, als wollte sie eine Beschwerde loswerden, doch dann hielt sie inne. Endlich nahm sie die Person wahr, die da neben ihr saß, den schlanken jungen Mann, seinen nachlässigen Haarschnitt, seine ausgebeulten Jeans. Er saß ganz still da, die Hände im Schoß fast gefaltet, und auf seinem Gesicht im Mondlicht lag ein ganz bezaubernd kummervoller Ausdruck. Rally neigte den Kopf und betrachtete ihren Besucher genauer.

»Haben wir uns nicht schon mal gesehen?«, fragte sie.

»Ich glaube nicht.«

»Sie haben so einen süßen Ausdruck um die Augen. Irgendwie schläfrig. Wissen Sie das?«

»Hm«, machte James. »Äh … Danke.«

Rally lachte. »Ich bring Sie ganz durcheinander, was?«

»Ich … Ich kann mich nur nicht besonders gut mit Frauen unterhalten.«

»Das haben Sie schon gesagt.«

»Verzeihung.«

Sie schauten sich an, sahen einander gerade in die Augen. Patricks Fenster war einen Spalt geöffnet, und in der Ferne hörte man Leute, Betrunkene vielleicht, von Weihnachten in der Stadt singen. Der Dachvorsprung vor dem Fenster war mit Schnee überstäubt.

»Hey«, sagte Rally, »wie alt sind Sie?«

»Sechsundzwanzig.«

»Warum interessieren Sie sich so für meine Schreiberei? Sind Sie ein großer Reisender, James Branch?«

James' Kniescheiben in seinen Jeans waren feucht. Er wusste nicht, warum er schwitzte, es sei denn, weil die kurzen Haare der jungen Frau auf dem Kissen so klar und schön aussahen.

»Das wär ich mal gern gewesen«, sagte er.

«Ja? Wo wären Sie denn gern hingefahren? Vielleicht war ich da schon mal.«

»Bestimmt nicht.«

»Vielleicht doch.«

»In den Himalaja«, sagte James.

Rally lächelte. »Aufs Dach der Welt.«

James' Kinn fiel ein paar Millimeter herab. Er fasste sich wieder und wollte Rally gerade anlächeln, da ging die Tür auf.

»Oh!« James sprang auf.

Jemand taumelte ins Zimmer. In dem Lichtstreifen, der aus dem Flur hereinfiel, drehte der Eindringling eine Pirouette. Es war Crispin, die Barfrau.

»Woisn hiers Klo?«, fragte sie. »Isses hier?«

Sie begann ihre Gürtelschnalle zu öffnen. Rally kicherte. James trat rasch zu Crispin und fasste sie unter den Armen. Er zog sie in den Flur hinaus und machte die Tür hinter sich zu.

»Hey, Mann.« Crispin stützte sich schwer auf ihn, immer noch mit ihrem Gürtel beschäftigt.

»Lassen Sie die Hose an«, sagte James.

»Woisn hiers Klo, Mann?«

James zog das Mädchen zur Badezimmertür.

»Was ist hier los?« Plötzlich stand Patrick neben James.

»Muss mal die Blase leern«, sagte Crispin.

Sie fiel ins Badezimmer. Patrick lachte leise.

»Sie hat sich verlaufen«, keuchte James. »Ist hier herumgeirrt.«

Patrick lächelte dünn. »Und, amüsierst du dich?«

James spähte über Patricks Schulter in die Küche, wo Henry Shaker in ein Handy lachte und Checkers und Donna aneinander klebten. Er warf auch einen Blick auf Patricks linke Brusttasche, in der Patrick – James war sich da ziemlich sicher – seine Pistole hatte.

»Ich –«, sagte er. »Klar. Ja. Tu ich.« Sein Gesicht war rot und pochte.

Henry lachte schallend ins Telefon und winkte Patrick heran. »Rigg! Komm mal her, hör dir das an.«

Patrick bedachte James mit einem seltsamen Blick und tätschelte ihm dann die Wange. »Braver Junge«, sagte er.

Er ging zu Henry, sah sich aber noch einmal nach James um. Vor den Augen seines Mitbewohners wagte James nicht, zu Rally zurückzukehren. Noch immer etwas außer Atem, verließ er die Wohnung und eilte den Flur hinunter in den Aufzug. Er legte den Hebel um, drehte den Schlüssel und machte es sich auf dem Boden bequem.

»Otis«, flüsterte er, »du wirst es nicht glauben.«

James Branch war nie ein Frauenheld gewesen. Seine Eltern waren ihrem einzigen Kind kein großes Vorbild in Sachen Liebe gewesen. Nie hatten sie sich vor ihm geküsst oder umarmt, nie waren sie essen oder ins Kino gegangen, und er hatte nie so etwas wie schweres Atmen aus dem Schlafzimmer gehört. Einen Babysitter hatte er nur ein einziges Mal gehabt, als seine Eltern in einem Krankenhaus in Minneapolis übernachteten, wo seiner Mutter der Blinddarm entfernt wurde. Sein Vater hatte ihm nie ein Pornoheft zugesteckt – er hatte gar keines besessen –, und ihn nie beiseite genommen, um die körperlichen Vorzüge von Bo Derek, Kathleen Turner oder Lady Di mit ihm zu erörtern. Seine Mutter hatte ihn nie über die Gefahren des Sex oder über dessen Verlockungen und seine beherrschende Rolle in der amerikanischen Kultur aufgeklärt. Sie trug schlichte Kleider, machte Schmorbraten, interessierte sich für Footballtabellen. Alle sexuellen Turbulenzen und Stürme in James' Jugend hatten ihr Epizentrum in Anamaria gehabt, dem unerreichbaren Ideal, mit dem er nie das Gefummel einer richtigen Liebesbeziehung praktiziert hatte, in der es auch vorkommen kann, dass der andere Mundgeruch hat oder die Speisekarte französisch ist.

James hatte erst zwei konkrete Experimente mit dem anderen Geschlecht hinter sich. Das erste war eine Studentin auf dem College gewesen. Frustriert von seiner anhaltenden Sehnsucht nach Anamaria, war er eines Abends allein in eine Kneipe gegangen, hatte sich mit drei Gläsern Schlehenschnaps betrunken und sich schließlich an einen Müllcontainer gedrückt in einer Gasse wieder gefunden, wo er eine Studentin namens Clarice geküsst hatte. Der Kuss hatte ungefähr fünf Minuten gedauert, und Clarice hatte währenddessen mehrfach gegrunzt, ihm an die Hose gefasst und ihn aufgefordert, ihr die Zunge ins Ohr zu stecken. Nachdem er sich wiederholt geweigert hatte, dieser Aufforderung nachzukommen, hatte Clarice den Namen Jesu angerufen, ihm eine geknallt und sich davongemacht.

Nach Clarice hatte es nur noch Eleanor gegeben, die zwei Monate seines letzten Studienjahres mit ihren lila Gewändern und ihrem Rommee ausgefüllt hatte. Doch weder Clarice noch Eleanor hatten Freude, Hoffnung oder Furcht in seinem Herzen entzündet. Nie hatte er mit ihnen oder um sie gekämpft, nie mit ihnen getanzt, nie hatte er gelernt, Zeit mit ihnen zu vertrödeln, die Spitzen ihrer Wimpern zu küssen oder gewisse Dinge ungesagt zu lassen.

So war James unvorbereitet, als Rally McWilliams in sein Leben trat.

Zwei Abende später sah er sie wieder. Es war der dritte Abend der Orgie, und Patricks Clique sollte um neun im *Duranigan's* sein. Normalerweise hätte James sich entschuldigt, aber er wollte die Chance haben, Rally in Kleidern zu sehen, und so behielt er nach Feierabend seinen Anzug an. Eine Weile vertrieb er sich die Zeit damit, im Rockefeller Center Touristen und Eisläufer zu beobachten. An der Ecke Fifth Avenue und Fifty-first spielte Morality John vor einer kleinen Gruppe von Zuhörern Gitarre. Er sang dazu mit tiefer, weicher Stimme und sah James gerade in die Augen.

»Somehow all is falling into place«, sang Morality John, *»and love is yet awaiting me.«*

Um Viertel vor neun kam James ins *Duranigan's.* Das Restaurant war für die Feiertage prachtvoll dekoriert. Die Lobby im ersten Stock war ein Zaubergarten aus Stechpalmen, weißen und roten Rosen und einer schlicht geschmückten, riesigen Tanne. In einem Marmorbecken standen unter einem Glassturz zwei sechs Meter hohe himmlische Wesen aus Eis, deren Flügel ihre Heiligenscheine noch überragten. Ein blaues Kühlaggregat zu ihren Füßen hielt sie kalt und rein. Die Wendeltreppe zum zweiten Stock, den Patrick für seine Party gemietet hatte, war mit einem rubinroten Läufer ausgelegt. Sie endete an einer Eichentür, und davor stand eine hoch gewachsene, knochige Frau mit olivfarbener Haut, deren Aufgabe es war, die schwarz-silbernen Orgientickets einzusammeln. Sie hatte einen hochmütigen mediterranen Gesichtsausdruck und trug ein schwarz-silbernes Kleid, das genau zu den Tickets passte.

»Ja«, sagte sie, als James ihr sein Ticket gab, und öffnete, ohne zu lächeln, die Tür.

James ging hinein und wäre fast wieder zurückgetaumelt. Noch nie hatte er einen Raum gesehen, in dem alles so schön und üppig arrangiert war. Auf dem Boden lag ein quadratischer Teppich aus dem gleichen rubinroten Material wie der Läufer auf der Wendeltreppe. In einer Ecke am anderen Ende des Raumes loderte in einem riesigen Kamin ein prasselndes Feuer. Dort briet an einem Spieß das größte Tier, das James je in einem geschlossenen Raum gesehen hatte. An den steif abstehenden Beinen oder der goldenen Haut konnte er es nicht erkennen, aber er vermutete, dass es sich um ein riesiges importiertes Schwein handelte. Den Spieß drehte ein Mann in Kochuniform, die Hand in einem großen schwarzen Handschuh. Es sah aus, als flüsterte der Mann dem Schwein Drohungen zu, damit es nicht verkohlte oder austrocknete. Die Kurbel des Spießes beschrieb einen Kreis von über einem Meter Umfang. Sie ragte aus den Steinen der Kamineinfassung hervor und sah aus wie der Aufzugsmechanismus einer wunderschönen Weltuntergangsuhr.

In einer anderen Ecke saß Tony DiPreschetto im schwarzen Smoking und dem unvermeidlichen weißen Schal und spielte Cello. Zwei fahrbare Weinwagen, komplett mit Sommelier und mit allen großen Weinen aller großen Jahrgänge bestückt, standen an gegenüberliegenden Wänden des Raumes. Fünf Tische mit je zwanzig Gedecken – zehn auf jeder Seite – bildeten elegante lange Linien. Alles auf ihnen war aus Silber, aus Kristall oder essbar, mit Ausnahme der brennenden vanillefarbenen Kerzen, und auch sie hätten für James' verblüfftes Auge gedrehte, brennbare Marzipan- oder Toffeestäbe sein können.

Und dann waren da natürlich noch die Gäste. Die Männer, mit Ausnahme von Checkers und James selbst, trugen klassische schwarze Smokings. James konnte sich nicht entsinnen, dass Patrick etwas von Abendkleidung gesagt hätte, und auf dem Ticket hatte überhaupt nichts gestanden, doch diese Dutzende männlicher Wesen hatten sich aus einem urbanen Kollektivinstinkt heraus wohlweislich in Schale geworfen. Walter Glorybrook, diesmal ohne sein Frettchen, wirkte darin mannhaft und korrekt. Er und Henry Shaker, der sich offenbar die Augenbraue gestutzt hatte, saßen an der Bar und tranken Gimlets. Ebenfalls an der Bar saß für sich allein die dunkeläugige Marcy Conner. Sie hielt eine Champagnerflasche um den Hals gefasst und haderte mit ihrem Alleinsein. Die Iraner waren nicht da, dafür aber identisch aussehende Zwillinge aus Juneau – zwei Inuitmädchen namens Kessel und Pfeife –, deren Vater ein musikalischer Bilderstürmer war. Sie standen in der Nähe des Cellisten und lauschten seinem Spiel.

»Hallo.«

James drehte sich um. Es waren Nicole Bonner mit dem älteren Mann und Liza McMannus.

»Das ist Douglas Kerchek«, sagte Nicole.

James gab ihnen die Hand. Douglas hatte einen einfachen, zerknitterten Smoking an und einen verwirrten Ausdruck im Gesicht, als brächte ihn das Mädchen an seinem Arm aus der Fassung. Sein Anblick bewirkte, dass James sich besser fühlte.

»Ist das nicht schön?« Liza lächelte in die Runde.

»Das ist Rivendell«, sagte Douglas leise.

»Nein«, sagte Nicole, »das ist eben Patrick.«

An der Bar trank James einen Highball. Er ließ den Blick über die Menge schweifen. Die Aufmachung der Frauen bestürzte ihn nicht weniger als das Heer der Smokings. Patricks weibliche Gäste hatten die Gebote der Kleiderordnung an diesem Abend noch übertroffen. Ihre Kleider, fast ausnahmslos schwarz oder silbern, flossen auf vollendete Weise von ihren Schultern oder über ihre Hüften. Eva Baumgarten trug Pelz, Hannah Glorybrook Satin, und Sarah Wolf legte von Zeit zu Zeit ihre weiß behandschuhte Hand an die Wange, in der Hoffnung, jemand möge es bemerken. Es waren noch eine ganze Reihe anderer Frauen da, manche boshaft, andere nervös und freundlich, aber alle exquisit gekleidet. Es kam James vor, als wären ihnen ihre Kleider unter hohem planerischem und finanziellem Aufwand direkt auf Leib und Naturell geschneidert worden. Diese Frauen, so fand James, und auch der ganze Raum hatten etwas allzu Durchdachtes an sich, etwas allzu kalkuliert Glanzvolles, und er fragte sich, ob er irgendwie in Gefahr sei.

Da sah er Rally. Sie stand am Kamin und redete auf den Koch ein. Ihr burgunderrotes Kleid reichte ihr kaum bis zu den Knien. Sie trug schöne, schlichte Silberohrringe in Tropfenform, doch ihr kurz geschorenes Haar wirkte vor dem Feuerschein noch militärischer auf James als zuvor. Einen Moment lang stellte er sich vor, dass sie tatsächlich etwas mit dem Militär zu tun hatte, ihre Tage mit einem streng geheimen, körperlich anstrengenden Training verbrachte und heute glücklicherweise einen ihrer seltenen freien Abende hatte. Das Cello spielte einen Basston, und während er Rally betrachtete, dachte James an die Rundungen ihres Körpers, an den Anblick, den er genossen hatte. Nicht zum ersten Mal kamen ihm die Opale in seiner Jackentasche in den Sinn, und er stellte sich vor, wie sie vor dem Hintergrund von Rallys Haut das Licht einfangen würden. Er trank seinen Highball aus und ging, bereits errötend, zum Kamin.

»Äh…«, sagte er. »Hallo.«

Rally wandte sich von dem Koch ab. Ihre Hand berührte James' Arm.

»Sieh an, James Branch«, sagte sie.

James nickte stumm. Rally sah ihn lächelnd an, und er betete um ein Gesprächsthema. Schließlich deutete er mit dem Daumen auf den Kamin.

»Was ist das für ein Tier?«, stieß er hervor.

Die Miene des Kochs verfinsterte sich. »Ein Wildschwein.«

»Ah«, sagte James. »Ja. Hab ich mir gedacht.«

»Ein Wildschwein ist das«, wiederholte der Koch. »Und Sie sind auch eins, wenn Sie da noch fragen müssen.«

»Oh. Sehr gut.« James wiegte sich auf den Fersen hin und her. Er litt. »Ha, ha«, sagte er.

Rally zog kichernd die Nase kraus.

James wäre am liebsten im Erdboden versunken, doch Rally fasste ihn am Ellenbogen und führte ihn vom Kamin fort.

»Kein Smoking, James Branch?«

Die Röte war noch nicht aus James' Gesicht gewichen. »Nein.«

»Mutig, mutig.«

Rally führte ihn zu einem der Weinwagen, an dem niemand sonst stand.

»Sie sehen aus, als könnten Sie was zu trinken gebrauchen.«

James ließ sich ein Glas Frascati geben. Er warf einen verstohlen Blick auf Rallys Handgelenke, um zu sehen, ob die Fesseln Spuren hinterlassen hatten.

»Und?«, sagte Rally. »Sie waren ja nicht bei vielen von Patricks Feten.«

James straffte sich. »Falle ich so auf?«

»Unter Patricks Jungs aufzufallen ist was Gutes.« Rally musste gähnen und machte ein Lächeln daraus. »Sie sind anders«, sagte sie.

James schwieg. Freida und Crispin kamen Arm in Arm zur Tür herein. Walter und Henry Shaker verließen die Bar und steuerten auf die beiden zu.

»Wa-waren Sie denn nun im Himalaja?«, fragte James.

Rally schnalzte mit den Fingern. »Die Cloisters. Da hab ich Sie schon mal gesehen. In den Cloisters hab ich Sie mal gesehen.«

James schüttelte den Kopf. »Das wüsste ich.«

»Ich hatte damals lange Haare. Wir haben uns einen Wandteppich angeschaut. Mit einem Einhorn.«

James konnte nicht an die Cloisters denken. Er fragte sich, was passieren würde, wenn er Rallys Arm nehmen und seine Zähne hineingraben oder ihn vom Handgelenk bis zur Schulter hinauf küssen würde.

Rally trank von ihrem Wein. Danach glänzten ihre Lippen.

»Sie denken an neulich Abend, nicht wahr, James Branch? Sie denken daran, wie ich da ausgesehen habe.«

»Ich denke daran, wie Sie jetzt aussehen«, sagte James.

Rally zog die Brauen hoch. Sie wollte etwas sagen, etwas Munteres, Kokettes, doch dann besann sie sich und inspizierte nur James' Schultern, die breiter waren, als sie im Dunkeln in Patricks Zimmer vermutet hatte. Ihr Blick ließ sich auf James' Augen nieder, ihrem freundlichen Blau, der Bedächtigkeit darin. Sie zog die Luft ein.

»Wie ist der Wein?«

Rally und James fuhren zusammen. Ihr Gastgeber stand neben ihnen, lächelnd, eine Hand auf Rallys, eine auf James' Schulter.

»Patrick«, hauchte Rally. »Hallo.«

Patrick stand in seinem Smoking groß und gebieterisch da. Er küsste Rally auf die Wange. Dann küsste er James auf die Wange und ließ den Blick grinsend zwischen seinem Mitbewohner und der Frau hin und her wandern.

»Du siehst so strahlend aus«, sagte er zu Rally. »Sprühend. Zum Anbeißen.«

Rally entzog sich ihm. »Patrick!«

»Stimmt's nicht, Branch? Sieht sie nicht zum Fressen aus?«

»Patrick!«, schimpfte Rally.

»Stimmt's etwa nicht?«

James war an den Weinwagen zurückgewichen.

»D-doch«, sagte er. »Doch … sicher.«

Patrick schlug ihm auf die Schulter. »Unser Branch ist ein bisschen schüchtern mit Frauen.«

Rally trank ihr Glas aus. »Manche Frauen finden das sehr attraktiv.«

»Das glaub ich dir aufs Wort. Das glaub dir aufs Wort.« Patrick hatte aufgehört zu lachen, grinste aber noch sein Hyänengrinsen. »Rally ist Reisejournalistin, Branchman.«

James räusperte sich. »Ich –«

»Er weiß, was ich mache«, schaltete Rally sich ein. »Er hat mich gerade nach dem Himalaja gefragt. Ich hab gesagt, dass ich noch nie da war, aber gern mal hin würde.«

»Ah.« Patrick nickte mehrmals. »Hört sich an, als hätten James und Rally ein richtig gutes Gespräch. Hab ich Recht, Branch?«

»Ich nehm's an«, sagte James.

»Hast du gehört, Rallygirl? Er nimmt es an.«

»Ich kann ihn sehr gut hören«, flüsterte Rally.

»Okay.« Patrick streckte die Hand aus und nahm Rallys Ellenbogen zwischen Daumen und Zeigefinger. James glaubte sie zusammenzucken zu sehen.

»Miss McWilliams«, sagte Patrick, »Sie haben Ihren Wein ausgetrunken. Darf ich Sie zur Bar begleiten?«

Rally seufzte. »Patrick –«

»Ich würde gern ein Wort unter vier Augen mit Ihnen reden, Miss McWilliams.«

»Au – schon gut, Patrick. Schon gut.«

Patrick wandte sich James zu. »Ich freue mich, dass du gekommen bist«, sagte er gleichmütig. Dann führte er Rally zur Bar, und James blieb allein zurück.

»Ich weiß nicht, Otis«, flüsterte James. »Es ist schon komisch. Alle diese Männer und Frauen, die Patrick da zusammenbringt ... Die Männer sehen gut aus, und die Frauen sind schön, aber wenn sich ein Mann zu lange mit einer Frau unterhält, geht Patrick dazwischen wie ein Anstandswauwau. Nur dass er kein Anstandswauwau ist, sondern ein –«

James verstummte. Er wusste nicht, was sein Mitbewohner war, er hatte kein Wort dafür. Er wusste nur, dass die Autorität oder was auch immer Patrick ausstrahlte, ihn nervös machte. Deshalb wechselte er das Thema.

»Sie hat wunderschön ausgesehen, Otis. Sie hatte ein weinrotes Kleid an und silberne Ohrringe, und ihr Haar war ganz golden und borstig. Ich wär gern mit der Hand drübergefahren.« James wiegte sich mit geschlossenen Augen. »Wir haben nicht am selben Tisch gesessen. Sie saß neben Patrick, und ich war zwischen Liza McMannus und einem von Harrow East festgenagelt.«

James legte die Stirn in Falten. »Ich glaube nicht, dass Patrick in sie verliebt ist, Otis. Ja, genau. Ich glaube nicht, dass Patrick überhaupt in eine von den Frauen verliebt ist.«

Es war ein Uhr nachts. In den Wänden war ein Ticken zu hören, das von Zeit zu Zeit aussetzte. Das Geräusch gefiel James. Er stellte sich vor, es sei das Preemption, das seine Worte verdaute.

»Zu Essen gab's Wildschweinbraten und so einen komischen Portwein. Es war eine Art mittelalterliches Festgelage, nur dass Sarah Wolf kein Wildschwein essen wollte, weil es nicht koscher ist, und Liza ständig nach Gemüse verlangt hat, weil sie Veganerin ist. Ich kann mir nicht vorstellen, dass es im Mittelalter Veganer gegeben hat, Otis.«

James wiegte sich hin und her. Er atmete ein und aus und sog den schwachen Mahagoniduft ein, den er so mochte. Es war wärmer im Aufzug als sonst und nach dem kräftigen Wind draußen sehr behaglich.

»Ich glaub nicht, dass Rally ein Spitzname ist. Sie heißt einfach Rally, das ist ihr richtiger Name.«

James dachte daran, wie Patrick sie am Ellenbogen gefasst hatte, wie sie zusammengezuckt und dann mit ihm weggegangen war. Den ganzen Rest des Abends hatte sich keine Gelegenheit mehr ergeben, mit ihr allein zu sein oder auch nur mit ihr zu sprechen. Nach dem Essen hatte er sie sich schnappen wollen, doch als er gegen Mitternacht aus der Toilette kam, war sie verschwunden.

»Hoffentlich heißt sie einfach nur Rally«, flüsterte er.

Patrick bestand darauf, mit James zusammen im Taxi zum Geschichtenerzählerabend im *Cherrywood's* zu fahren. Es war der zweite Weihnachtstag, und James sah auf die schneebedeckten Bürgersteige hinaus, die so leer waren wie seit Wochen nicht mehr. Die Ruhe vor dem Sturm, dachte er. Silvester wird ein Hexenkessel.

James war im Smoking, um nicht wieder wie im *Duranigan's* einen zu salopp gekleideten Schandfleck abzugeben. Patrick trug einen schwarzen Mantel, einen schwarzen Blazer, ein schwarzes T-Shirt und Chinos.

»Die Sache ist die, Branchman.« Patrick saß wie in einem Flughafen-Zubringerbus mit dem Rücken an die Tür gelehnt. »Wir müssen etwas besprechen. Es betrifft eine junge Frau.«

James hielt die Luft an. Er weiß es, dachte er.

»Wir müssen über diese Freida sprechen.«

»Freida? Die Zuckerstangen-Freida? Die mit der komischen Frisur?« Zur Illustration fuhr sich James schräg über ein Auge.

Patrick wieherte und nickte.

»Was ist mit der?«

»Die steht total auf dich.« Patrick hatte die Arme verschränkt. Seine Augen waren wache grüne Schlitze.

James runzelte die Stirn. »Aber – aber die hat doch noch keine zwei Worte mit mir geredet.«

»Hör zu, Branchman. Freida ist Leadsängerin in einer Frauenband. Was weißt du von Leadsängerinnen und Frauenbands?«

»Nichts.«

»Also, ich würde sie als hochgradig vögelbare Individuen bezeichnen.«

James leckte sich die Lippen. Er war verwirrt.

»Hm?«

»Leadsängerinnen sind im Grunde ihres Herzens unheimlich sensibel und einfühlsam, verstehst du, weil sie normalerweise auch die Songs für die Band schreiben. Aber sie sind auch die Frontfrauen, also müssen sie ihre Show abziehen und sexy sein. Nimm das alles zusammen, und du hast ein hochgradig vögelbares Individuum namens Freida Wheeler, das mit dir in Clinch gehen will.«

James sah Patrick blinzelnd an. »In Clinch?«

»In Clinch. In die Kiste. Sie will mit dir ins Bett.«

Das Taxi hielt an einer Ampel in der Nähe des Lincoln Center. Nur ein paar Meter entfernt stand Morality John und spielte Gitarre. Das Fenster war einen Spalt geöffnet, sodass James hören konnte, was er sang.

»It's getting harder«, sang Morality John, *»making lovers out of strangers.«*

Die Ampel schaltete auf Grün, und das Taxi fuhr weiter.

»Patrick«, sagte James, »wovon redest du eigentlich?«

Patrick lächelte. »Frag nicht, Branch. Einem geschenkten Gaul schaut man nicht ins Maul. Ich hatte nur kürzlich mal ein kleines Gespräch mit Freida, da hat sie's mir gesteckt. Sensationell, was?« Patrick kicherte.

James betrachtete seinen Mitbewohner, sein aalglattes, anzügliches Grinsen. Irgendwie hatte sein Ton heute etwas Gekünsteltes, etwas von der leutseligen, treuherzigen Überheblichkeit, mit der ein Showmaster im Fernsehen seine Kandidaten behandelt.

»Wart's einfach ab, Branchman«, sagte Patrick. »Sie wird dich bestimmt gleich ansprechen. Wart's einfach ab.«

Als James und Patrick ins *Cherrywood's* kamen, war die Orgienelite bereits versammelt. Bekanntschaften waren geschlossen, stehende Witze etabliert, Geheimnisse preisgegeben worden. Jeder wusste inzwischen, dass Hannah Glorybrook im Sommer barfuß zur Arbeit ging, dass Crispin einmal in einer Wanne voll Wodka gebadet und Liza McMannus als Siebzehnjährige mit dem Hollywood-Muskelprotz Orlando Fisk geschlafen hatte. Alles lachte. Walter Glorybrook und Henry Shaker waren unzertrennlich, und alle außer James waren leger gekleidet.

Im *Cherrywood's* hatte das Geschichtenerzählen Tradition, und auf einer kleinen hölzernen Bühne zwischen zwei Bücherregalen stand ein Polstersessel, an dem ein kleines Mikrofon befestigt war. Auf Patricks Wunsch sollten die Gäste einer nach dem anderen dort Platz nehmen und eine Geschichte erzählen. Es musste entweder eine ganz reizende oder eine ganz schreckliche Geschichte sein, und wem nichts einfiel, der sollte sagen, was seiner Meinung nach das schlimmste oder das schönste Ereignis des zwanzigsten Jahrhunderts gewesen sei. Im Grunde war es genau die Sorte Spiel, die meistens schief geht und den Gastgeber nur in Verlegenheit bringt. Doch Patrick Rigg war kein Mensch, den man enttäuschte. Er ging unter seinen Gästen umher, und wenn er einem Mann auf die Schulter klopfte oder einer Frau ins Ohr flüsterte, stand der- oder diejenige auf, fuhr sich übers Haar oder strich sich das Kleid glatt, ging auf die Bühne und redete.

Checkers war der Erste.

»Das schönste Ereignis im zwanzigsten Jahrhundert«, sagte er, »ist meine Freundin Donna Reichard. Das war's.«

Die Zuhörer applaudierten, die Frauen seufzten, und Donna errötete. Die Nächsten waren Kessel und Pfeife. Sie zwängten sich nebeneinander in den Sessel, hielten sich an den Händen und sangen ein langes, düsteres Lied in ihrer Muttersprache. Danach nannte Douglas Kerchek den Titel seines Lieblingsbuches, und Jeremy Jax erzählte einen Witz, über den zu seiner Überraschung und fast tränennassen Freude gelacht wurde.

Während all dieser Darbietungen saß James an der Bar und trank in kleinen Schlucken eine Cola, um seinen Magen zu beruhigen. Sein Smoking war ihm peinlich, und er hatte Angst, auf die Bühne zu müssen. Und Rally war nirgends zu sehen. Am meisten aber beunruhigte ihn Freida Wheeler, die sich, wie Patrick prophezeit hatte, sofort auf ihn gestürzt hatte. Sie stand jetzt, mit herausgedrückter Brust rückwärts an die Bar gelehnt, ganz dicht neben ihm. Ihr Gesicht war zur Hälfte hinter ihrer Haarsichel versteckt, doch das freie Auge, das die meisten Männer verschmähte, sah James unverwandt an.

»Es gibt Leute«, plauderte sie, »die behaupten, dass die Sonne uns Vitamin E zuführt. Haben Sie schon mal davon gehört?«

»Äh«, sagte James, »nein.«

»Im Ernst. Nach Aussagen von Wissenschaftlern oder was weiß ich wem nimmt die Haut Vitamin E auf, wenn man nur draußen in der Sonne steht. Das stärkt die Epidermis.«

James sah sich im Raum um. Er vermied es, Freida anzuschauen, weil ihr Blick so durchdringend war und ihr T-Shirt ein Stück cremefarbenen Bauch sehen ließ.

»Aha«, sagte er.

»Hören Sie mal, Kumpel. Ich bin sehr intelligent. Ich lese viel.«

»Okay.« James versuchte sich auf die Bühne zu konzentrieren, wo sich die beiden Iraner ins Mikrofon stritten.

Freida fasste James am Kinn und drehte sein Gesicht zu sich her. »Da fragt man sich doch, welchen Sinn das haben soll. Die Sonne soll uns mit Vitaminen voll pumpen können? Vitamine aus der Nahrung – okay. Man isst ein Steak, man kriegt Vitamine. Man nimmt eine Tablette, man kriegt Vitamine.«

»Verstehe«, sagte James verzweifelt.

»Vitamine wandern aus dem, was man im Magen hat, ins Blut. Okay. Aber Sonnenlicht? Also, echt.« Freida warf ihre Sichel zurück. »Es sei denn, in der Haut spielt sich so was wie Fotosynthese ab. Das wär aber ganz schön komisch. Möchten Sie noch was trinken?«

»Ja, bitte«, sagte James. Noch immer hatte er Rally nirgends entdeckt.

Freida bestellte zwei Whisky. Patrick Rigg stieg auf die Bühne.

»Meine Eltern haben sich bei einem Blind Date kennen gelernt«, sagte er. »Ein Verbindungsbruder von meinem Vater, Emilio Snodgrass, hatte das arrangiert.«

Patricks Stimme dröhnte. Die Gäste wandten sich ihm zu, und es wurde still im Raum.

»Meine Mom hat behauptet, das erste Mal, als sie zusammen aus waren, sei mein Dad ein Nervenbündel gewesen.« Patrick grinste. »Er hat kaum ein Wort geredet und ist mit ihr in *Die Nacht der lebenden Toten*, wo sie sich halb tot gegruselt hat. Außerdem war er in eine andere verliebt, ein schönes blondes Mädchen, das wieder mit jemand anderem zusammen war.« Patrick warf James einen Blick zu. »Mein Dad hat bei diesem ersten Date sogar mit meiner Mom über das blonde Mädchen geredet. Aber meine Mom – sie hatte übrigens dunkles Haar – hat sich nicht abschrecken lassen. Sie hat sich die Zombies angeschaut und sich das Gejammer von meinem Vater angehört, und am Schluss, als er sie nach Hause gebracht hat, da hat sie ihm einen Kuss gegeben, dass er die Blondine ein für alle Mal vergessen hat.«

Die dunkelhaarigen Frauen im *Cherrywood's* johlten.

»Drei Monate später haben meine Eltern geheiratet.« Patrick hob sein Glas. »Also: auf Emilio Snodgrass.«

Alle lachten und stießen an, außer James, der in sein Glas starrte. Er war sich sicher, dass er soeben ein Märchen gehört hatte. Er war sich sicher, dass kein Ehepaar namens Snodgrass seinen Sohn Emilio nennen würde.

Freida stieß ihn mit der Hüfte an. »Süß, die Story, was?«

James beobachtete die Frauen im Raum. Egal, wo sie standen oder mit welchem Mann sie gerade flirteten – ihre Augen kehrten immer wieder zu Patrick zurück. Es waren schnelle, versteckte Blicke, aber sie waren da.

»Hey«, sagte Freida. »Gehen wir?«

James kam wieder zu sich. »Was?«

Freida lehnte sich an ihn. »Sie sehen aus, als hätten Sie Angst«, flüsterte sie, »als wollten Sie nicht vor den ganzen Leuten reden.«

James atmete ein und aus. Es stimmte, er hatte Angst. Er hatte den Leuten nichts zu sagen, und Freida hatte ein sexy Parfüm, dessen Duft er, wenn er sich recht erinnerte, auch wahrgenommen hatte, als er im *Duranigan's* neben Rally stand. Aber heute war Rally nicht da, er hatte wenig Erfahrung im Zurückweisen von Frauen, und Freida drückte ihre Hüfte beharrlich gegen seinen Schenkel.

»Wenn wir uns jetzt aus dem Staub machen«, flüsterte sie, »brauchen wir nicht auf die Bühne.«

James suchte ein letztes Mal die Menge ab.

Sei da, betete er. Aber Rally war nicht da, und Freida zog ihn zur Tür hinaus. Sie drängte ihn in ein Taxi, fuhr mit ihm ins Village, füllte ihn im *Chumley's* mit Bier ab. Zwei Stunden später hatte sie James in ihrer Wohnung, einer Höhle mit langflorigen rosa Teppichen, schwarzen Wänden und Stroboskoplampen. Sie gab ihm noch mehr Bier zu trinken, nahm ihre Gitarre und sang ihm ein Lied namens »Fuck the Buffalos« vor. Als sie fertig war, küsste sie ihn wild auf den Mund.

»Halt!«, protestierte James. Ihm war schwindlig von dem Bier, und er rückte auf dem Bett von Freida ab.

»Was hast du denn?«, flüsterte Freida. Ihre Finger glitten seinen Arm hinab.

»Ich –« James atmete sorgfältig, unterdrückte sein Stottern, das manchmal, wenn er Alkohol trank, wiederkam.

»Ich will wissen, was das soll«, sagte er.

Freida knabberte an seinem Ohr. »Du und ich, das soll's.«

James entzog sich ihr von neuem. Der Raum war von zuckendem Stroboskoplicht erfüllt.

»Ich – ich mein's ernst. Wieso magst du mich plötzlich?«

»Braucht's dafür einen Grund?«

»*Wieso?*« James stand auf.

Freida zog die Beine unter sich. Sie zuckte die Schultern.

»Wegen des Millenniums«, sagte sie. »Und weil du so süß bist.«

James' Beine zitterten. Er fühlte sich eingesperrt.

»Kennst du Rally McWilliams?«, platzte er heraus.

Freida klopfte aufs Bett. »Komm«, sagte sie. »Komm her. Ich werde deine Epidermis stärken.«

James schluckte. Er schaute auf Freidas Brust, auf ihre schwarze Stretchhose, ihr anzügliches Grinsen. Es wäre so leicht gewesen. Er war scharf, und Freida war schön, aber das Ganze war ein abgekartetes Spiel. Er wollte sie keinesfalls als Schlampe abtun, doch so verrückt es auch scheinen mochte: Patrick hatte das Mädchen irgendwie überredet, ihn zu verführen. James war sich da ganz sicher.

»Ich muss gehen«, stammelte er.

Freida ließ die Hände an ihrem Körper abwärts gleiten. »Spinnst du? Schau mich doch an.«

James nahm seinen Mantel. Er brauchte Otis.

»Tut mir Leid«, sagte er.

»Das kann nicht dein Ernst sein. Hey, Kumpel. Hey!«

Doch James war schon zur Tür hinaus.

In dieser Nacht redete James im Aufzug nicht viel. Er wiegte und wiegte sich mit geschlossenen Augen, und er dachte an nichts. Er saß da und atmete und spürte, wie seine Gliedmaßen und Muskeln sich zusammenfügten und ihn zu dem machten, der er war. Nach einer Weile kamen drei friedliche Bilder herangeschwebt. Das erste war seine Mutter, wie sie im Wohnzimmer auf dem Sofa lag und den Sportteil der Zeitung las. Das zweite waren Kessel und Pfeife, wie sie im *Cherrywood's* nebeneinander im Sessel saßen und ihr Inuitlied sangen. Nachdem sie geendet hatten, erklärten sie, es sei ein Schöpfungsgesang gewesen, ein Stammesmythos von der Entstehung der Welt. James glaubte gesehen zu haben, dass Kessel sich eine Träne aus dem Auge wischte, als sie davon sprach.

Das letzte Friedliche, an das er dachte, war Rallys Kopfform. Hinter dem Ohr hatte sie einen seltsamen, schräg abfallenden Höcker, eine Knochenverdickung, die man nicht gesehen hätte, wenn sie ihr Haar lang getragen hätte. Doch da sich der Höcker symmetrisch auf beiden Seiten befand, wusste James, dass es sich nicht um Krebs oder sonst etwas Schlimmes handeln konnte. Es war einfach Rally.

Auch bei den letzten Veranstaltungen der Orgie hielt James nach Rally Ausschau. Abends, wenn sich die Wohnung mit Gästen füllte, ließ er, in der Hoffnung, Rallys kurz geschorenen honigfarbenen Kopf zu entdecken, den Blick über die Frisuren der Frauen wandern. Er unterhielt sich mit Henry Shaker über Spielzeug, lernte Douglas Kerchek kennen und erduldete sogar Freidas raubvogelhafte Avancen. Als die Gesellschaft sich *Fizzle* ansah, die Neujahrsrevue des *Lucas Theater*, lachte und applaudierte er mit Patricks Freunden. Und jede Nacht berichtete er Otis von seinen ausgebliebenen Rally-Sichtungen.

»Vielleicht ist sie verreist, Otis«, überlegte er. »Vielleicht hat sie einen Jahrtausendwendeauftrag in Europa oder Asien.«

Eins aber sprach er vor Otis nicht aus, nicht einmal vor sich selbst: dass er fürchtete, Patrick könnte Rally von der Orgie ausgeschlossen haben, weil sie sich mit ihm, James, abgegeben hatte. Er wusste, dass eine ganze Reihe von Frauen im Banne seines Mitbewohners standen, doch der Gedanke, Patrick könnte so viel Macht über sie haben, dass er sie wie Marionetten dirigierte, dass er eine von ihm fern hielt und eine andere, Freida, dazu zwang, sich ihm an den Hals zu werfen, entmutigte ihn. Was hatte Patrick diesen Frauen eigentlich zu bieten, dass sie sich so von ihm beherrschen ließen? Und was für Freuden bekam er dafür? James stellte sich Freida nackt an Patricks Bett gefesselt vor, so wie er Rally vorgefunden hatte. Er stellte sich Liza McMannus in der gleichen Lage vor und Eva und Crispin, Sarah Wolf und Hannah Glorybrook, die er alle im vergangenen Jahr mehrfach aus Patricks Zimmer hatte kommen sehen. Anfangs hatte er das alles einfach unter Hedonismus verbucht, doch jetzt, seit die Orgie im Gange war, dachte er anders darüber. Er beobachtete, wie Patrick in einer Ecke ein intimes Gespräch mit Crispin führte, wie er im *Lucas* mit Eva Händchen hielt. Es war offensichtlich, dass er irgendeinem verrückten persönlichen Ritterlichkeitskodex folgte, dass er jeder der Frauen, mit denen er Umgang pflegte, außerordentlich zugetan war und sie beschützen wollte.

Doch James mochte sich über Patricks Frauen weder Gedanken machen noch sie alle kennen lernen. Er wollte nur Rally, und es war das erste Mal, seit er erwachsen war, dass sein Herz so heftig zu einer Frau hinstrebte. Er musste sie sehen, mit ihr reden, herausfinden, ob sich der Aufruhr in seinem Magen legte, wenn sie bei ihm war. Mit Schrecken dachte er an die teuflische Möglichkeit, Patrick könnte das alles gewittert und ihm mit Freida eine beliebige erotische Ablenkung zugespielt haben, die ihn daran hindern sollte, etwas Wunderschönes und vielleicht sogar sehr Ehrenwertes mit Rally zu erleben.

»Ob er eifersüchtig ist, Otis?«, fragte er.

Das Dunkel schwieg.

»Bestimmt ist er eifersüchtig«, flüsterte er.

Etwas Neues war in James' Blut. Er wiegte sich im Aufzug hin und her und ertappte sich dabei, dass er die Luft anhielt. Lieber, so wurde ihm klar, wäre er auf der Spitze des Chrysler Building aufgespießt gewesen als sich vorzustellen, dass Rally je wieder nackt und gefesselt auf Patricks Bett liegen würde.

O Gott, dachte er. Bin ich verliebt?

Der Silvesterabend brachte die Antwort. James fand sich mit seinem schwarzen Ticket in der Hand im *Minotaur's Nightclub* im Meatpacking District ein. Er war noch nie auf einem Rave gewesen, und er war auch noch nie im *Minotaur's* gewesen, aber Rally hatte gesagt, sie sei oft hier, und so riskierte er es. Er war nicht vorbereitet auf die dunklen Genüsse des Clubs, das Labyrinth seiner kleinen Räume, die Bars mit den Metalltheken und dem leuchtend blauen Licht hinter den Flaschen. In einem der Räume stand eine echte Eiserne Jungfrau mit weit geöffneter Tür, in einem anderen war die Ausstattung einer amerikanischen Küche der Fünfzigerjahre – Herd, Kühlschrank, Tisch und Stühle – verkehrt herum an die Decke montiert. Im Forum, dem höhlenartigen Hauptsaal des *Minotaur's*, tobten Freida Wheeler und ihre Band »Pöbel« über die Bühne, droschen auf ihre Instrumente ein und stöhnten ihre Texte. Kessel, Pfeife und Hannah Glorybrook bewegten sich als Gruftis in weiten, tief ausgeschnittenen schwarzen Gewändern auf der Tanzfläche, alle mit dickem schwarzem Lidschatten und silbernen Kreuzen in der Zunge.

Herr über das Forum war Half Stack, der berühmte DJ und Rausschmeißer des *Minotaur's*, der einmal den betrunken randalierenden Manager der New York Mets für eine halbe Stunde in die Eiserne Jungfrau gesperrt hatte. Half Stack war wütend, weil er an dem Abend von einer Band verdrängt worden war, und sauer auf den Besitzer des Clubs, weil er Patrick das *Minotaur's* an einem Freitag für eine Privatparty überlassen hatte, noch dazu am

Silvesterabend. Normalerweise war freitags Ska-Abend, und der Club füllte sich mit Half Stacks treuesten Jüngern. Das Einzige, was den Zorn des DJs mildern konnte, war der Anblick von Liza McMannus in ihrem neon-pinkfarbenen Minirock.

James tastete sich von Raum zu Raum. Der Club lag unter der Erde, er nahm einen ganzen Häuserblock ein, und James landete nie ein zweites Mal an derselben Stelle. In einer Ecke kniete Tony DiPreschetto vor einer Frau, die James noch nie gesehen hatte, und machte ihr einen Heiratsantrag. Nicht weit von den beiden lehnte Marcy Conner an der Eisernen Jungfrau und streichelte ihre einsamen Unterarme. In einem anderen Raum prosteten Jeremy Jax und Michael Hye, der Besitzer des *Lucas Theater*, einander mit leuchtend gelbem Schnaps zu.

»Im neuen Jahrtausend«, sagte Jeremy, »leg ich eine unberührte Prostituierte flach.«

»Und ich«, kicherte Michael, »bescheiß die Chinesenmafia.«

»Ich werde zweiter Vorsitzender vom Mensaclub.«

Michael rülpste. »Ich mach die Erfindung von Süßigkeiten rückgängig.«

In der nächsten Nische saßen ein Mann mit Mopsgesicht und eine Frau mit taillenlangem Haar. Sie hielten sich an den Händen, und als sie James sahen, sagte der mopsgesichtige Mann: »Wachen Sie mit uns.«

James wanderte weiter, verloren, aber furchtlos. Viele der Räume hatte zwar Wände, aber keine Decke, und die Lichter und Geräusche, die von hoch oben kamen, wiesen stets die Richtung, in der das Forum lag, das Zentrum des Labyrinths. James schlängelte sich vorwärts, hörte Gespräche und beobachtete fremde Frauen in hohen Schuhen, bis er in einen leeren Raum kam, in dem ein einzelner Mann im Schatten auf dem Boden saß und Gitarre spielte. Es war der Raum mit der Küche an der Decke.

»You'd better do something about it«, sang der Gitarrist, *»'cause I don't want to live without it.«*

James spähte ins Dunkel. Er kannte die Stimme.

»John«, sagte er. »Morality John.«

Der Sänger beendete sein Lied. James sah nur Zähne und ein Kinn. Er hatte noch nie mit dem Mann gesprochen, doch heute fühlte er sich zu allem fähig.

»Wie heißt der Song?«, fragte er.

»›I Can't Wait Another Day‹«, sagten die Zähne.

»Das hab ich Sie schon mal singen hören. In der U-Bahn.«

»Ich weiß.« Der Mann im Schatten hatte sich nicht bewegt. »Ich weiß, wer Sie sind.«

James sah zur Decke auf, zu der erstarrten Küche.

»Wie kommen Sie hier rein? Hat Patrick Sie eingeladen?«

»Das wollen Sie doch gar nicht wissen«, sagten die Zähne.

James zog die Luft ein.

»Sie wollen wissen, was Sie tun sollen«, sagte Morality John.

Mit einem Blick nach rechts und links vergewisserte sich James, dass sie allein waren. »Was ich wobei tun soll?«

Morality John lächelte nur.

James trat näher. Er wagte sich nicht so weit vor, dass er das Gesicht des Gitarristen hätte sehen können – das schien an diesem Abend gegen die Regeln zu verstoßen –, aber er fühlte sich wie ein einfacher Bürger, der das Heiligtum von Delphi betritt.

»Geht's um sie?«, flüsterte er. »Geht's um sie und mich … in Ihren Liedern?«

In der Ferne brachen die Gitarren von »Pöbel« mitten im Akkord ab. Man hörte ein Krachen und einen Schrei. James sah zur Tür. Die Geräusche kamen vom Forum her. Rufe und Stiefeltritte waren zu hören.

»Was ist da los?«, fragte James.

»Sehen Sie nach«, sagte Morality John.

James klopfte sich auf die Taschen. Er ging zur Tür, blieb stehen, schaute zurück. Morality John legte den Finger an die Lippen und zeigte in Richtung Forum.

»Sehen Sie nach«, wiederholte er.

Als James ins Forum kam, strömten dort Skinheads auf die Tanzfläche. Es waren über hundert, Jungen mit Nasenringen und Muskeln, Mädchen ohne Augenbrauen, Männer in James' Alter mit Tattoos, kahl rasierten Köpfen und Springerstiefeln mit Stahlkappen. Es war ein Überfall: Half Stack stand grinsend am Notausgang neben der Bühne, durch den er seine verbannten Ska-Brüder hereingelassen hatte, von denen immer noch mehr kamen. Kessel, Pfeife und Hannah begrüßten die Neuankömmlinge johlend, Eva, die an Klaustrophobie litt, runzelte die Stirn. Freida und der »Pöbel« standen mit herabhängenden Instrumenten unschlüssig auf der Bühne, während Patrick Rigg sich an der Bar wütend über die Theke beugte und mit dem Besitzer des *Minotaur's* stritt. Er gestikulierte zu der ungeladenen Sippschaft hin, der Besitzer hob achselzuckend die Hände, und Patrick trat mit dem Fuß gegen die Theke, sodass eine Glasscheibe zu Bruch ging. Währenddessen sprang Half Stack hinter das DJ-Pult und drehte die Boss-Tones auf. Die Tanzfläche wurde zu einem Hexenkessel stampfender Doc Martens und fliegender Ellenbogen. Sarah Wolf, die nur Tango konnte, brachte sich schnell in Sicherheit. James stand am Rand des Getümmels und schaute zu. Es war halb zwölf.

»Sie haben die Bastille gestürmt«, sagte Douglas Kerchek neben ihm.

James nickte, dann erstarrte er. Wenige Meter entfernt sah er Rally, in einem Jeansrock, braunen Lederstiefeln und einer weißen Cowgirlbluse mit blauen Pailletten. Sie wirbelte lachend in dem Gedränge mit, und so wie sie die Männer um sich herum schubste und von ihnen geschubst wurde, war klar, dass sie dazugehörte, dass sie mit der Skinheadflut hereingeschwappt war. Das deprimierte James und machte Rally für ihn noch fremder und unerreichbarer. Doch wenige Sekunden später, mitten in einer Drehung, erblickte sie ihn. Sie stieß einen Schrei aus, stürmte durch die Menge und warf ihn mit ihrer Umarmung fast um.

»Du bist da!«, quietschte sie.

James hielt sie von sich weg, ohne ihre Arme loszulassen. Ihr Atem roch nach Amaretto, aber sie schien nicht betrunken.

»Ich – ich bin da«, bestätigte er.

»Gutes neues Jahr«, keuchte Rally. »Tanz mit mir.«

»Ach, äh … Eigentlich bin ich gar kein –«

»Du tanzt mit mir.« Rally zog ihn ins Gewühl. Sie schleuderte ihn von sich fort, schnellte lachend zwischen den Tänzern hin und her und schlug ihn, als er wieder auf sie zustolperte, vergnügt auf die Schultern. James schlingerte herum, so gut er konnte, versuchte sich dem Enthusiasmus der Jungen und Mädchen ringsum anzupassen, versuchte in Rallys Nähe zu bleiben. Die Musik hatte Herzinfarkttempo, bis kurz vor Mitternacht eine angenehme Klaviermelodie einsetzte. Wie auf Kommando taten sich die Skinheads paarweise zusammen und verbeugten sich voreinander wie Debütantinnen und ihre Herren. Rally trat zu James, knickste vor ihm und nahm seine Hand.

»Puh«, sagte James.

»Das ist Dolly Parton«, erklärte Rally. »Das ist ›Here You Come Again‹. Ich führe.«

James sortierte seine Füße und errötete. Die Musik war angenehm. Rallys Pailletten waren absurd.

Das ist Wahnsinn, dachte er.

»Das spielt Half Stack jeden Freitag um Mitternacht«, sagte Rally. »Das ist hier Tradition.«

James folgte ihren Füßen. Sie drehte sich mit ihm im Kreis. Überall um sie herum zogen Paare – Männer mit Männern, Männer mit Frauen, Frauen mit Frauen – elegante Schleifen. Von ihren wilden Bewegungen war für den Augenblick nichts mehr zu sehen. Einige sangen mit. Sie trugen zerrissenes Leder und waren grauenvoll gepierct, doch sie zwinkerten James zu, als sei er einer von ihnen, ein Neuer.

»Das ist Wahnsinn«, flüsterte James.

Rallys Wange lag an seiner. Sie dirigierte ihn über die Tanzfläche.

»Das ist Tradition«, sagte sie.

James tanzte weiter. Er fragte Rally nicht, wo sie in letzter Zeit gewesen sei, fragte sie nicht nach Patrick. Er tanzte und atmete den Duft ihres Haares ein. Ihre Wange war schweißfeucht. Die Zwillingshöcker hinter ihren Ohren waren nur wenige Zentimeter von ihm entfernt.

»Ich muss die ganze Zeit an dich denken«, flüsterte er.

»Es ist fast Mitternacht«, sagte Rally. »Gutes neues Jahr.«

»Hast du gehört? Ich – ich muss die ganze Zeit an dich denken.«

Rally kippte James in den Tango-Dip, hielt ihn so, begegnete seinem Blick.

»Dann küss mich, Dummkopf. Das Lied ist fast vorbei.«

Und James tat es. Zurückgebeugt, ihr Gesicht über seinem, küsste er Rally. Es war ein guter Kuss – wenn auch kein großartiger –, bei dem sich die Zungen berührten und die Vorderzähne laut gegeneinander schlugen. Als er zu Ende war, stellte Rally James wieder gerade hin. Der Tanz war vorbei, und James stand errötend da und wartete auf ihren Kommentar.

»Hast du … Hast du auch an mich gedacht?«, fragte er.

Rally nahm seine Hand.

»Ich hab Hunger«, sagte sie. »Gehen wir was essen.«

Sie zog James zum Notausgang. Er betrachtete ihre Cowgirlkleidung, sah, wie sich ihr Rock an ihre Schenkel schmiegte. Er hatte sie nackt gesehen, aber das hier war irgendwie erotischer.

»Moment«, beharrte er. »Hast du an mich gedacht?«

»Raus, raus, raus!« Rally schob ihn zur Tür hinaus. »Wir brauchen Pizza. Wir brauchen Pizzastücke.«

Sie befanden sich in einer kleinen Seitenstraße mit Schnee auf dem Boden und einem Karree Sterne darüber. James dachte an seinen Mantel, der noch in der Garderobe des *Minotaur's* hing. Die Feuertür fiel ins Schloss, und sie waren ausgesperrt.

»O Gott«, sagte er, »es ist eiskalt.«

»Ich bin am Verhungern«, sagte Rally.

Sie sahen sich an. Dampf stieg von ihren Armen auf.

»Du bist bestimmt ein Salamimann«, sagte Rally.

»Ich bin verrückt nach dir«, sagte James.

Rally schob die Hüfte vor und verschränkte die Arme. »Du kennst mich doch gar nicht.«

Ich hab's gesagt, dachte James. Hier stehe ich. Ich hab's gesagt.

»Ich bin ein Salamimann«, sagte er.

Rally schlang die Arme um ihn zum Kuss Nummer zwei.

Manchmal kann es so gehen. Die Stadt schnippt mit den Fingern, und zwei Menschen verlieben sich so unsterblich ineinander wie James und Rally. Sie holten sich nicht nur Pizza, sie machten auch eine Taxifahrt über die Insel. Zur Feier des neuen Tages bot der Fahrer ihnen Acid an, aber sie lehnten ab. Zufrieden mit der Zunge des anderen, saßen sie auf der Rückbank, küssten sich sanft, redeten kaum. Um drei Uhr morgens waren sie in Rallys Wohnung in SoHo, in ihrem Bett, lernten ganz langsam den Körper des anderen kennen. Sie streichelten einander, neckten sich, lächelten, hielten sich noch zurück. Sie flüsterten und brachten einander zum Höhepunkt. Rally sang James ein Lied vor, an das sie sich aus ihrer Kinderzeit erinnerte. Bei Sonnenaufgang stellten sie sich in Decken gehüllt auf die Feuerleiter vor dem Fenster und betrachteten das Licht.

Eine glückliche, friedliche Woche folgte, in der James und Rally sich kaum jemals trennten. James nahm sich fünf Tage frei, und Rally, die sich ihre Zeit selbst einteilen konnte, räumte alle Ablenkungen aus dem Weg. Ganze Nachmittage balgten sie sich in ihrem Bett. Sie fuhren nach Coney Island und gingen über knirschenden Wintersand. James lud Rally ins *Flat Michael's* ein, wo sie noch nie gewesen war, und Rally machte James mit den unvergleichlichen Hamburgern im *Corner Bistro* bekannt. Sie hielten Händchen im *Angelika Film Center*, sahen sich zwei Theaterstücke an, experimentierten mit Unterwäsche, schliefen bis zehn. Sie waren verliebt, und am Donnerstag, ihrer sechsten gemeinsamen Nacht, setzte James sich nach Mitternacht in Rallys Badezimmer auf den Boden und weinte vor Glück. Rally schlief im Bett, und James blieb eine halbe Stunde im Bad, ohne Licht zu machen. Er vermisste Otis, vermisste den Teil seiner selbst, der das Kommen und Gehen der Dinge in seinem Leben emotionslos beobachtete, doch die neue Strömung in seinem Innern war vollkommen, unausweichlich. Der Duft von Rallys Haut hatte sich in seiner Lunge festgesetzt, der Klang ihrer Stimme war ihm zum Bedürfnis geworden. Morris, Minnesota, Anamaria und seine ruhigen Jahre verschwanden mit der Präzision eines Atomschlags, und er sah nichts anderes mehr als Rallys Arme und Schenkel und ihren Hals. Wenn er Hand in Hand mit ihr durch SoHo ging, versuchte er an den Blicken der Passanten abzulesen, ob er und Rally noch physische Wesen waren oder ob ihr Glück sie unsichtbar gemacht hatte. Uneinig waren sie sich nur, wenn es darum ging, welchen Film sie sich ansehen, welche Straßen sie entlanggehen und wohin auf der Welt sie als Erstes reisen wollten.

»Nach Neuseeland«, sagte James.

Rally küsste ihn auf die Waden. Sie waren im Bett, nackt.

»Zur Isle of Skye«, sagte sie.

»In die Serengeti.«

Rally kniete sich zwischen seine Beine. Ihr Mund wanderte seine Schenkel hinauf.

James legte sich zurück und schloss die Augen.

»Nach Tokio«, flüsterte er.

»Hmmm. Kannst du jetzt wirklich streiten?«

»Nein«, stöhnte James.

James' Wohnung mieden sie die ganze Woche. James ging ein paar Mal hin, um Kleidung zu holen, aber immer am späten Vormittag, wenn Patrick bei der Arbeit war. Er hatte nicht direkt Angst davor, seinem Mitbewohner zu begegnen, aber weder er noch Rally wollten sich vorerst mit Patrick befassen. Sie wussten nicht, wie er darauf reagieren würde, dass sie zusammen waren, und sie wollten ihm und auch anderen gegenüber nicht aussprechen, was sie einander bedeuteten. So wussten sie weder noch kümmerte es sie, wie die Orgie geendet hatte. Sie nahmen an, Walter und Henry würden Kumpels bleiben, und sie hofften, Nicole Bonner würde Douglas Kerchek heiraten, ansonsten aber ließen sie die zehn Tage auf sich beruhen. Erfreut machte Rally sich klar, dass Patrick keine Ahnung hatte, wo sie wohnte. Sie war immer in seiner Wohnung im Preemption gewesen, nie er in ihrer. So hatten James und sie einander ganz für sich allein. Manhattan, die Welt, die Zeit lagen vor ihnen ausgebreitet wie in einer Art von Flitterwochen.

Sie fuhren im Rockefeller Center Schlittschuh. Sie gingen in die Cloisters und standen an der Stelle, wo sie sich, wie sie inzwischen wussten, zum ersten Mal begegnet waren. Sie tranken Kaffee, knabberten Gebäck. Sie unterhielten sich über den Schnee, die Todesstrafe, über nichts aber so ausgiebig wie über sich selbst. Es drängte James, Rally zu sagen, wie sie aussah, so als hätten die Spiegel, in die sie ihr Leben lang geblickt hatte, gelogen.

»Du bist schön«, sagte er.

»Nein«, gab Rally zurück.

James küsste sie hinters Ohr. »Du bist schön.«

Zur Strafe sagte Rally zu ihm, er sei ihr Tiger.

»Ich bin was?«

Sie lagen wieder nackt in Rallys Bett. Es war Sonntagabend. Rally setzte sich auf und nahm ein Buch von einem Bord. »Das ist mein Lieblingsgedicht«, sagte sie. »›Ernüchterung um zehn.‹ Von Wallace Stevens. Hör zu. ›In den Häusern spuken weiße Nachthemden –‹«

»Leg dich wieder hin.« James zog sie am Ellenbogen.

»Nein, hör zu. ›In den Häusern spuken weiße Nachthemden. Keines ist grün, keines ist lila und grün geringelt oder grün und gelb geringelt oder gelb und blau geringelt.‹«

»Du trägst doch gar kein Nachthemd«, neckte James sie.

Rally knuffte ihn. »Hör zu, Baby. Bitte. Ich möchte es gern.«

»Okay.«

»›... oder gelb und blau geringelt. Keines ist seltsam, mit Spitzenbettschuhen und perlenbesticktem Gürtel. Die Menschen werden nicht von Pavianen und Immergrün träumen. Nur da und dort fängt ein alter Seemann, betrunken und in Stiefeln schlafend, in rotem Wasser Tiger.‹ So. Das war's.«

Rally warf das Buch beiseite und kuschelte sich an James.

James atmete sie ein. Er verschränkte die Arme hinter dem Kopf.

»Ich bin also der Tiger«, sagte er.

»Und ich der Betrunkene. Der Seemann.« Rally sog an James' Hals, dann ließ sie von ihm ab.

Sie lagen mit den Köpfen auf demselben Kissen und sahen einander an.

»Früher dachte ich, Patrick sei mein Tiger«, flüsterte Rally.

»Aha.« James' Magen geriet in Aufruhr.

»Nicht böse sein, Baby. Ich sag dir das, weil ich ihm erlaubt habe, seltsame Sachen mit mir zu machen. Mich zu fesseln und so. Ich dachte, er ist was ganz Besonderes.«

»So.«

»Aber jetzt denk ich das nicht mehr.« Sie legte die Hand auf seine Brust und drückte kräftig darauf. »Du bist es. Du bist derjenige.«

James schloss die Augen. Er wollte sich einen Faustkampf mit Patrick Rigg liefern, den New York City Marathon mitmachen, da bleiben, wo er war, in diesem Bett, für immer. Er dachte an Otis.

»Hättest du mich gern so?«, fragte er. »Seltsam?«

Rally küsste ihn. »Nein, Baby.«

James sah sie an. Er wollte ihr von Otis erzählen, aber sein Herz sagte, Warte noch. Heb's dir auf, sagte sein Herz, für Notfälle.

Es war Samstagabend, der zweite im neuen Jahr. Patrick Rigg wanderte in seiner Wohnung auf und ab. Seit einer Woche siedete es in ihm, seit einer Woche versuchte er, James' Abwesenheit zu ignorieren. Er wusste, dass sein Mitbewohner bei Rally war. Im *Minotaur's* hatten die beiden im Schutz einer Horde Skins miteinander getanzt und waren dann verschwunden.

Patrick hatte versucht, sich mit Arbeit abzulenken, die Abende mit seinen anderen Frauen auszufüllen. Einmal hatte er Crispin und Kessel in sein Bett gelockt und sie zu Taten angestiftet, von denen die meisten Männer nur hätten träumen können. In seinem Herzen aber breitete sich seit sieben Tagen eine schwarze Gewissheit aus wie Unkraut: Rally hatte sich für James entschieden. Der Satz setzte sich in ihm fest wie ein Refrain. Rally hat sich für James entschieden. Rally hat sich für James entschieden. Rally McWilliams, die störrischste und von sich selbst besessenste unter seinen Bräuten, die mit dem meisten Sexappeal, hatte sich dem stillen, sentimentalen James an den Hals geworfen.

Na, und?, dachte Patrick im Gehen. Du hast doch jede Menge andere Frauen. Lass das Miststück doch sausen.

Aber er konnte nicht. Seine Seele war ein Kartenhaus, und die Karten waren die Frauen in seinem Leben, aufeinander getürmt, jede an ihrem Platz. Er gab sein ganzes Geld für sie aus, er hätschelte sie, manipulierte sie. Sie waren alles, was er hatte. Er hatte eine tote Mutter und einen toten Bruder, und die Erinnerung an diesen Bruder quälte ihn Tag für Tag. Seine Manhattaner Bekannten suchten seine Gesellschaft nur wegen seiner Partys und seiner dunklen philanthropischen Aktivitäten. So zählte er auf seine Frauen, wie James auf Otis zählte. Wäre eine eher periphere

Zerstreuung wie Freida weggefallen, hätte ihn das nicht weiter aufgeregt, aber dass ein anderer Mann Anspruch auf eine seiner Frauen erhob, und noch dazu auf Rally, das schnürte ihm die Luft ab. Er fühlte sich, als stürzte er in sich selbst zusammen, als verlöre er sein Rückgrat, seine Integrität, als brächen die Schrecken und die Einsamkeit des Universums den unsicheren Waffenstillstand, den er mit ihnen geschlossen hatte, und gingen zum Angriff über. Zudem war Rally die Einzige unter seinen Frauen, die seine unausgesprochenen, unerfüllbaren Forderungen erfüllt hatte. Vor seinem Spiegel stehend und gefesselt auf seinem Bett liegend, hatte sie sich in sich selbst verliebt, in ihren eigenen Körper, ihre Seele. Das hatte sie für ihn hinreißender und unentbehrlicher gemacht als alle anderen.

Ich habe sie gemacht, dachte Patrick düster. Ich habe sie zu dem gemacht, was sie ist. Und kein transusiger Buchhalter wird sie mir wegnehmen.

Rasch zog Patrick seinen Mantel an. Zähneknirschend stürmte er aus dem Haus, außer Stande, das Zittern seiner Beine, die Wut in seiner Brust, die Erinnerungen an seine Hände auf Rallys nacktem Bauch abzuschütteln.

Das ist Wahnsinn, dachte er. Er stolzierte den Broadway hinunter, trat auf die Gitter über den U-Bahn-Schächten der Seventy-second Street. Unter ihm, unter dem Gitter waren Gestalten, Stimmen, Gitarrenklänge.

Das ist Wahnsinn, dachte er erneut. Doch sein Zorn war ein Börsenticker in seinem Kopf, und die einzige Möglichkeit, den Stecker herauszuziehen, war seine Pistole, seine SIG, die Waffe in seiner linken Innentasche.

»I'll always hope to change things someday«, sang es unten.

Patrick blieb stehen und schaute hinunter. Unter dem Gitter hielt eine hoch gewachsene, dunkle Gestalt ein Instrument.

»Meinen Sie mich?«, rief Patrick. Er stampfte auf das Metall.

»I was wrong«, sang der Mann, *»and you'll belong.«*

Patrick stampfte weiter und starrte nach unten. »Singen Sie von mir?«

Die Gestalt verschwand im Dunkeln.

Patrick ging weiter, Richtung Süden, Richtung Wall Street und St. Benedict's, die Kirche, in die er sich unter der Woche jeden Abend stahl, um einem Pfarrer zuzuhören. Er musste halb Manhattan durchqueren, doch er war wie im Fieber, im Adrenalinrausch. Mit großen Schritten eilte er zielstrebig dahin, fast ohne nach links und rechts zu sehen. Die Atemwolken flogen ihm vom Mund wie Gespenster, und die Leute auf dem Bürgersteig traten zur Seite, wenn sie seinen Blick sahen.

Ich brauche den Pfarrer, dachte Patrick. Rally hat sich für James entschieden, und ich brauche den Pfarrer.

Patrick war nicht fromm. Mit den traditionellen Sakramenten hatte er nichts im Sinn. Er wollte nur eines, außer den Frauen das Einzige, was ihn stoppen konnte: Thomas Merchants Stimme. Pfarrer Merchant, der Priester von St. Benedict's, hielt Predigten, die Patricks Herz irgendwie unter Strom setzten, Predigten, die wie eine Ohrfeige schlagartig Licht in den Raum hinter seinen Augen brachten. Jetzt brauchte er dieses Licht, das spürte er, sonst hätte er seine SIG gezogen und abgedrückt, und irgendjemand wäre zu Boden gegangen.

Und so marschierte Patrick durch Manhattan, die ganze Wall Street hinunter. Er brauchte zwei Stunden, aber er schaffte es. Er schob sich durch die Türen, fand den Pfarrer im Beichtstuhl, schlüpfte in das Gehäuse für Sünder. Allein im Dunkeln, begann er zu sprechen.

In Schwarz

Thomas Merchant war mit einem guten, reinen Herzen zur Welt gekommen, mit viel mehr jedoch nicht. Er sah weder gut aus noch war er wortgewandt oder muskulös. Seine Kindheit hatte er im Westen Irlands verbracht, in dem am Meer gelegenen Ort Spiddal. Sein Vater hatte Boote gebaut, und seine Mutter war Mutter gewesen, doch beide waren, als Thomas erst sieben war, an einer seltsamen, bösartigen Hautkrankheit gestorben. Thomas wurde daraufhin nach New York geschickt, nach Harlem, wo er von seinen drei Tanten, Mabel, Margaret und Mary Jude Merchant, großgezogen wurde. Die Frauen waren einen Meter achtzig große Drillinge, und die Kinder in Harlem hielten sie für Märchenwesen. Von Kindesbeinen bis zum Totenbett hatten die Merchant-Schwestern pechschwarzes, taillenlanges Haar und identische, durchdringende grüne Augen. Nie wurden ihre Köpfe grau, nie heirateten sie, und nie übten sie einen Beruf aus. Sie wohnten zusammen in einem ehemaligen Möbellagerhaus am Rand eines unbebauten Grundstücks. Sie waren reich, und es ging das Gerücht, sie seien 1959 mit zwei Säcken voller Goldmünzen mit dem Schiff von Galway herübergekommen. Die Säcke waren angeblich in dem Lagerhaus versteckt, und es hieß, Mabel Merchant, die ruhigste und mit zwei Minuten Vorsprung älteste der Schwestern, sei diejenige, die die Münzen aus den Säcken nehme. Das Lagerhaus stand an der 125th Street, der Hauptschlagader Harlems, doch auch die kühnsten Diebe hielten sich aus Angst vor den Merchant-Feen von dem Haus und seiner goldenen Verheißung fern.

In diesen Winkel Manhattans verschlug es Thomas Merchant, einen einfachen Jungen aus einem Fischerdorf jenseits des Atlantiks. Nach dem Tod seiner Eltern sprach er ein ganzes Jahr lang kein einziges Wort. Er saß in den Gewölben des Lagerhauses und betrachtete die kaputten Webstühle, Klaviere und Garderobenständer, hölzerne Ungetüme aus einer anderen Epoche, die mittlerweile dem Dunkel und den Spinnweben anheim gefallen waren. Er atmete die abgestandene Luft der Räume ein und fand Gefallen daran. Die Wohnung seiner Tanten lag in der obersten Etage, eine Reihe warmer, heiterer Zimmer, sauber und voller Sonnenschein. Hier umsorgten ihn die Merchant-Schwestern abends. Sie setzten ihm Lammragout vor und wuschen ihm die Haare. Sie lasen ihm vor und sangen ihn in den Schlaf. Nie nörgelten sie wegen seines Schweigens an ihm herum, und tagsüber ließen sie ihn durchs Haus wandern und sich ansehen, was immer er wollte. Als Irinnen hatten sie für Trauer in allen ihren Erscheinungsformen Verständnis. Sie wussten, welche charakterlichen Deformationen die Folge sein konnten, wenn Erwachsene ein Kind und seinen Blick auf die Welt zu sehr bedrängten und sich zu oft einmischten. Deshalb schickten sie Thomas auch nicht zur Schule, und als sich Mr. Gammer, der Sozialarbeiter, der sich um seine Einwanderung gekümmert hatte, zum Lagerhaus hinauswagte, standen die drei Schwestern mit in die Hüften gestemmten Armen in der Tür.

»Guten Tag«, sagte Mr. Gammer. »Könnte ich bitte Thomas sprechen?«

»Sie könnten nicht«, sagte Mary Jude. Sie war die strengste der Schwestern, diejenige, die am wenigsten von den Männern hielt.

»Nun.« Mr. Gammer trug eine Krawatte, die wie ein Fisch aussah. »Was macht Thomas denn so?«

»Er sucht seine Seele«, sagte Mabel.

»Und spielt ein bisschen Klavier«, lächelte Margaret Merchant. Margaret war die freundliche Schwester, diejenige, die ihr Erdenleben am meisten genoss.

»Er hat es sich selbst beigebracht«, fügte sie hinzu.

»Klavier.« Mr. Gammer nickte beifällig und schrieb etwas auf sein Klemmbrett. »Und hat Thomas sich mit Kindern aus der Nachbarschaft angefreundet?«

»Auf Wiedersehen«, sagte Mary Jude.

Thomas beobachtete und belauschte das Gespräch in seinem Versteck hinter einer schottischen Anrichte. Dort verbarg er sich auch, wenn Jack Lance, der Sohn des Metzgers, weiß eingepacktes Lammfleisch oder Steaks ablieferte oder wenn Brenda McMannus, die fünfzehnjährige schwarze Zeitungsausträgerin, die *New York Times* brachte. Er beobachtete, wie Jack Tante Mabel die Lammfleischpakete in die Hand drückte, deren Preis mit blauer Tinte auf das weiße Papier gekritzelt war. Er bewunderte, wie kunstvoll Brenda McMannus' Haar gescheitelt war, wie ihre Tops ihr von den Schultern flossen, wie sie die verschnürte Zeitung zwischen Handgelenk und Hüfte hielt, während sie mit Tante Margaret plauderte. Konzentrierte er sich auf diese Rituale, diese realen, verlässlichen kleinen Vorgänge, dann wurde alles andere schwarz in seinem Kopf. Er vergaß die gelben Pusteln, die die Arme seiner Mutter gesprenkelt hatten, die dumpfe, stickige Luft während des voll besetzten Fluges über den Atlantik. Meist, wenn er sich in einen solchen Augenblick versenken konnte, wenn er auf ihn vertrauen und das, was seine Augen erblickten, vor dem schwarzen Samtvorhang seines Geistes sehen konnte, zerrann seine Einsamkeit, und er fand Frieden.

Seine Tanten bemerkten seine Unbeirrbarkeit, seinen beunruhigend klaren, steten Blick. Wenn er nicht in der Nähe war, sprachen sie darüber.

»Er wird mal Erfinder«, prophezeite Margaret.

Mary Jude schnaubte. »Er wird den Leuten eine Heidenangst einjagen, das wird er.«

»Er wird Pfarrer«, sagte Mabel.

Mit acht begann Thomas nach und nach wieder zu sprechen. Er ging auf die Highschool, spielte Basketball, durchlitt die Pubertät, schrieb sich an der Columbia University ein. Er ging mit Mädchen aus, plagte sich mit ihnen herum, und als er neunzehn war, versetzte eine von ihnen, Jocelyn Rich, sein Herz in Aufruhr. All diese Prüfungen überstand er dank seines hermetischen, zielsicheren Instinkts, seiner Fähigkeit, alles außer den Dingen oder Menschen, die er gerade vor sich hatte, auszublenden, eine Gabe, die er schon immer besessen hatte, auf den Kliffs von Spiddal wie in dem höhlenartigen Lagerhaus seiner Tanten. Dieser Instinkt bewirkte, dass ein großer Teil der Welt Thomas entweder traurig erschien oder ihm ganz verschlossen blieb. Denn schon früh merkte er, dass es wenig gab, was seinem prüfenden Blick standhalten konnte. Die Natur konnte es – Bäume, Wiesen und der Hudson hielten es aus, betrachtet zu werden, und Thomas verbrachte unzählige glückliche Stunden seiner Jugend im Riverside Park, wo er dem Wind zusah, den Duft der Blumen und des Schnees einatmete. Lebewesen aber standen auf einem ganz anderen Blatt. Tiere, von einem unterwürfigen Hund hier und da abgesehen, waren unberechenbar wie Eichhörnchen und mieden ihn. Mit den Menschen war es nicht anders. Auf der Highschool hatte es Thomas nie etwas ausgemacht, bei einem Basketballspiel auf der Bank zu sitzen und seine Mannschaftskameraden zu bewundern, zuzuschauen, wie sie über das Spielfeld hüpften und flitzten, Arme und Beine beweglich wie Motorkolben. Zu seinem Schrecken aber hatte diese Gewohnheit des Schauens Coach Laverty eines Tages veranlasst, ihn beiseite zu nehmen und ihn zu fragen, ob er etwa ein verdammter Schwuler sei. In ähnlicher Weise hatte er in seiner ersten Nacht mit Jocelyn Rich, nachdem er ihr den BH ausgezogen hatte, so lange und so schweigsam ihre nackte Brust betrachtet, dass Jocelyn schließlich die Decke über sich zog.

»Komm schon«, sagte sie zu ihm. »Los, fass mich an.«

Ihre Worte bestürzten Thomas. Er hatte etwas Schönes, nämlich Jocelyn, vor sich, und er wollte bei dem Schönen verharren und nicht zum nächsten Augenblick weiterhetzen.

»Ich schau dich an«, flüsterte er.

Jocelyns Miene verfinsterte sich. »Hör auf damit.«

Thomas versuchte die Decke wieder wegzuziehen, doch Jocelyn hielt sie fest.

»Ich will dich sehen«, sagte Thomas.

Jocelyn verdrehte die Augen. »Das sind Brüste, Thomas. Fettbeutel mit Milchgängen.«

Es war wie eine Ohrfeige. Nichts war für Thomas einfach irgendetwas.

»Ich bin ein ganz normales Mädchen«, sagte Jocelyn schroff. »Nichts zum Anbeten.«

»Ich hab dich nicht angebetet«, sagte Thomas. »Ich hab dich angeschaut.«

»Dann hör auf damit.«

Thomas versuchte zu lächeln. »Du riechst gut«, sagte er. »Irgendwie … warm.«

»Thomas«, seufzte Jocelyn, »vögeln wir jetzt oder nicht?«

So ging es Thomas mit den meisten Leuten. Nicht dass jede Frau ihn aufgefordert hätte, sie zu vögeln, aber es schien ihm, besonders auf dem College, als stürmten die Menschen in einem mörderischen Tempo hierhin und dorthin und erwarteten, dass man binnen kürzester Zeit ein Urteil über sie fällte oder sie benutzte. Die Studenten debattierten über Plato oder Alfred Hitchcock, als seien sie bereits nach ein paar Büchern oder Filmen metaphysisch in Herz und Kopf dieser Gestalten eingedrungen. Thomas machte ihnen das nicht zum Vorwurf, und er etikettierte es auch nicht als Anmaßung. Er verstand es nur nicht. Er kam sich vor, als gehörte er einer anderen Rasse an, als käme er von einem anderen Planeten, dessen Bewohner nur dasaßen, jahrhundertelang bisweilen, und einander tief in die Augen blickten, bevor sie ein Wort zu sagen wagten.

In seinem dritten Jahr an der Columbia University belegte Thomas einen Schauspielkurs, dessen Leiter genau das mit den Studenten machte. Sie mussten sich einander zu je zweien im Schneidersitz gegenübersetzen und sich fünf Minuten lang schweigend in die Augen schauen. Reden oder Wegschauen war verboten. Thomas geriet an ein Mädchen namens Elvetta Vandeden, eine Studentin im vierten Jahr, die vor kurzem für eine studentische Shakespeare-Aufführung als Julia besetzt worden war und mit der er einige Male in der Cafeteria zu Mittag gegessen hatte. Elvetta hatte einen schwarzen Pony und nachtblaue Augen, und das Erste, was Thomas sah, als er in diese Augen blickte, war Elvettas Stolz, das Vergnügen, das es ihr bereitete, sich als tragische, atemberaubende Julia zu sehen. Nach einer Minute aber, als die anderen Paare im Raum zu kichern anfingen, drang sein Blick durch die Julia in Elvettas Augen hindurch und erahnte, was dahinter lag.

Elvetta zog scharf die Luft ein. »Was ist?«, flüsterte sie nervös. »Was ist, Thomas?«

Thomas antwortete nicht, und er zwinkerte auch nicht. Er hatte sich plötzlich in die junge Frau verloren, in die blaue Galaxis ihrer Ängste, die Weite ihres Herzens. Alles andere wurde schwarz, und er blickte in Elvetta hinein, in Geschichten, die sie oder er selbst sich ausmalte, Geschichten, in denen sie, an einen Felsen gefesselt, von einem Seeungeheuer verschlungen wurde, Geschichten, in denen er und sie nackt waren und sie in seinem Schoß lag und er die Haare auf ihrem Kopf zählte.

»Hör auf«, zischte Elvetta. Sie wollte nicht wegschauen, wollte nicht verlieren. »Hör auf, Thomas.«

Thomas schaute weiter, sah noch eine Geschichte hinter ihren

Augen, eine Geschichte, in der sie einen Mann an der Kehle gepackt hielt.

Elvetta versetzte ihm eine Ohrfeige. »Hör auf!«

Blinzelnd erwachte Thomas aus seinen Träumereien. Er war wieder in seinem Kurs, er saß auf einer Bühne, und er rieb sich die brennende Wange. Elvetta sah ihn böse an.

»Warum hast du das getan?«, fragte Thomas.

Der Kursleiter kam heran, atemlos vor Spannung.

»Ja, warum?«, fragte er.

Elvetta errötete. Die ganze Gruppe versammelte sich um die beiden.

»Thomas war… unhöflich«, sagte sie. Sie erhob sich, ging hinaus und sprach nie wieder mit ihm.

Thomas war perplex. Noch perplexer war er, als Elvetta sich am Tag nach der Schauspielübung aus der Shakespeare-Aufführung zurückzog.

»Warum haben die Leute Angst vor mir?«, fragte Thomas seine Tanten. Er wohnte während seines Studiums weiter in dem Lagerhaus. Es war nur zehn Straßen von der Universität entfernt.

»Weil du vor nichts Angst hast«, sagte Mary Jude.

Thomas dachte über ihre Worte nach. Er trank mit seinen Tanten Kaffee, und sie spielten ein Kartenspiel namens Schleuse, dessen Regeln nur sie kannten. Es war Februar, und die drei Bäume vor dem Fenster waren mit Eis überzogen. Thomas war zwanzig. Mabel rauchte eine Bruyèrepfeife.

»Ich bin kein Held«, murmelte Thomas.

»Das hab ich auch nicht gesagt.« Mary Jude schnappte sich eine Karte. »Ich hab gesagt, dass du vor nichts Angst hast.«

»Und du spielst wunderschön Klavier«, fügte Margaret hinzu.

Die drei Schwestern nickten simultan. Sie waren sich selten einig, außer wenn es um Thomas und die Eigentümlichkeiten seines Wesens ging. Jeden Abend kehrte Thomas in die Wohnung im Lagerhaus zurück und ließ sich aufs Sofa fallen, erschöpft und ausgelaugt von dem, was in Manhattan auf ihn einstürmte, den Menschen, den Mauern, dem Müll, dem Essen. Schien etwas, das er betrachtete, ein Baum etwa oder ein aufmerksames Baby, ruhig und friedlich oder in seinem Wesen unversehrt, schöpfte er aus der Konzentration darauf Kraft. Häufiger aber ließ ihn eine Art kräftezehrender visueller Empathie die Ängste spüren, die die Bewohner Manhattans gepackt hielten. Er las Hast und Gier in den Graffiti und den abgestützten Decken der Bodegas. In den Clubs betrachtete er Frauen in schimmernden schwarzen Kleidern und wünschte, er hätte ihrem Zauber verfallen können. Stattdessen fühlte er, wie traurig und zerrissen ihre Herzen waren. Als er auf einer Party einmal einem jungen Mann die Hand gab, spürte er in den Fingerspitzen die Gewissheit, dass der Mann noch am selben Abend seine Freundin schlagen würde.

Schließlich hatte Thomas kaum mehr Freunde, weil er es nicht verstand, Witze über Frauen, Sport oder tragische Ereignisse zu reißen. Erst nach einer Rückenmassage durch seine Tante Mabel – die Schwester mit den kräftigsten Händen –, einigen Tassen ihres mit Brandy angereicherten Kaffees und mehreren Runden Schleuse konnte er die seltsamen Wahrheiten, die ihn am Tag bestürmt hatten, in Worte fassen.

»Heute hab ich im Park eine Frau gesehen«, sagte er eines Abends. Die Merchant-Schwestern wechselten Blicke.

Margaret berührte sacht sein Handgelenk. »Was hat sie gemacht, Thomas?«

»Sie saß auf einer Bank.« Thomas schaute in seine Karten und warf eine ab. »Sie hat die Nagelhäute an ihren Daumen abgezupft. Gezupft und gezupft hat sie.«

Mary Jude nahm die Karte, die Thomas abgelegt hatte. Sie legte ihr Blatt auf den Tisch.

»Schleuse«, sagte sie.

»Schieß los«, flüsterte Mabel.

»Die Frau hat geblutet«, sagte Thomas.

Margaret schenkte ihm Kaffee nach. Die Heizungsschlitze in der Ecke klapperten leise.

»Wie lange hast du sie denn beobachtet?«, fragte Margaret.

»Lange.«

Mary Jude strich sich das Haar zurück und steckte es fest. Sie wandte sich ihrem Neffen zu. Ihr Haaransatz war eine schwarze Dolchspitze auf ihrer Stirn. »Die Frau geht dich nichts an, Thomas.«

»Mary«, sagte Margaret, »lass ihn reden.«

Thomas sah zu Boden. »Sie hat sich blutig gezupft. Sie hat geweint.«

Mary Jude runzelte die Stirn. Sie wollte ihren Neffen von seinem zwanghaften Mitgefühl, seinem Hang zum Mitleid abbringen. Sie wollte, dass er sich für Whisky, Mädchen, Spaß interessierte.

»Vergiss die Frau, Thomas«, sagte sie.

Thomas lächelte seine Tanten traurig an.

»Das kann ich nicht«, sagte er.

Zwei Jahre später war Thomas in einem Priesterseminar in Pennsylvania. Er war katholisch, und seine Tanten waren zwar nie mit ihm zur Kirche gegangen, aber das Lagerhaus hatte seinen natürlichen Hang zur Kontemplation noch verstärkt. Er hatte so lange und so intensiv das Mobiliar der Welt betrachtet – Stühle, Menschen und durch das Dach des Lagerhauses den Himmel –, dass sein Geist nach mehr verlangt hatte. Das erklärte er, so gut er konnte, seinem Beichtvater und Betreuer Father Reese, in dessen Büro sie saßen.

»Sie meinen«, sagte Father Reese, »Sie haben Christus am Ursprung der Schöpfung entdeckt?«

Thomas schüttelte den Kopf. »Ich meine, Gott ist der Einzige, der es aushält, dass ich die ganze Zeit an ihn denke.«

»Das klingt hochmütig«, sagte der Priester.

Thomas zuckte die Schultern. Er war dreiundzwanzig.

Father Reese, ein beleibter Mann und passionierter Golfspieler, lehnte sich in seinem Sessel zurück. Wenn er die Brauen hochzog, dellte sich seine Stirn ein.

»Wie ist es mit Frauen?«, fragte er. »Halten Sie's aus, an Frauen zu denken?«

Thomas sah ihm in die Augen. Er glaubte Völlerei darin zu sehen, die Lust auf rotes Fleisch, eine Gier nach Genuss.

»Ich war verliebt«, sagte Thomas. »Ich war mit Frauen zusammen.«

Der Priester lächelte. »Und?«

»Sie wissen zu wenig von ihrer eigenen Schönheit, als dass ich Ehrfurcht vor ihnen haben könnte.« Thomas kratzte sich an einem Pickel im Nacken. Im Büro des Priesters roch es nach Zigaretten.

»Was Sie nicht sagen«, sagte Father Reese.

»Keiner von uns weiß genug von seiner eigenen Schönheit«, sagte Thomas.

Grüner Junge, dachte der Priester. Rotznäsiger grüner Junge.

»Und wer soll uns über unsere Schönheit aufklären, Thomas? Sie, als Priester?«

Thomas blickte tiefer in den Mann hinein, blickte hinter die langen Putts und die Grillsteaks, so lange, bis er Neid in seinen Augen sah.

»Nein«, sagte er. »Ich bin kein Held. Ich sehe nur viel.«

»Sie sehen viel.« Father Reese hatte große Füße. Er wackelte in seinen großen Schuhen mit den Zehen. »Kennen Sie den Satz aus der Bibel: Kein Mensch wird leben, der mich sieht«?

Thomas seufzte. Er hasste Wortklauberei. An den meisten Tagen hasste er das Reden überhaupt.

»Ich versuche nicht, Gott zu sehen«, sagte er leise. »Ich versuche, seinen Geist zu sehen.«

Father Reese schnaubte. Viel Glück, Junge, dachte er.

Thomas verließ das Seminar mit sechsundzwanzig. Er machte seinen Magister in Theologie und arbeitete dann bei einer Gemeinde in Brooklyn. Mit zweiunddreißig bewarb er sich auf die einzige Pfarrstelle von St. Benedict's an der Wall Street und wurde genommen. St. Benedict's war eine dunkle, geheimnisvolle Höhle mit einem roten Läufer im Mittelgang und großen Ständern mit weißen Kerzen neben dem Eingang. Normalerweise stöhnte ein Priester nur, wenn er nach St. Benedict's versetzt wurde, aber Thomas gefielen die stummen Mauern und die spärliche Kundschaft. Die meisten seiner Nachbarn an der Wall Street waren damit beschäftigt, Geld zu verdienen und die Welt am Laufen zu halten, und so bestand sein Publikum aus älteren Irinnen, die ihren Rosenkranz umklammert hielten. Das war genau das Richtige für ihn. Er war ein Mystiker, kein Missionar, und er zog einen subtilen, mönchischen Gehorsam und die Kontemplation des Göttlichen jeder heroischen Bekehrungsarbeit vor. Jeder Tag an St. Benedict's war wie ein stilles, feierliches Weihnachtsfest, und in der täglichen Fünfuhrmesse predigte Thomas über Einsicht und Gnade statt über Abtreibung oder Politik. Während dieser Predigten blickte er vom Altar aus über die Köpfe seiner Gemeindemitglieder hinweg zu den reinen weißen Kerzen, die am anderen Ende der Kirche schimmerten. Sie waren ein verlässlicher Fixpunkt, diese Kerzen, und wenn genug von ihnen brannten, verströmten sie einen schwachen, angenehmen Duft. Hielt er den Blick fest auf sie gerichtet und atmete ihren Duft ein, dann strömten gute Worte aus ihm hervor.

Ein- oder zweimal in der Woche kamen seine Tanten mit der U-Bahn von Harlem herunter, um ihren Neffen predigen zu hören und ihm von ihrer Bank aus verschmitzt zuzuzwinkern. Zum sonntagabendlichen Lammbraten fuhr Thomas nach wie vor zu ihnen ins Lagerhaus, an den anderen Abenden aber öffnete er die kleine Armenküche im Keller des Pfarrhauses von St. Benedict's und fütterte die ersten fünfzig hungrigen Mäuler, die von der

Straße hereinkamen. Seine Lieblingsobdachlose war eine Stumme namens Esther. Sie ging nach ihrem Aussehen zu schließen auf die sechzig zu, und vorn fehlte ihr ein Zahn. Sie war winzig und dünn und hatte stets ein Lächeln auf den Lippen. Tagaus, tagein trug sie ein verdrecktes rosa Band im Haar, nie versäumte sie die Messe, und wochentags saß sie jeden Abend von sieben bis neun neben Thomas und kaute still ihr Schinkensandwich.

So verlief Thomas' Leben. Anderthalb Jahrzehnte verbrachte er in köstlichem Frieden, las, betete, speiste die Hungrigen, lächelte Esther zu. Dann und wann taufte er ein Kind, und er erfüllte sein Pensum an Beerdigungen, meist aber blickte er auf seine Kerzen, hielt seine Predigten und war auf stille, ehrfürchtige Weise glücklich.

Das änderte sich, als Thomas siebenundvierzig war. Es begann an einem kühlen Montagabend Ende September. Thomas hielt seine Predigt – die über die Arbeiter im Weinberg, die erst spät am Tag eingestellt werden –, als er hinter den Kerzen am Eingang eine Gestalt bemerkte. Es war dunkel dort, und Thomas konnte nur die gebeugten Schultern und das gesenkte Kinn eines, wie es schien, hoch gewachsenen Mannes in einem schwarzen Mantel erkennen. Er stand reglos da, wie ein Jäger oder ein Leibwächter, und schien aufmerksam zuzuhören. Thomas nahm außerdem einen scharfen, irgendwie öligen Geruch wahr, dem er jedoch zu diesem Zeitpunkt keine Bedeutung beimaß. Kaum hatte er seine Predigt beendet, wisperten die Kirchentüren, und der Mann war verschwunden.

Am nächsten Tag saß Thomas nach dem Mittagessen am Küchentisch des Pfarrhauses und schaute den Salz- und Pfefferstreuer an. Die Bibel lag aufgeschlagen vor ihm. So saß und schaute er jeden Tag, während er seine abendliche Predigt verfasste. Heute aber war seine Konzentration gestört. Der Mann vom Tag zuvor, die Gestalt in Schwarz, stand in der Vorhalle seines Geistes, eine ferne, aber klar umrissene Figur. Thomas fragte sich, was der Mann gewollt haben mochte, als er so versteckt im Dämmer stand und wieder ging, bevor die eigentliche Zeremonie begann. Vielleicht war er heimatlos und hungrig gewesen. Vielleicht war er ein Wall-Street-Händler, der ein Vermögen verloren hatte und Erlösung suchte. Oder er interessierte sich für Architektur und war gekommen, um die Decke von St. Benedict's zu bewundern. Schließlich verbannte Thomas den Mann aus seinen Gedanken und konzentrierte sich auf die Bibel.

Am Abend aber erschien der Mann wieder. Unmittelbar vor dem Evangelium stahl er sich herein und blieb im Dämmer stehen. Thomas hielt in seiner Predigt inne und fasste ihn genauer ins Auge. Der Fremde war über einen Meter achtzig groß und trug wieder den schwarzen Mantel. Aus den Umrissen seines Körpers und seinem schnellen Eintreten schloss Thomas, dass er jung war, Anfang dreißig vielleicht. Beklemmender aber war der beißende, verbrannte Geruch, der mit ihm hereingekommen war und der den Duft der Kerzen überlagerte. Thomas hatte lebenslange Erfahrung darin, ins Herz der Dinge zu blicken: Mit einer Treffsicherheit, die ihn selbst beunruhigte, konnte er das Wetter vorhersagen,und bei seinen Krankenhausbesuchen wusste er auf den ersten Blick, wie viele Stunden einem Krebspatienten noch blieben. Jetzt aber, während er vor dem Altar stand, rüttelte ihn der Geruch, die Aura eines Menschen auf, wie es ihm noch nie passiert war. Der Gestank kam eindeutig von dem Mann in Schwarz.

»Und – und Jesus wird euch dort, wo ihr seid, erreichen.« Stammelnd versuchte Thomas zu seiner Predigt zurückzukehren. »Egal in welcher Situation ihr euch befindet, er wird sie nutzen...«

Er hielt von neuem inne, um durch den Mund zu atmen. Der Geruch war übel, penetrant. Es war ein bitterer, dumpfer Geruch, nicht nach Müll, Kot oder ungewaschenen Menschen, sondern nach säuregetränktem, verbranntem und verkohltem Holz, das die Luft verpestet. Thomas sah seine Gemeindemitglieder an. In der ersten Reihe saß Esther und lächelte ihm zu. Esther, dachte Thomas, Esther, die sich beim Geruch von Tunfisch und sogar von verbranntem Toast die Nase zuhält. Doch sie schien nichts zu riechen, und auch die anderen Gesichter in der kleinen Schar seiner Zuhörer wirkten ruhig und gleichmütig.

Thomas war verblüfft. Er kämpfte sich durch die Predigt, und als er zum Schluss kam, verschwand der Mann in Schwarz. Kaum fielen die Türen von St. Benedict's ins Schloss, holte Thomas tief Luft und hustete.

»Guuh? Gunh?« Esther grunzte und sah stirnrunzelnd zu ihm auf. Sie merkte, dass etwas nicht stimmte.

Thomas atmete ein und aus. Der Gestank war verflogen. Nur noch die Kerzen waren da.

»Alles in Ordnung.« Der Pfarrer wischte sich die Stirn und räusperte sich. »Alles in Ordnung.«

So ging es Abend für Abend. Der Mann in Schwarz mit seinem grauenvollen Gestank kam unmittelbar vor dem Evangelium herein und ging unmittelbar nach der Predigt wieder hinaus. Stets stand er im Dunkeln, und nach einigen Tagen merkte Thomas, dass die anderen Kirchgänger ihn gar nicht wahrnahmen. Trotz der verpesteten Luft rümpfte keiner der Gläubigen in den Bänken die Nase oder versuchte die Quelle des Giftes ausfindig zu machen. Nachdem der Mann in Schwarz ein paar Mal da gewesen war, fragte Thomas Esther und seine Tanten ganz beiläufig, ob sie nicht einen unangenehmen Geruch wahrgenommen hätten.

»Irgendwie verbrannt«, sagte er leichthin. »Ungefähr so, wie wenn die Lüftung nicht funktioniert.«

Die Frauen schüttelten den Kopf, doch Mabel Merchant musterte ihren Neffen aufmerksam. Sie war die Schwester mit dem feinsten Gespür für Dunkles und Geheimnisvolles. Jedes Jahr um Ostern fand Thomas eine einzelne Goldmünze auf dem Kollektenteller, und dann wusste er, ohne danach gefragt zu haben, dass seine Tante Mabel ihm einen Schatz hatte zukommen lassen. Und als er jetzt ihrem Blick begegnete, wusste er, dass sie ein Geheimnis witterte. Da er jedoch nichts weiter sagte, nickte sie nur leise und wandte sich ab. Thomas hätte sich ihr gern anvertraut, aber er hatte regelrecht Angst. Wie konnte ein Mann etwas so Bitteres, Widerwärtiges verströmen, das nur ein Priester riechen konnte? Warum erschien dieser Mann nur während des Evangeliums und der Predigt und löste sich dann wieder in Luft auf?

Das alles bewegte Thomas in seinem Herzen, während er in der Küche saß und den Salz- und Pfefferstreuer betrachtete. Er begann sich ganz nüchtern zu fragen, ob sich da nicht ein Dämon in seiner Kirche eingenistet hatte. Vielleicht ist es ja auch ein Engel, dachte er hoffnungsvoll. Gabriel oder Michael vielleicht, sie riechen nur für Sterbliche so schlimm, und niemand weiß es. Doch was der Besucher auch sein mochte – Thomas war sich darüber im Klaren, dass es kein normaler Mensch war. Die Empathie, mit der Thomas begabt war und die inzwischen fast wie ein Muskel funktionierte, sagte ihm, dass der Besucher männlich war, zutiefst verstört und zu ungeheurer Konzentration fähig. Denn wenn der Mann in Schwarz während der Predigt im Dämmerlicht stand, spürte Thomas, wie seine Kraft aus ihm ab- und zu dem Mann hinfloss. Normalerweise hoffte er, seine Worte würden eine Art Nahrung für die Gemeindemitglieder sein, ihnen Auftrieb geben, ihnen Gnade und Güte näher bringen. Aber dem Mann in Schwarz gegenüberzustehen bedeutete für ihn eine Art Entrückung oder auch ein Duell auf Leben und Tod. Der Fremde lauschte mit spürbarer Begierde, mit gesenktem Kopf und einem unersättlichen Ohr für die Wahrheit. Bald spürte Thomas körperlich, wie seine Worte seinen Mund verließen, zu Dampf wurden, den der Mann in Schwarz in seine Lunge sog und aus St. Benedict's forttrug. Jeden Abend, nachdem er gegangen war, brach Thomas fast über dem Altar zusammen. Er schloss die Augen, spürte Schweiß auf der Stirn. Seine Hände, die den Kelch hielten, zitterten.

»Ist dir schlecht?«, fragte Tante Margaret Merchant.

»Hast du gekotzt?«, fragte Mary Jude.

Esther machte Grunzgeräusche und hängte sich an Thomas' Arm.

Margaret berührte ihren Neffen an der Wange. »Was ist los mit dir?«

Thomas hielt den Mund geschlossen, antwortete niemandem. Fast fühlte er sich wirklich krank, fast war ihm wirklich übel. Immer häufiger dachte er bei der Vorbereitung seiner Predigten an den Mann in Schwarz. Es waren strenge, laute, apokalyptische Predigten, die der Fremde aus ihm hervorzulocken schien, als wären die Jahrzehnte der Behutsamkeit und Milde ein einziges langes Kräftesammeln für die Schlacht gewesen, die jetzt begonnen hatte.

»Bei Gott gibt es keine Vetternwirtschaft«, predigte Thomas. »Alle Augenblicke sind gleich vor den Augen des Herrn.« Der Pfarrer blickte zu dem einsamen, schattenhaften Adressaten seiner Worte hinter den Kerzen. »Ob Gott euer Leben mit Freude erfüllt oder ob es ihm beliebt, euch Seine dunkle Seite zu zeigen – für euer Handeln hat das keine Folgen. Paulus lehrt uns zu beten, dass uns nicht nach dem Bösen gelüste. Werden wir dennoch vertraut mit dem Bösen und verstehen es, haben wir nichtsdestotrotz die Pflicht, unsere Stimme dagegen zu erheben. Jenseits davon zu leben.«

Wenn Thomas so sprach, wurde die Gemeinde unruhig. Esther drehte ihr rosa Band um den Daumen, und einige der Stammgäste blieben weg. Niemand wollte vom Bösen hören, aber Thomas konnte nicht anders. Der Geruch des Mannes in Schwarz war durchdringend und unirdisch, und nach dem teuren Schnitt des feinen Mantels zu schließen, hatte er nichts mit mangelnder persönlicher Hygiene zu tun. Er hat mit dem Bösen zu tun, dachte

Thomas. Wenn er am Altar stand und zu der Gestalt hinter den Kerzen sprach, zitterten seine Knie unter den Gewändern ein wenig. Irgendwie wusste er, dass dieser bittere Geruch der Gestank einer von Brandblasen bedeckten Seele war. Unter dem Mantel des Mannes, hinter seiner gepflegten Erscheinung, verbarg sich eine ungeheure Gewalttätigkeit, ein Hass oder Groll oder eine anomale sexuelle Neigung. Vielleicht war ihm sein übler Geruch gar nicht bewusst. Thomas wäre aus ihm unerfindlichen Gründen jede Wette eingegangen, dass der Mann eine Pistole bei sich trug.

»Wir machen uns Sorgen um dich«, sagten die Merchant-Drillinge. Es war Sonntagabend, und sie hatten Thomas zu Lamm und Schleuse bei sich, doch er stocherte lustlos in seinem Essen herum und machte beim Kartenspielen Fehler.

»Du hast abgenommen, Thomas«, sagte Margaret.

»Ja«, knurrte Mary Jude, »und deine Predigten werden psycho.«

Mabel hob die Hand. Ihre Schwestern verstummten.

»Thomas«, sagte sie. »Was ist los?«

Thomas sah aus dem Fenster auf den Oktobermond.

»Da ist jemand, dem ich helfen muss«, sagte er.

»Wem?«, fragten die Schwestern.

Thomas schüttelte den Kopf. »Ich muss es allein tun. Ich bin der Einzige, der… mit ihm reden kann.«

Mary Jude schlug auf den Tisch. »Mit wem, verdammt?«

Thomas sah seiner Tante Mabel in die Augen.

»Mit *ihm*«, flüsterte er.

Die Konfrontation kam Monate später, an einem Samstagabend mitten im Winter. Thomas befand sich in dem zweitürigen Gehäuse ganz hinten in St. Benedict's und nahm die Beichte ab. Er saß auf einem kleinen Hocker und hörte sich durch ein Gitter die Sünden seiner knienden Gemeindemitglieder an. Es war Anfang Januar im neuen Jahrtausend, und die unsichtbaren

Stimmen jenseits des Gitters überlegten, wie sie Buße tun, welche Vorsätze sie fassen sollten. Normalerweise schloss Thomas die Augen, wenn er die Beichte abnahm. Er mochte den Eichenduft und das Dunkel, aber die körperliche Nähe im Beichtstuhl störte ihn. Oft kam es ihm vor, als sei der Mensch, der nur wenige Zentimeter von ihm entfernt jenseits der Wand saß, nackt und befände sich in der Umkleidekabine eines noblen Kleidergeschäfts oder der Einzelzelle eines Gefängnisses. Jeden Seufzer und jedes Schluchzen aus solcher Nähe zu vernehmen, hatte für Thomas trotz seines Amtes etwas unangenehm Voyeuristisches. Seine stärkste natürliche Fähigkeit, sein Blick, war ihm verwehrt, und er musste das Dunkel mit anderen, unzulänglicheren Sinnen durchdringen. Er hegte deshalb eine Abneigung gegen die Beichte, auch an guten Abenden. Eines Tages aber packte ihn die nackte Angst, als er die Tür der angrenzenden Kammer ins Schloss fallen hörte. Ein Prickeln überlief ihn, und er bekam eine Gänsehaut, denn durch das Gitter drang der wohl bekannte verbrannte Geruch.

»Wissen Sie, wer ich bin?«, fragte eine leise Stimme.

Thomas schauderte, bekreuzigte sich, hielt sich ein Taschentuch an die Nase. »Ja.«

»Woher?«

Thomas' Gedanken jagten sich. Er hatte geglaubt, es bestünde ein Pakt zwischen ihm und der Gestalt in Schwarz, ein stillschweigendes Abkommen, dass der Mann von ihm bekommen konnte, was immer er wollte, solange er seine stumme Distanz hinter den Kerzen wahrte und nur der Predigt lauschte.

»Ich weiß es einfach«, sagte Thomas.

Der Fremde schnaubte heftig. »Sie fragen sich, warum ich jetzt auf einmal zu Ihnen komme. Nach so langer Zeit.«

Thomas' Herz hämmerte. Er spürte, dass die Bänke draußen leer waren. Es war neun Uhr, und die Beichte war offiziell beendet. Doch den Mann wegzuschicken, kam nicht in Betracht. Thomas holte tief Luft, öffnete die Augen und schaute auf die dunkle Wand zwischen sich und dem Fremden.

»Ja«, sagte er, »das frage ich mich.«

Ein Rascheln war zu hören, dann trat Stille ein. Der Fremde hatte sich niedergelassen.

»Ich bin gekommen«, sagte die Stimme, »um Ihnen zu sagen, dass das menschliche Leben absurd ist.«

»Ich verstehe«, sagte Thomas.

Der unsichtbare Fremde lachte. »Das bezweifle ich. Aber trotzdem, das menschliche Leben ist absurd, und ich werde eines beenden.«

Thomas drückte das Taschentuch an die Nase. »Sie wollen ein Menschenleben beenden?«

»Ja.«

»Ihr eigenes?«

»Nein.« Der Fremde schien zu gähnen. »Ich werde einen anderen Mann töten.«

Thomas schüttelte wie ein Sportler den Kopf, um ihn freizubekommen. Er ignorierte den Gestank und schickte ein Gebet für sich und den Fremden zum Himmel. *»Herr Jesus, hilf uns«*, betete er.

»Sprechen Sie weiter«, sagte er.

»Der Mann heißt James Branch«, sagte der Fremde. »Ich wohne mit ihm zusammen. Ich werde ihn erschießen.«

»Warum?«

Thomas konnte das höhnische Grinsen des Mannes in der Stille fast schmecken.

»Es gibt kein Warum. Es gibt nur das Absurde. Die Menschen sterben. Das ist alles.«

»Das scheint mir reichlich bequem für jemanden, der an Mord denkt.«

»Gehen Sie zum Teufel.«

Thomas saß schweigend da. Er dachte an Dinge in seinem Leben, die er betrachtet und bestaunt hatte. Er dachte an Jocelyn Reichards Bauch, an verwelkte Blumen, an die Hände von Bettlern.

»Was wissen Sie schon vom Absurden?«

»Ein bisschen was schon.«

»So. Ich weiß jedenfalls eine ganze Menge davon. Eine ganze Menge.«

Thomas versuchte sich den Kopf freizuhalten. Er zwang sich, nicht daran zu denken, dass der Mann möglicherweise bewaffnet war.

»Mein Bruder ist ums Leben gekommen, als ich ein Kind war. Ein Mann, der als Zeichentrickfigur verkleidet war, hat ihn in einem Vergnügungspark getötet. Ein riesenhafter Guppy.«

Thomas wartete. Der dumpfige, bittere Gestank des Fremden war jetzt ganz durch das Gitter gedrungen und erfüllte den Beichtstuhl wie ein Aborthäuschen.

»Lachen Sie ruhig. Es ist lustig, ich weiß.«

»Mir ist nicht nach Lachen. Es tut mir Leid für Ihren Bruder.«

»Das glaub ich Ihnen aufs Wort.«

Allmählich bekam Thomas ein Gefühl für die Stimme des Fremden. Es war ein junger Mann, ein starker, zynischer junger Mann, der etwas loswerden musste.

»Erzählen Sie mir von James Branch«, sagte er.

»Ich erzähl Ihnen, wozu ich Lust habe«, gab der Fremde schroff zurück.

»In Ordnung.«

Augenblicke vergingen. Die Dunkelheit war ein Schwebezustand.

»Ich erzähle Ihnen von meinen Frauen.«

»In Ordnung.«

»Ich habe jede Menge Frauen. Eine Art Harem. Ich bin reich und führe die Frauen zum Essen aus, und jeden Abend kommt eine in meine Wohnung und zieht sich aus, und dann fessle ich sie, und sie macht alles, was ich will.«

»Klingt ungewöhnlich.«

»Seien Sie still, Pfarrer Merchant.«

Thomas war überrascht, seinen Namen zu hören. Es klang wie ein laut verlesener Stellungsbefehl.

»Diese Frauen«, murmelte der junge Mann. Es klang angewidert, gezwungen. »Diese Frauen können … Sie können bewirken, dass der Schmerz in mir nachlässt. Manchmal.«

Thomas dachte an Männer und Frauen in Manhattan. Er dachte daran, wie sie im Restaurant auf ihren Kaffee warteten oder angespannt und stumm nebeneinander im Aufzug standen, wie sie sich im Battery Park küssten oder im Bett stritten. Und dann sah er schlagartig einen Weg zu dem jungen Mann. Er begriff.

»Dieser James«, sagte er. »Dieser James Branch. Er hat Ihnen eine von Ihren Frauen weggenommen. Hat sich in sie verliebt.«

Die Gestalt hinter dem Gitter schwieg.

»Und sie hat sich in ihn verliebt. Und sie ist Ihre Lieblingsfrau.«

Thomas hörte den Mann schwer atmen.

»Es ist sinnlos, Lieblinge zu haben. Gott nimmt sie einem nur weg.«

»Nicht immer. Und wenn Er's tut, dann waren sie ohnehin nur geliehen.«

»Hören Sie auf.« Der Fremde regte sich in seinem Käfig. »Lassen Sie die weisen Reden. Es gibt das Absurde, und das wissen Sie auch.«

Thomas schloss die Augen wieder. »Warum sind Sie dann gekommen?«, fragte er sanft.

Der Besucher schwieg eine ganze Weile.

»Es stimmt, was Sie von der Frau sagen«, sagte er schließlich.

Thomas' Geist war jetzt ein schwarzes Satinlaken. Darauf lag mit ausgestreckten Armen und Beinen eine nackte junge Frau mit honigfarbenem Haar.

»Und warum wollen Sie Ihren Freund umbringen?«, fragte er.

»Ich hab nicht gesagt, dass er mein Freund ist. Er ist mein Mitbewohner.«

»Trotzdem.«

»Ich kann nicht zulassen … Er versucht …«

Der Gestank im Beichtstuhl verstärkte sich. Zum ersten Mal fragte sich Thomas, ob es nicht einen urtümlichen, übernatürlichen Geruch gab, der immer dann auftrat, wenn eine menschliche Seele eine andere zu beherrschen suchte.

»Wieso soll Ihr Mitbewohner die Frau nicht haben?«, fragte der Pfarrer. »Sie sagen doch, Sie haben einen ganzen Harem. Genügt das nicht?«

»In meinem Leben«, zischte der andere, »genügt nichts.«

Thomas atmete durch den Mund. Er saß jetzt vorgebeugt, das Gesicht dicht am Gitter, die Augen geschlossen. »Haben Sie eine Pistole bei sich?«

»Ja.«

»Kommen Sie deshalb nie zur Kommunion?«

»Ja.«

»Sie glauben, was Sie tun und was Sie denken, ist so schlimm, dass Gott Sie niemals akzeptieren könnte?«

Die Zähne des Fremden berührten sich. »Ja«, sagte er.

Thomas wischte sich die Stirn. Sein Kopf pochte von der Schwere des Lebens eines anderen. Seine Vergangenheit, sein Aufwachsen bei den Tanten, die Klarheit seines Herzens, das alles hatte sich plötzlich zugespitzt. Nur eines blieb noch zu besprechen.

»Hören Sie zu«, sagte der Priester, »Sie können keinen Menschen töten. Das ist gegen Gottes Gebot, und das wissen Sie auch, sonst wären Sie nicht hier. Aber eins wissen Sie nicht.«

»Und das wäre?«

»Gott akzeptiert Sie sehr wohl.«

Der Fremde sog die Luft ein und stieß sie wieder aus. »Woher wissen Sie das? Woher zum Teufel wollen Sie das wissen?«

»Weil Gott Ihnen eine besondere Gabe verliehen hat. Einen Geruch.«

»Einen Geruch?«

»Lachen Sie nicht«, sagte Thomas eindringlich. »Ich meine es ernst. Jeden Abend, wenn Sie zur Tür hereinkommen, verbreitet sich ein Geruch in der Kirche, als würde etwas brennen. Es ist ein bitterer, schrecklicher Geruch, und niemand außer mir nimmt ihn wahr. Aber er kommt nicht von den Kerzen oder von irgendetwas anderem. Er kommt von Ihnen.«

Nichts regte sich im Dunkel.

»Sie sind verrückt«, flüsterte der Fremde.

Thomas nickte. Er wusste, dass seine Worte lächerlich klangen. Aber die Furcht vor dem Herrn ist der Anfang der Weisheit, sagte er sich, und es wird Zeit, dem Mann eine Heidenangst einzujagen.

»Ich rieche Sie auch jetzt«, sagte er leise. »Ekelhaft ist das. Unerträglich geradezu.«

»Sie Pfarrer.« Der junge Mann war aufgestanden. Panik lag jetzt in seiner Stimme. »Sie verrückter, gottverdammter Pfarrer.«

Thomas erhob sich ebenfalls. Er wandte sich dem Unsichtbaren zu. Er öffnete die Augen. »Sie sollten dankbar sein. Dieser Geruch ist ein Geschenk, ein Alarmsignal. Gott hat es Ihnen gegeben, weil Er Sie liebt, aber Er weiß, dass Sie in Versuchung sind, Ihre Pistole zu gebrauchen.«

»Halten Sie den Mund«, sagte der junge Mann wütend. Er rüttelte an der Tür.

»Jetzt wo Sie wissen, wie Sie riechen«, sagte Thomas, »werden Sie es nicht so weit kommen lassen, dass Sie jemandem wehtun.«

Beide Männer hatten den Beichtstuhl verlassen. Die Gestalt in Schwarz floh zum Eingang.

»Sie glauben, Sie sind pervers und ein hoffnungsloser Fall«, rief der Pfarrer, »aber das sind Sie nicht!«

»Ach, halten Sie die Klappe!«, schrie der junge Mann. Er stolperte auf die Wall Street hinaus.

Thomas Merchant sog tief die reine Luft ein. Er eilte ins Pfarrhaus, zum Telefon und seinem Mantel. Es hatte weder Reue noch Absolution gegeben, aber er zog sich einen Parka über und knöpfte ihn zu. Jetzt, nach all den Jahren, war er bereit, seine Klause, die Höhle seines Geistes zu verlassen, bereit zu handeln, bereit, der schrecklichen Gnade, die über die Stadt gekommen war, in die Straßen hinauszufolgen.

Der grüne Ballon

James Branch war nervös. Es war der zweite Samstag im Januar, und er war mit Rally McWilliams, seiner neuen Liebe, zum Abendessen im *Flat Michael's.* Sie saßen an einem Ecktisch und aßen Huhn, das mit Knoblauch, Rosmarin und einem Wein, dessen Name nicht verraten wurde, zubereitet war. Danach tranken sie Kaffee. Ihr Ober, ein kleiner Mann namens Juan, freute sich über ihr Glück, verbeugte sich und brachte das Gewünschte.

James war nervös, weil er zweierlei vorhatte. Er wollte Rally von seiner sonderbaren, geheimen Gepflogenheit erzählen, mit dem Otis-Aufzug im Preemption Building, in dem er wohnte, zu reden. Und er wollte ihr ein Paar Opalohrringe schenken, die sich seit langem in seinem Besitz befanden, und die er auch jetzt in der Tasche hatte.

»Was ist los?«, fragte Rally. Sie trugen beide Bluejeans, und Rallys Knöchel lag unter dem Tisch an James' Wade.

»Nichts«, sagte James.

Drei Tische weiter saß eine Gruppe Skinheads, die sich eine Tintenfischplatte teilten. James kannte sie, weil sie Stammgäste im *Flat Michael's* waren, und Rally kannte sie aus dem *Minotaur's Nightclub*, doch die Liebenden und die Skins nickten einander nur zu. Sie alle brauchten niemanden außer sich selbst.

»Sag schon«, sagte Rally, »du denkst doch an irgendwas Pikantes. Was ist es?«

James trank von seinem Kaffee.

»Nichts«, log er.

Es war das Glück, an das James dachte, während er Rally ansah. Von Liebe oder auch Koffein inspiriert, sann er an diesem Abend über die erlaubten und die verbotenen Freuden des Planeten nach, ihre Vorzüge und ihre Verbreitung. Manche Menschen pflücken Gänseblümchen, dachte er, andere fahren nach Wales, nehmen Kokain oder bauen Latrinen für die Armen und Schwachen. Er betastete die Opale in seiner Tasche. Sie waren an einem geheimnisvollen Ort in seinen Besitz gelangt, und jetzt, da er eine Ader an Rallys Hals pulsieren sah, begriff er, dass diese Edelsteine ihn möglicherweise an einen ebenso besonderen Ort entführen würden, in ein Land, in das man nur gelangte, wenn man mit einer Frau im Dunkeln lag und sich dem Farbenspiel hinter den eigenen Augenlidern überließ.

»Sag doch«, bettelte Rally.

»Okay«, versprach James.

Die Luft draußen war frisch und belebend. James atmete tief durch, nahm Rallys Hand, vergewisserte sich, dass der Mond am Himmel stand. Sie gingen ein paar Straßen und fuhren dann mit der U-Bahn zum Preemption Building. James brannte darauf, Rally von Otis zu erzählen und ihr die Ohrringe zu schenken, zuerst aber wollte er mit Patrick, seinem Mitbewohner und Rallys früherem Freund, reinen Tisch machen. Er wollte alle Ressentiments ausräumen, um seine Beziehung zu Rally offiziell zu machen. Er bat Rally deshalb, die sieben Stockwerke zu seiner Wohnung zu Fuß mit ihm hinaufzugehen, anstatt den Aufzug zu benutzen, erklären werde er es ihr später. Er nahm ihre Hand und führte sie durch die Tür, und sein Herz hämmerte. Aber Patrick war nicht zu Hause.

»Es ist erst zehn«, sagte Rally. »Wahrscheinlich ist er mit einer Frau im *Duranigan's*.«

»Im *Duranigan's*?«

»Da führt er uns immer hin. Sie.« Rally drückte James' Arm. »Sie, hab ich gemeint, Baby.«

James sah zu Boden.

»Ich liebe dich«, flüsterte Rally ihm ins Ohr. »Schon vergessen?«

James schüttelte den Kopf. Rally küsste ihn auf die Schläfe.

»Okay«, sagte sie. »Sollen wir warten?«

James sah auf Patricks Tür. Er zuckte die Schultern. »Normalerweise ist er bis elf zurück. Das ist nur noch eine Stunde.«

Und so warteten James und Rally. Sie saßen auf dem Sofa und versuchten fernzusehen, aber James konnte sich nicht konzentrieren. Er wollte sich auch nicht die Schuhe ausziehen, und das machte Rally so nervös, dass auch sie sich nicht mehr konzentrieren konnte. Schließlich schaltete James das Gerät aus, und dann saßen sie Händchen haltend und schweigend da. Da es sonst nichts zu tun gab, drückte James auf die Wiedergabetaste des Anrufbeantworters. Mehrere Freunde hatten muntere Grüße hinterlassen, und dann kam Folgendes:

»Hallo. Mein Name ist Thomas Merchant. Ich bin Pfarrer. Es ist Samstagabend, halb zehn. Ich habe eine dringende Nachricht für James Branch.«

James richtete sich auf.

»Pfarrer, wie?«, fragte Rally.

»Schsch«, machte James.

»– Ihre Nummer von der Auskunft. Und hier die Nachricht: Verlassen Sie bitte sofort Ihre Wohnung. Ihr Mitbewohner, ein Mann aus meiner Gemeinde, ist gerade von hier weggegangen, und er befindet sich in sehr … erregtem Zustand. Möglicherweise ist er auf dem Weg nach Hause, und möglicherweise sind Sie in Gefahr. Er hat ausdrücklich Ihren Namen genannt. Er ist bewaffnet.«

»Ach, du Scheiße!«, flüsterte Rally.

»– kommen Sie zu St. Benedict's an der Wall Street, egal wie spät es ist. Wir sollten uns sofort treffen. Ihr Freund braucht Hilfe. Ich könnte –«

Der Pfeifton ertönte. Die Stimme des Pfarrers verstummte.

»Patrick ist katholisch?«, sagte Rally.

James stand auf und fasste sie an der Hand. »Komm, raus hier.«

Sie schlüpften in ihre Mäntel und liefen auf den Flur hinaus. Als sie aufs Treppenhaus zusteuerten, schrie Rally überrascht auf. Zwanzig Meter vor ihnen stand Patrick Rigg und versperrte den Zugang zur Treppe.

»Hallo, ihr beiden«, sagte er.

Er stand in seinem schwarzen Anzug da, das Gesicht ihnen zugewandt, die Hände geöffnet an den Seiten. Er sah aus, als hätte er schon eine Weile so dagestanden, und er wirkte gefährlich konzentriert, sprungbereit gleichsam, wie ein Athlet am Start. Auf halbem Wege zwischen ihm und den Liebenden war die geschlossene Tür von Otis, dem Aufzug.

»H-hallo«, sagte James.

Rally trat einen halben Schritt hinter James.

»Lange nicht gesehen«, sagte Patrick. »Seit Silvester nicht mehr.«

James hörte seinen Mitbewohner atmen. Es war ein lautes, schweres Atmen.

Patrick räusperte sich. »Wie ich sehe, läuft zwischen euch beiden alles bestens.«

»Wir sind verliebt«, platzte Rally heraus. »Das … wollten wir dir sagen.«

Patrick richtete sich zu seiner vollen Größe auf. »Hast du das gehört, Branchman? Rallygirl sagt, ihr seid verliebt.«

»Ich hör sie sehr gut«, flüsterte James.

»Tja.« Patrick kratzte sich am Kinn. »Leute verlieben sich und trennen sich wieder, das passiert andauernd.«

»Ich mein's ernst, Patrick«, sagte Rally, mit fester Stimme jetzt. »Ich kann mich nicht mehr mit dir treffen. Ich bin jetzt mit James zusammen.«

»Wir sind dir auch nicht böse«, sagte James. »Wir … Äh … Wir wollten's dir nur sagen. Damit alles klar ist.«

»Wir wollten gerade gehen, Patrick«, sagte Rally.

Patrick seufzte. Ruhig, als folgte er einer Anweisung, zog er eine Pistole aus der Manteltasche und zielte auf James.

»O Gott«, sagte Rally.

Der Flur war leer. James stellte sich vor Rally.

»Du solltest besser stillhalten, Branchman.« Patrick hielt seine Augen und die Waffe auf James gerichtet.

»O Gott«, wiederholte Rally.

James hatte ein hungriges oder auch leeres Gefühl im Bauch. Er hatte noch nie eine gezogene Pistole vor sich gehabt – schon gar nicht eine, die auf ihn zielte –, und er starrte sie erschrocken und in respektvoller Verwirrung an. Patricks Finger umspannten die SIG so fest, dass seine Knöchel Teil des Kolbens hätten sein können. James schnappte nach Luft. Er musste an einen Gesundheitslehrer in seiner Schulzeit denken, einen drahtigen Mann, der immer gesagt hatte, *Der menschliche Körper ist eine Maschine.*

»Patrick«, sagte James. »Hör zu –«

»Du solltest besser auch den Mund halten«, unterbrach ihn Patrick.

James rieb sich die Hände. Er dachte an die Opale in seiner Tasche, an das, was sie, wie er hoffte, bedeuteten. Er behielt Patricks Pistole im Auge.

»Patrick«, sagte er ruhig. »Du … Äh … Du hast doch bestimmt hundert Freundinnen. Und alle beten dich an.«

Patrick schloss einmal ganz fest die Augen und öffnete sie wieder. »Rally. Würdest du bitte einen Moment zu mir rüberkommen?«

Rally weinte. Ihre kurzen, spitzen Fingernägel gruben sich in James' Oberarm.

»Ich geh gar nirgends mit dir hin, du – du Psychopath!«, schniefte sie.

James trat zwei Schritte zurück und schob Rally mit sich.

»Stopp«, sagte Patrick. »Keine Bewegung.«

James blieb stehen. »Sie ist nur durcheinander«, erklärte er. »Äh … Und du bist kein Psychopath.«

Er glaubte Patricks Kinn zittern zu sehen.

»James«, sagte Patrick, »hab ich dir mal erzählt, dass ich einen Bruder hatte?«

»Nein, Patrick.«

Patricks Miene verfinsterte sich. Er hatte sich keinen Schritt vor oder zurück bewegt.

»Patrick, bitte«, flehte Rally.

»Ist das nicht lustig, Branchman? Ist das nicht lustig, dass Francis in einem Vergnügungspark gestorben ist?«

James erinnerte sich an etwas, das er einmal gelesen hatte. Er hatte gelesen, dass man sich, wenn man erschossen wird, in die Hosen macht.

»Klingt nicht gerade lustig, Patrick«, sagte er.

»Das war's aber. Es ist eine lange Geschichte, und wenn du sie in der Zeitung gelesen hättest, dann hättest du lachen müssen.«

»Okay«, pflichtete James bei.

»Wieso okay? Da war nichts dran okay.« Patrick entsicherte seine SIG.

»Hilfe!«, rief Rally. »Hilfe!«

»Sei still«, sagte Patrick scharf. »Sei still und komm hierher, sofort.«

Rally verbarg wimmernd ihr Gesicht an James' Schulter.

»Sag ihr, sie soll herkommen, verdammt.«

James' Augen blitzten Patrick an. »Nein«, zischte er.

Die Aufzugtür öffnete sich. Ein Priester trat heraus. Er sah nach rechts zu Patrick und nach links zu James und Rally.

James tat einen überraschten Ausruf.

Patricks Augen weiteten sich. Er trat einen Schritt zurück. »Pfarrer Merchant?«

Der Priester trug einen roten Parka, dessen Kapuze mit grauem Pelz eingefasst war. Es war ein billiger Parka, wie ihn Kinder in den Siebzigerjahren beim Schlittenfahren getragen hatten. Darunter hatte der Mann ein schwarzes Hemd und einen steifen weißen Priesterkragen.

»Nehmen Sie die Pistole weg«, sagte der Pfarrer. Er schob die Kapuze zurück und trat in Patricks Schusslinie.

»Sind Sie mir gefolgt?«, fragte Patrick.

»Ich hab die Adresse von Ihrem Mitbewohner rausgesucht«, sagte Thomas, »und Ihr Portier hat mir die Wohnungsnummer gegeben. Nehmen Sie die Pistole weg.«

»Ich heiße James«, sagte James hinter dem Pfarrer. »James Branch. Sie haben mich angerufen.«

»Ich heiße Rally«, sagte Rally.

Der Pfarrer schwieg. Er sah nur Patrick an und richtete die ganze Kraft seines Geistes und seiner Glaubwürdigkeit auf dieses eine verzweifelte Mitglied seiner Gemeinde. Hätten James und Rally sein Gesicht sehen können, sie hätten zwei schöne blaue Augen erblickt, dahinter aber einen Ausdruck des Abscheus, als hätte der Mann einen widerwärtigen Geruch in der Nase.

»Geben Sie mir die Pistole«, sagte Thomas Merchant. »Lassen Sie die Leute in Ruhe.«

Die SIG in Patricks Hand zitterte, blieb jedoch auf den Pfarrer gerichtet, der nur zehn Meter von Patrick entfernt stand.

»Sie muss bei mir bleiben«, sagte er.

»Unsinn. Niemand muss bei irgendjemandem bleiben.« Der Pfarrer öffnete den Reißverschluss seines Parkas, sodass sein Kragen zum Vorschein kam. »Und jetzt geben Sie mir die Pistole. Sie haben kein Recht, auf Menschen zu zielen, an denen Ihnen etwas liegt.«

Tränen standen in Patricks Augen. »Mir liegt nichts an ihnen.«

»Äh – hm. Geben Sie mir die Pistole.« Der Pfarrer streckte die Hand aus.

»So – so können Sie nicht mit mir reden.« Patricks Finger hielten die SIG fest umklammert. »So redet man nicht mit mir.«

»Herr Pfarrer«, begann James.

»Geben Sie mir die Pistole«, sagte der Priester.

Patrick tätschelte mit der freien Hand den Lauf der Waffe.

»Das ist meine«, stammelte er.

Der Priester stampfte mit dem Fuß auf. »Geben Sie her, hab ich gesagt. Schluss mit dem Unsinn.«

»Ich kann nicht.« Patrick schluchzte laut auf.

»Geben Sie her«, befahl der Priester. Er trat einen Schritt auf Patrick zu.

»Nicht. Ich kann nicht. Ich kann nicht.« Die Pistole schwankte hin und her.

Das Blut wich aus Thomas Merchants Gesicht. Er musterte den bedauernswerten Mann, die teuren dunklen Kleider, die zitternden Arme, den hilflosen, schniefenden, bestürzten Gesichtsausdruck. Patricks Zeigefinger bebte am Abzug, und der Pfarrer spürte mit erschreckender Schärfe, was er auch im Schluchzen beichtender Stimmen, im Pathos von Kriegsschlagzeilen, im tiefsten Herzen der Bibel spürte: dass die Zeit für Worte vorbei war. Eine Pistole war gezogen, ein böser menschlicher Wille war am Werk, und es waren zwei junge Leben anwesend. Um dieser Leben willen, um der Barmherzigkeit willen, tat Thomas das Einzige, was ihm in den Sinn kam, um Patricks ganze Gewalttätigkeit auf sich selbst zu lenken. Er grinste den bewaffneten jungen Mann spöttisch an.

»Sie blöder Idiot«, höhnte er.

»Hören Sie auf«, flehte Patrick.

»Herr Pfarrer«, sagte James warnend.

Der Mann in dem albernen Parka lachte. Er zwang sich dazu. »Du lieber Himmel, Junge«, sagte er verächtlich, »haben Sie überhaupt eine Ahnung, wie lächerlich Sie aussehen?«

Die Pistole ging fast von selbst los. Rally schrie, und Patrick tat vor Schreck einen Satz rückwärts. Blut rann dem Priester von der Schläfe. Thomas Merchant sackte zusammen.

»Um Gottes willen!«, schrie Rally. »Um Gottes willen, du hast ihn erschossen!«

Patrick taumelte mit schreckgeweiteten Augen vorwärts. »O Gott.«

»Du hast ihn erschossen!«, rief Rally. »Du hast ihn umgebracht!«

Patrick sank in die Knie. Er streckte die linke Hand aus, drückte den Daumen an den Absatz des Priesters und zog ihn wieder zurück, als hätte er sich verbrannt. Thomas Merchants Kopf lag auf dem Boden, und das Blut sickerte ihm ins Haar.

»O Gott.« Patricks Atem ging stoßweise. Er zitterte am ganzen Körper. Seine rechte Hand hob die SIG an seine Schläfe.

»Nein!«, schrie James. Er hechtete über den Priester hinweg auf seinen Mitbewohner zu, aber Patrick hatte schon abgedrückt.

Die Krankenschwestern im St. Luke's Hospital gewöhnten sich schnell an James. Vielleicht sahen sie oder rochen sogar die Spuren der Leidenschaft, die Liebesgeschichte, die außerhalb der Klinikmauern auf ihn wartete. Denn James kam stets allein ins St. Luke's. Aus irgendeinem Grund lächelten die Schwestern dem jungen Mann mit den schläfrigen Augen zu, der Tag für Tag an Patrick Riggs Bett saß.

Der Priester hatte überlebt. Die Kugel hatte seitlich die Stirn durchschlagen und war zwar unter die Schädeldecke gedrungen, hatte das Gehirn aber nur gestreift. Hätten James und Rally ihm nicht den Kopf verbunden und einen Krankenwagen gerufen, wäre Thomas Merchant vielleicht im Flur des Preemption verblutet. So aber konnte er schon nach zwei Tagen wieder aufstehen und vorsichtig herumlaufen. Nach Hause durfte er noch nicht, aber er trottete mit einem dicken blauen Verband um den Kopf die Korridore auf und ab und besuchte die Kranken und

Sterbenden. Der einzige dauerhafte Schaden, den er davontrug, wenn man es überhaupt so nennen konnte, war ein leichtes, aber stetiges Tränen der Augen, das ihm nach Aussagen der Ärzte möglicherweise sein Leben lang bleiben würde. Es komme daher, sagten sie, dass die Kugel Narbengewebe hinterlassen habe, das man nicht entfernen könne und das auf bestimmte Nerven drücke. So würde Thomas Merchant, einst ein Mann von beängstigend klarem Blick, den Rest seiner Tage mit einem Taschentuch in der Hand verbringen und zu verhindern suchen, dass die Welt verschwamm.

Patrick Rigg seinerseits war gelähmt und lag im Koma. Die Lähmung hatte seine ganze rechte Seite erfasst, vom Auge bis zu den Zehen hinunter. Die selbstmörderische Kugel hatte seinen Stirnlappen getroffen. Sie war herausoperiert worden, und Patrick hatte gute Chancen, aus dem Koma zu erwachen und am Leben zu bleiben. Allerdings hatten die Ärzte wenig Hoffnung, dass die Lähmung zurückgehen würde.

James nahm sich bei Harrow East zwei weitere Wochen frei, um bei seinem kranken Mitbewohner sitzen zu können. Rally dagegen, traumatisiert durch die Schüsse, scheute trotz seines Zustandes Patricks Nähe und wartete in SoHo auf die Berichte ihres Liebsten. James rief sie vom St. Luke's aus an und schmiedete flüsternd Zukunftspläne.

»Wir werden Spumoni essen«, sagte er. »In Palermo.«

Rally war dagegen. Sie mochte Palermo nicht.

»Aalburger«, sagte James. »In Schanghai.«

»Wieso musst du die ganze Zeit bei ihm sitzen?«, fragte sie gereizt. »Immerhin wollte er uns umbringen.«

»Weil ich sein Mitbewohner bin. Er hat sonst niemanden. Außer seinem Vater, aber der ist nicht zu erreichen.«

»Aber er hat einen Priester angeschossen!«

»Dem Priester geht's gut.«

»Sag mir, dass du mich liebst.«

»Das tu ich.«

Rally schien nicht überzeugt. »Wer ist mein Tiger?«

»Ich.«

Rally schwieg einen Moment. »Das alles ist doch wahr, oder?« Es klang besorgt. »Egal, was aus Patrick wird – du und ich … Das ist doch wahr?«

»Sag mir, dass du mich liebst«, sagte James.

Rally tat es.

James saß vierzehn Tage und auch die meisten Nächte bei Patrick. Wenn er nachts blieb, richteten die Schwestern ihm ein Feldbett vor Patricks Tür her. Das verstieß zwar gegen die Vorschriften, aber die Schwestern mochten James und wollten ihn nicht hinauswerfen.

Patrick wurde von Tag zu Tag dünner. James schaute zu, wie die Schwestern ihn badeten, seinen linken Arm und sein linkes Bein dehnten. Er versuchte zehn Minuten lang reglos dazusitzen, um zu sehen, wie es war, gelähmt zu sein. Ob ein Mensch im Koma denken oder beten konnte? Er aß Sandwiches aus dem Automaten und dachte an Rally. Eines Nachts, nachdem er einen Blick auf Patricks Krankenblatt geworfen und gesehen hatte, dass Patrick zwanzig Pfund abgenommen hatte, sprach er mit dem Arzt und bat um eine Prognose. Der Arzt, ein kleiner Haitianer, hatte nichts Gutes zu berichten. James rief Rally an.

»Bitte komm«, sagte er. »Bitte komm heute Abend her. Ich muss mit dir reden.«

Und Rally kam. Sie trafen sich in der Cafeteria im Erdgeschoss, näher wollte Rally nicht an Patrick heran. James setzte sich mit ihr an einen Tisch mit Plastikplatte. Sie tranken Fruchtsaft.

»Patrick nimmt rapide ab«, sagte James. Die Haut unter seinen Augen war bläulich vom fehlenden Schlaf.

Rally nickte leicht. Sie hatte sich schön gemacht, um sich bei James in Erinnerung zu bringen. Sie trug ein schwarzes Kleid und hohe schwarze Schuhe.

»Deine Augen sehen ganz krank aus«, sagte sie.

»Ich glaube, er stirbt«, sagte James.

Rally seufzte. »Wolltest du darüber mit mir reden?«

James sah sich in der Cafeteria um. Vier kahlköpfige Kinder saßen an einem Tisch in der Nähe, und neben einem Trinkbrunnen saß in verdrehter Haltung ein sabbernder Mann im Rollstuhl. Etwas abseits stand ein einzelner Tisch mit einem von menschlicher Gesellschaft verlassenen grünen Ballon. Er hatte gerade noch genug Chemie oder magische Kräfte in sich, um über der Tischplatte zu schweben.

»Jeder stirbt«, sagte James.

Rally berührte sein Knie. »James. Was hast du denn, mein Schatz?«

Plötzlich hatte James keine Angst mehr. »Ich muss dir etwas sagen, über mich«, sagte er. »Etwas sehr Wichtiges.«

»Okay.«

»Etwas, das ich mache.«

»Okay.«

James sah zu den krebskranken Kindern hinüber. Er wusste, dass in ihrem Körper, in ihrem Blut gefräßige, unbesiegbare Kräfte am Werk waren. Er wusste auch, dass Rally glauben musste, er würde ihr etwas Verbrecherisches, etwas Perverses oder sonst Problematisches beichten. Doch die Kinder spielten Karten, und soviel James wusste, waren sie Geschwister, die mit ihrem Schicksal zufrieden waren. Und der grüne Ballon schwebte jetzt, von einem Luftzug oder seinem eigenen Willen bewegt, wie ein Aufklärungsluftschiff über die Kinder hinweg. Außerdem hielt Rally James' Hand.

»Ich rede mit dem Aufzug in meinem Haus«, sagte James.

»Bitte?«

»Ich rede mit dem Otis-Aufzug im Preemption Building. Ich bringe ihn zwischen zwei Stockwerken zum Stehen, und dann setze ich mich im Schneidersitz auf den Boden und wiege mich hin und her und rede mit Otis, dem Aufzug, über Gott und die Welt.«

»Du –« Rally beugte sich näher zu ihm. »Du tust was?«

James sah sie an. Ein leiser Schreck stand in ihren Augen, Erstaunen und die Bereitschaft, sich auch den Rest anzuhören. James lächelte nur, zuckte die Schultern und küsste Rally auf den Mund. Er hoffte, sie würde immer so stabil und zugleich so zerbrechlich wirken wie in diesem Augenblick, und dann zog er die Opalohrringe aus der Tasche und drückte sie ihr in die Hand.

»Und die«, sagte er, »sind auch für dich.«

Rally blickte auf das Geschenk hinab. Sie zog scharf die Luft ein. Ihre Verwirrung, die Fragen, die sie an James hatte, das alles konnte warten.

»O Darling«, sagte sie.

James wachte noch drei Tage und drei Nächte bei Patrick. Tagsüber las er ihm aus einigen seiner Lieblingsbücher vor, aber er vermied es jetzt, mit dem haitianischen Arzt zu sprechen, und versuchte die schrumpfende Haut auf Patricks Knochen zu ignorieren. Jeden Abend, wenn er auf seinem Klappbett einschlief, war er sich sicher, dass sein Mitbewohner den Morgen nicht mehr erleben würde.

In der dritten Nacht aber hob er erschöpft den Kopf vom Kissen. Es war zwei Uhr morgens, und der Flur, in dem er lag, war dunkel und leer. Ein anhaltender Singsang hatte ihn geweckt, und erst hatte er noch zu träumen geglaubt. Als er jedoch aufsah und schlaftrunken durch die Tür in Patricks Zimmer schaute, glaubte er drei weiß gekleidete Gestalten zu erkennen, die sich im Dunkeln über seinen Mitbewohner beugten. Ihre Hände schienen Patrick zu berühren, seinen Kopf und sein rechtes Bein, und James fragte sich, ob sie die Sänger waren. Einer von ihnen sah aus wie Sender, der Portier, einer wie Thomas Merchant, der Dritte war ein weißhaariger Mann, den James nicht richtig erkannte, aber er hätte schwören können, dass es John Castle war, der unterirdische Fremde, der ihm einst etwas Kostbares geschenkt hatte. Als dieser Mann den Blick auf das Klappbett im Flur richtete, überkam James eine bleierne Müdigkeit, und er fiel auf sein Kissen zurück.

Am Morgen nach dieser Erscheinung rüttelte ihn eine grünäugige Krankenschwester wach.

»Ihr Freund«, sagte sie. »Er ist bei Bewusstsein.«

Gähnend und benommen trat James an Patricks Bett. Thomas Merchant war auch da und stand mit ruhiger Miene und weinenden Augen am Fußende. Die Schwester ging hinaus.

Patricks Augen waren offen, aber verschleiert. Seine Wangen waren weniger bleich als am Tag zuvor.

»Hallo, Patrick.« James setzte sich ans Bett.

Patricks Augen wanderten umher, fanden James.

»James«, sagte er schwach.

»Dein rechtes Auge«, sagte James. »Es ist offen. Es funktioniert.«

Patrick nickte. Mit übermenschlicher Anstrengung hob er das rechte Knie ein wenig an.

James betrachtete das Knie. Er berührte es sanft. »Na, wieder gesund?«

Patrick ließ das Knie sinken. »Nicht alles an mir«, krächzte er.

»Der rechte Arm Ihres Freundes ist noch gelähmt«, sagte Thomas Merchant. »Und vier Zehen am rechten Fuß.«

»Das wird auch wieder werden, Patrick«, sagte James.

»Nein, mein Sohn«, sagte der Priester. Es klang bestimmt. »Das sind bleibende Schäden.«

James wandte sich dem Geistlichen zu. Er musterte die Haltung des Mannes, die Tränen unbestimmter emotionaler Herkunft.

»Woher wissen Sie das?«, fragte er.

»Das tut nichts zur Sache«, sagte der Priester.

»Branchman. James.«

James sah wieder zum Bett. Patricks Kopfverband war doppelt so dick wie der des Pfarrers. Er fragte sich, ob Patrick jetzt zum Hirnklempner musste. Er fragte sich, ob Patrick fortmusste.

»Ja, Patrick«, sagte er.

Patrick hustete. Seine Augen waren gerötet wie von einer Entzündung oder von Kummer.

»Ich bin froh, dass du da bist«, flüsterte er.

James tätschelte sein Bein.

»Es tut mir so Leid, James.«

James wusste nicht, was er tun sollte. Er saß einfach nur da. Wieder tätschelte er Patricks Bein. Morgengeräusche drangen vom Flur herein. Wagen wurden geschoben und Bettzeug aufgeschüttelt, als läge Patrick nicht im Krankenhaus, sondern in einem Nobelhotel mit reichlich Personal. James dachte an Rallys Atmen beim Frühstück, an Dolly Parton, an die kleinen kahlköpfigen Kartenfalschspieler, die jetzt erwachten. Er wiegte sich auf seinem Stuhl ein wenig hin und her.

»Ich… Ich meine euch beide«, flüsterte Patrick. »Es tut mir Leid.«

James seufzte. »Wie wär's, wenn du jetzt, statt zu reden, still sein und dich auskurieren würdest?«

Patrick sah an sich hinunter. Er betrachtete seinen schlaffen rechten Arm. Dann schloss er die Augen und lachte kläglich.

»Ich hab mich schön zugerichtet, was, Branchman?«

James schaute den Priester an, um zu sehen, ob er etwas sagen wollte. Bestimmt gab es offizielle Worte des Trostes, Worte, die er nicht kannte. Doch Pfarrer Merchant wartete darauf, dass James sprach.

»Patrick«, sagte James. »Ich – äh… Vielleicht solltest du, äh, jetzt besser einfach still sein. Dich ausruhen und wieder gesund werden.«

»Ich will aber nicht still sein«, krächzte Patrick. »Ich bin doch gerade erst aus dem Koma aufgewacht.«

»Ich weiß«, sagte James.

»Wie lange war ich denn … Du weißt schon. Wie lange war ich weg?«

»Zwei Wochen«, sagte der Priester.

Patrick streckte die linke Hand aus, die jetzt seine gesunde war. Er schloss die Finger um James' Daumen. Er brauchte lange dazu.

»Weißt du, wie das ist?« Patricks Gesicht war starr vor Angst. Entsetzen lag in seinen Augen. »Weißt du, wie das ist, wenn man so lange nicht sprechen kann? Wenn man innerlich wach ist, aber nicht sprechen kann?«

James neigte bejahend den Kopf. Er überließ Patrick seinen Daumen.

»Ja«, sagte er.

Dank

Morality Johns Texte stammen aus Liedern des New Yorker Sängers und Songschreibers Chris Tengi und wurden mit seiner Genehmigung abgedruckt.

Tausend Dank schulde ich den folgenden Lehrern und Mut spendenden Engeln:

Larry Wroblewski, Bill O'Malley, Bob Bradley, Tom King, John Breslin, John Dolan, Mary Gordon, Susannah Meadows, Susan Kamil, meiner Lektorin Carla Riccio und ganz besonders meiner Agentin Jennifer Carlson und meinem Freund Cliff Green.